고양이
숲에서
길을 묻다

뜰보임

고양이 숲에서 길을 묻다

초판 1쇄 발행 · 2011년 4월 1일
   2쇄 발행 · 2011년 6월 10일

지은이 · 소냐 하트넷
그린이 · 황주리
펴낸이 · 노성호
펴낸곳 · 주식회사 뿌브아르
홈페이지 · www.emoneytree.co.kr

출판 등록 · 2008년 12월 16일 제 302-2008-00051호
주 소 · 서울시 용산구 한강로 1가 292-3 세화빌딩 301호
전 화 · (02)774-2545, 2546
팩 스 · (02)774-2544

ISBN 978-89-94569-12-3 03840

잘못 만들어진 책은 바꾸어 드립니다. 책값은 표지에 있습니다.

이 도서의 국립중앙도서관 출판시도서목록(CIP)은 e-CIP 홈페이지(http://www.nl.go.kr/
ecip)에서 이용하실 수 있습니다. (CIP제어번호 : CIP2011000209)

고양이 숲에서 길을 묻다

소냐 하트넷 지음 | 황주리 그림 | 정미영 옮김

뜨인돌

contents

싸늘한 조우 7

숲의 거친 싸움꾼들 25

들고양이 무리의 충고 41

원하지 않는 동행 71

집고양이와 들고양이 87

사냥개의 급습 109

섞일 수 없는 두 세계 127

모욕보다 위험한 것 149

한밤중의 사투 173

떠나온 집을 추억하다 191

영역을 위한 계략 209

뿔뿔이 흩어져 229

드러난 속마음, 그러나 247

드러난 철거미집의 정체 271

숲의 끝에서 297

도시의 집에서는 323

숲은 이제껏 상상조차 하지 못한 것이었다.
숲에서 살아온 조상들이라면 숲속 생활을 내심 반겼을 것이다.
그러나 키안에게 숲은 살 곳이 아니었다.
그 사실은 너무나 분명했다.

—본문 중에서

싸늘한 조우

어찌나 겁을 집어먹었던지 고양이들은 끽 소리도 내지 못한 채 상자 속에 몸을 웅크리고 있었다. 발바닥에 전해지는 느낌으로 나는 듯 빠르게 달려가고 있다는 것을 알 수 있었다. 칠흑 같은 어둠 속에서도 언덕들이며 나무들이 휙휙 스쳐가는 게 느껴졌다. 묵직한 상자 뚜껑 너머로 으르렁대는 바람 소리가 났다. 덜컥거리는 엔진과 돌아가는 자동차 바퀴 소리도 들렸다. 어둠이 눈부시기라도 한지 그들은 눈을 질끈 감았고, 차가 쉭쉭 소리를 내며 속력을 낼 때마다 예민한 귀가 아픈지 머리를 숙였다. 공기는 서로에게서 나는 살내에 담배며 윤활유 같은 기름, 게다가 상자에 밴 달콤한 감귤 냄새들로 온통 뒤범벅이 되어 있었다.

가장 나이 많은 키안은 잔뜩 긴장했는지 식은땀으로 가슴이 흥건해졌다. 그리고 몸을 한껏 웅크린 채 꼼짝도 하지 않았다. 아직 어린 잼과 켈리 오누이는 키안의 심장박동 소리를 들으며 위안을 얻으려고 몸을 바짝 붙였다. 차가 서서히 속도를 줄이자, 셋은 이를 알아채고 두려움이 가득한 까만 눈을 번쩍 떴다. 바퀴에 깔린 자갈이 자박거렸고, 차의 무게에 짓눌린 돌들이 비좁은 상자에 갇힌 채 한데 몸을 웅송그린 고양이들처럼 힘겨운 소리를 냈다.

누군가 상자를 들어 올리자, 고양이들이 몸부림을 치면서 바닥에 쭉 미끄러졌다. 밀랍을 칠한 상자 벽은 제법 두터웠지만, 상쾌한 공기와 탁 트인 드넓은 공간의 냄새가 스며들어왔다. 바닥에 세게 부딪치면서 상자의 뚜껑이 확 젖혀졌다. 고양이들은 어리벙벙한 표정으로 잠시 초저녁 별들과 싸늘한 잿빛 하늘을 올려다보며 눈을 깜빡거렸다.

가장 어린 켈리가 상자 가장자리로 풀쩍 뛰어오르더니 상자 벽에 발톱자국을 남기고 상자 너머로 사라졌다. 막내가 사라지자 공간이 부쩍 넓어졌는데도 남은 두 고양이는 여전히 한구석에 몸을 웅크렸다. 상자가 기울어지며 심하게 흔들렸다. 발을 한껏 뻗어 무언가를 움켜쥐려 했지만 둘은 힘없이 진흙땅으로 떨어지고 말았다. 새까만 새끼 고양이 잼은 날렵하게 숨을 곳을 찾아 풀숲으로 득달같이 내달렸지만, 키안은 상자 옆 풀밭에 멈칫거리며 그대로 서 있었다. 키안은 밤처럼 까만 눈동자로 자기를 굽어보고 서 있는 사내를 쳐다보았다. 담배와 땀이 밴 몸에서는 몹시 음산한 냄새가 났다. 사내가 매섭게 노려보았지만, 키안은 움쩍도 하지 않았다. 그때 사내가 고함을 치며 장화발로 키안을 툭 건드렸다.

"꺼져! 썩 꺼지라고."

키안은 몸을 움츠리며 눈을 깜빡였지만 달아나지 않았다. 고양이가 순순히 따르지 않자, 사내가 몸을 굽혔다. 키안은 잠시 눈길을 돌려 사내를 외면했다. 그러자 사내는 팔을 뻗어 목덜미를 움켜쥐더니 제 앞으로 끌어당겼다. 키안은 입을 헤벌리고 뻣뻣하게 굳은 채 발톱으로 흙을 마구 할퀴었다. 사내의 손이 턱 밑의 뒤엉킨 털을 헤집고 말랑말랑한 목을 더듬어 찾았다. 키안은 뒷발을 탁탁 내려치기도 하고 앞발을 마구 휘둘러도 보았지만 소용없었다. 벌어진 입에서는 도무지 아무 소리도 새어나오지 않았다. 사내는 '쉿' 하고 으름장을 놓더니, 막무가내로 키안의 머리를 쳐들었다. 목 언저리에서 사내의 손가락이 꿈틀거리더니 숨통을 조이는 격한 통증이 온몸을 사로잡았다. 그리고 사내는 키안을 거칠게 땅바닥으로 내동댕이쳤다.

몸을 추스른 키안이 사내를 뚫어지게 쳐다보았다. 사내가

고양이 목걸이를 우그러뜨리더니 휙 던졌다. 목걸이가 딸랑
딸랑 소리를 내며 풀밭에 떨어졌다. 사내가 발을 구르자, 키
안은 몸을 움츠린 채 눈을 가늘게 뜨고 신음소리를 냈다.

"꺼져!"

사내가 버럭 소리치더니 고양이의 겨드랑이를 덥석 움켜
쥐고 힘껏 집어던졌다. 키안은 우아하게 바닥에 내려서 사내
에게 줄곧 눈길을 고정한 채 풀밭을 가로질러 걸었다.

"썩 꺼져!"

사내가 고래고래 악을 쓰며 상자를 발로 걸어차자 상자가
붕 떠올랐다가 이리저리 마구 굴렀다.

"꺼져! 어서! 썩 꺼지라고!"

사내에게서 솟구치는 노여움을 느낄 수 있었고 지독하게
뒤얽힌 절망과 분노의 냄새를 맡을 수 있었다. 사내가 서둘
러 차에 탔다. 키안은 차가 안달하며 바퀴를 돌려 풀쩍 뛰어
오르는 모습을 잠자코 바라보았다. 자동차가 스스로 내뿜은
연기구름을 뚫고 와글거리는 자갈 바닥을 질주했다. 그 뒤로
흙먼지 장막이 한동안 허공에 매달려 있었다.

풀숲에 숨어 있던 새끼 고양이 잼이 사락사락 소리를 내
며 일어났다. 키안은 목걸이가 사라진 낯선 느낌에 몸을 부
르르 떨었다. 다섯 해 하고도 절반에 이르는 세월 동안 늘 목

걸이를 하고 있었다. 납작한 목걸이를 달고 있던 자리에는 털이 성글게 나 있었다. 잼이 차갑고 축축한 땅에서 발을 높이 쳐들어 걸음을 내딛는 동안, 겁에 질린 키안은 지친 기색으로 몸을 웅크리고 있었다. 너무나 낯선 세계를 물끄러미 쳐다보며, 이상한 냄새와 소리를 듣지 않으려고 귀를 접었다. 발에 무언가가 부딪혀 움찔 뒷걸음질을 쳤다. 돌아보니 나방 한 마리가 꽁지 너머로 날개를 새치름하게 접은 채, 샛길의 흙바닥을 더듬더듬 나아가고 있었다. 키안은 벌렁거리는 가슴을 부여안고 풀밭에 축 늘어져 있었다.

하지만 잼은 두려움을 말끔히 떨쳐내고 금방 활기를 되찾았다. 다리를 쭉 뻗고 늘어지게 하품을 했다. 상자 속 여행이 지루하고 갑갑했던 잼의 귓가에는 여전히 윙윙거리는 차 소리가 맴돌았지만 지금은 그런대로 괜찮았다. 그림자처럼 미끄러지듯 상자와 목걸이를 지나 종종걸음으로 길가를 걷던 잼이 둔덕에 멈춰 서더니 주위를 둘러보았다. 길 양쪽에는 잡초가 우거지고 우산이끼가 쫙 퍼져 있었다. 그 너머는 고사리며 나무껍질 부스러기며 썩은 잎들이 잔뜩 쌓여 있는 황무지였다. 황무지 너머는 물푸레나무 숲이 우뚝 솟아 있었다. 얼기설기 얽혀 거칠게 휘갈긴 낙서처럼 하늘에 걸쳐 있는 나뭇잎들은 흡사 덮개처럼 보였다. 숲에 깔린 그림자와 어둠은 숲의 그윽한 신비를 감추고 있었다.

거대한 고사리와 막자란 잡초 꼭지가 노을빛을 받아 반짝거렸다. 잼은 난생 처음 보는 광경에 놀란 나머지 제 자리에서 빙글빙글 맴을 돌았다. 어둠 속에서 무언가 나뭇가지들 사이로 미끄러지듯 내려앉았다가 다시 날아올랐다. 잼은 황금빛 눈을 뙤록뙤록 굴리며 그 광경을 물끄러미 바라보다가 물었다.

"키안, 저게 뭐야?"

키안은 감히 올려다볼 엄두도 내지 못했다.

"박쥐야. 잼, 이리 와."

잼은 짐짓 못들은 척 하고 길 위에 그대로 서 있었다. 놀라움과 두려움으로 눈이 휘둥그레진 키안이 연신 덤불을 훑어보았다. 키안은 이제껏 한 번도 숲을 본 적이 없었다. 그러나 대를 이어 아득하게 그의 핏속에 흐르고 있는 기억은 지금 자기가 맡고 있는 이 껄끄러운 냄새가 짙게 밴 이곳이 바로 숲이라는 것을 일깨워주었다.

도시에서 나고 자란 키안은 줄곧 유리와 벽돌, 강철 틈바구니에서 살았다. 그리고 열매가 주렁주렁 열리는 정원수며 디딤돌이 깔린 잔디밭이며, 화분에다 꽃을 키우는 깔끔한 정원을 보면서 자랐다. 숲은 이제껏 상상조차 하지 못한 것이

었다. 숲에서 살아온 조상들이라면 숲속 생활을 내심 반겼을 것이다.

그러나 키안에게 숲은 살 곳이 아니었다. 그 사실은 너무나 분명했다. 점점 세차게 불어 닥치는 바람에 털이 헝클어지고 수염이 파르르 떨렸다. 키안은 당혹스러운 눈초리로 주변을 두리번거리다가 나무 틈바구니에서 어렴풋이 그림자 하나를 보았다. 그림자를 파란 눈으로 곁눈질하던 키안은 자기를 빤히 쳐다보고 있는 그 눈이 짐승도 유령도 아닌, 숲의 눈이라는 걸 알았다. 그 순간 온 몸의 털이 쭈뼛 섰고 어둠이 두려웠다. 그렇지만 키안은 달아나기는커녕 옴짝달싹 못하고 있었다. 이 갑작스런 환경의 변화는 키안의 용기와 위엄을 산산조각 냈고, 살고 싶은 욕구마저 모조리 앗아갈 정도였다.

작은 할미새 한마리가 참을성이 바닥난 듯 요란하게 지저귀며 나뭇가지에서 곤두박질쳤다. 그 바람에 싸늘한 밤의 적막이 깨졌다. 할미새의 얼룩무늬 몸뚱이가 허공을 가르며 잼을 덮쳤다. 갑작스레 할미새의 공격을 받은 잼은 몸을 휙 숙였다. 할미새는 빙빙 원을 그리며 날다가 날개를 한바탕 푸드덕거리더니 뾰족한 발톱을 세워 다시 덮쳤다. 잼은 애처롭게 울부짖으며 길바닥에 납작 엎드렸다. 키안은 그 광경을 잠자코 지켜보았다. 할미새는 잼 옆에 내려앉더니 팔짝팔짝 뛰어다니면서 잼을 향해 지껄였다.

"그르 그르! 켁켁! 와와! 아그! 아그! 아아아아그!"

할미새는 무슨 뜻인지 알아들을 수 없게 막무가내로 지껄인 자신의 말을 잼이 제대로 알아들었을 거라고 굳게 믿었다. 그런데 새끼 고양이 잼이 기대와 달리 아무런 반응도 보이지 않자, 할미새는 단단히 삐쳐서 휙 날아오르더니 말벌처럼 날카롭게 잼의 눈을 쏘았다. 화들짝 놀란 잼은 펄쩍 뛰어올라 허둥지둥 달아났다. 도마뱀처럼 몸을 낮추고 키안을 지나 꽁지 빠지게 숲으로 줄달음쳤다. 붕 날아올라 부러진 가지에 내려앉은 할미새가 잼에게 욕설을 퍼부었다. 그러고 나서 깃털을 거만하게 부풀리더니 번쩍거리는 눈초리로 겁먹은 키안을 바라보았다. 할미새가 키안에게 말했다.

"쉿쉿쉿."

키안은 모든 새가 고양이라면 몸서리치게 싫어하는 것을 알았다. 그렇지만 이토록 드러내놓고 화를 내는 새를 본 적이 없었다. 하늘을 덮고 있는 나뭇가지들을 눈으로 죽 훑던 키안의 눈에 나뭇가지들이 할미새 못지않은 증오심으로 몸서리치는 것이 보였다. 키안은 이 숲도 고양이를 몹시 싫어한다고 생각했다. 언제까지 풀밭에 머무를 수 없었다. 키안은 조심스레 숨을 곳을 찾아 숲속으로 걸음을 옮겼다. 할미새는 꼬리를 깐닥거리고 욕설을 퍼부으면서 떠나가는 키안을 노려보았다. 잼은 허겁지겁 덤불에서 나와 키안과 함께 숲으로 들어갔다. 잼은 키안의 귀가 이리저리 방향을 틀고, 상아빛 수염을 파르르 떨고, 새하얀 발을 한껏 조심스레 내딛는 것을 보고는 덩달아 흙바닥을 살금살금 걸어갔다.

키안은 유칼립투스 발치에 멈춰 섰다. 잼은 키안의 눈길을 따라 거칠거칠한 딱지가 앉은 짙은 핏빛 나무의 몸통을 빤히 올려다보았다.

"켈리."

키안이 말을 내뱉기 무섭게 자그마한 새끼 고양이가 부리나케 내려왔다. 엉덩이 먼저 버둥버둥 내려오더니 땅바닥에 닿을 무렵 주룩 미끄러져서는 젖은 잎더미에 풀썩 떨어졌다. 켈리는 일어나 몸을 부르르 떨더니 코를 잼의 코에 대고 문질렀다. 잼과 켈리는 한 배에서 난 형제라고 하기엔 닮은 구석이 전혀 없었다. 오빠 잼의 털색은 까맸지만, 켈리의 털색은 빨간색, 살구색, 짙은 회색, 담황색이 섞여서 물처럼 서로의 색에 잔잔히 스며들어 있었다. 예쁘장한 켈리는 주둥이 끝도 우유를 핥은 듯 새하얗고, 발도 입 못지않게 우유를 밟고 지나간 듯 하얀색이었다. 켈리는 잼 옆에 몸을 웅크려 호박색 눈을 동그랗게 치뜨고 어리둥절한 눈초리로 키안을 쳐다보았다. 켈리가 키안에게 물었다.

"여기가 어디야? 왜 우리가 여기 왔어?"

고양이는 본성상 궁지에 빠졌음을 인정하지 않는지라, 키안은 짐짓 그 질문을 못들은 척했다. 잼은 바람결에 사락거리는 잎사귀 하나를 지그시 밟고 켈리에게 말했다.

"그 남자가 키안의 목걸이를 벗겨버렸어."

섬뜩한 기분에 사로잡혀 켈리는 땅바닥에 납작 엎드렸다. 주변이 온통 핑핑거리고 딸깍대면서 꿈틀대는 소리로 들끓었다. 그 소리는 동물들이 잠자리를 찾아가는 소리이자 달과 함께 깨어나는 야행성 동물들이 기지개를 켜는 소리였다. 새들이 나뭇가지에 앉아 말다툼을 벌이느라 한바탕 시끌벅적하더니 삽시간에 살얼음 같은 정적이 내려앉았다. 나무들과 땅이 한몸처럼 숨을 들이마셨고 유령처럼 싸늘한 한숨을 토해냈다.

바람은 나무처럼 실체가 또렷한 냄새를 실어다 주었다. 그 냄새는 미지의 동물들과 이 괴상망측한 풍경이 허깨비가 아님을 알려주는 또렷한 증거였다. 고양이들에게 닥친 끔찍한 곤경 가운데서도 이 냄새의 유령이 가장 고통스러웠다. 키안은 신경을 한껏 곤두세우고 여차하면 달아날 만반의 준비를 하고 있었지만 아무 대책도 없이 위험에 노출돼 있다는 것을 알았다. 잼과 켈리 역시 마찬가지였다. 맥이 풀린 키안이 시멘트 집의 안락함을 애타게 그리워하면서 껍질이 벗겨진 나무들과 울창한 고사리 숲을 물끄러미 바라보았다. 키안이 새끼 고양이들에게 다정하게 말했다.

"여기는 우리가 있을 곳이 아니야. 우리는 집으로 돌아가야 해."

잼과 켈리가 눈을 깜박였다. 잼이 물었다.

"우리 집이 아직도 정말 있는 걸까? 사라졌을지도 모르잖아. 감쪽같이 '뿅' 하고. 그리고 그 자리에 대신 이런 게 생기고."

"아냐. 우리 집은 거기 있어. 있던 자리에 그대로."

키안이 높은 나뭇가지 틈새로 반짝거리는 별들을 쳐다보았다.

"그걸 어떻게 알아?"

키안은 멈칫했다. 그걸 어떻게 아는지는 자신도 몰랐다. 다만 뼛속 깊이 사무치게 느끼고 있었다. 그의 집은 늘 있던 자리에 그대로 있으며, 사라진 것은 집이 아니라 바로 자기라고 그의 피가 아우성치는 소리를 들을 수 있었다.

"집은 거기에 있어. 내가 장담할게."

키안의 말에 켈리는 불안한 눈초리로 어둠 속을 빤히 쳐다보았다. 이제껏 큰 변화를 몇 차례 겪긴 했지만 이토록 당혹스러운 경험은 난생 처음이었다. 켈리는 숲을 말끔히 지워 없애고 자기가 살던 집을 되돌려놓기를 간절히 원했다.

"키안, 그럼 집은 어디 있어? 도대체 집이 어디 있냐고?"

"키안, 우리가 집을 어떻게 찾아?"

그 말에 키안은 머뭇거렸다. 아무리 둘러봐도 눈에 익은 경계나 울타리, 건물, 길 따위는 보이지 않았다. 하지만 일찌감치 나온 별들 가운데 전에 보았던 것들이 보였다. 그의 집을 내리비추며 반짝거리던 별들, 세상을 단단히 붙들어 매고 있는 뾰족뾰족한 별들이 더러 보였다. 발바닥을 타고 이제껏 들어왔던 노래가 들렸다. 집에 있을 때 들었던, 달콤하게 울려 퍼지던 대지의 노랫소리였다. 대지의 노래와 별들은 흙을 살펴보고 벌레의 자취를 더듬을 수 있는 것만큼이나 쉽게 찾아낼 수 있는 것들이었다. 키안은 자신의 동물적인 감각이 여전히 총명하고, 그 총명한 감각을 믿고 행동하는 것이 옳다고 믿었다. 키안이 똑 부러지게 말했다.

"우리는 집을 찾을 수 있어. 암, 찾고말고."

켈리가 귀가 솔깃해서 일어나 앉았다.

"어떻게 집에 가? 자동차가 우리를 데려다줄 거야?"

"아니, 우리는 걸어갈 거야."

"멀어?"

"멀겠지. 하지만 튼튼한 네 다리가 있잖아. 다리가 너를 위해 씩씩하게 걸어 줄 거야."

잼이 펄쩍 뛰어올라 꼬리를 휙휙 둘렀다.

"배가 고프면 어쩌지? 그때는 새를 잡아먹어야 해?"

켈리가 바짝 다가왔다.

"키안, 새가 무섭지 않을까?"

키안이 콧방귀를 뀌었다.

"무섭다니? 켈리. 고양이가 무서워할 건 세상에 아무것도 없어."

키안은 켈리가 이 말을 듣고 자기를 믿음직스럽게 여겼으면 싶었다. 키안도 자기 말처럼 자신을 옥죄고 있는 두려움을 용감하게 떨쳐낼 수 있기를 간절히 바랐다. 덤불 속에는 틀림없이 숱한 위험이 도사리고 있을 것이다. 숲이 간직한 위험이자 숲에서 마음껏 활개를 치는 위험이었다. 그런 숲을 가로질러 가다 보면 잼과 켈리에게는 물론이고, 키안 자신에게도 온갖 위험이 닥칠 게 뻔했다.

키안은 이제껏 별 탈 없이 편안하게 살아왔다. 문제라고 해봐야 넌더리나게 싫은 이웃의 얼룩 수컷 고양이와 걸핏하면 티격태격 실랑이를 벌인 일과 몹시 성이 나 공격을 해대는 찌르레기 새끼들을 죽인 것, 그리고 귀청이 떨어져 나갈 듯 짖어대며 길길이 날뛰는 개와 맞선 게 고작이었다. 키안은 가시처럼 날카로운 이빨과 발톱으로 어떤 나무든지 잘 탔고, 샛길은 귀신같이 찾아냈다. 시끄러운 트럭이나 기차 소리에도 좀체 마음의 평온을 잃지 않았다. 하지만 그는 다섯 해 남짓한 생애 동안 많은 시간을 푹신한 안락의자에서 잠을 자며 보냈다. 그래서 자신이 험악한 표정으로 적을 물리치는, 완벽한 솜씨와 용기를 지닌 고양이라고 장담할 수 없었다. 그 생각에 이르자 키안은 거미줄에 갇혀 애처롭게 날개를 퍼덕이는 잠자리같이 아무 소리도 내지 못했다.

갑자기 잼이 짓궂게 키안에게 덤벼들었다. 키안이 냉큼 한 대 후려치자 잼은 맥없이 나뒹굴었다. 켈리는 키안을 진지한 눈으로 찬찬히 보더니 한 발을 머뭇머뭇 뻗으며 물었다.

"키안, 그 남자가 왜 우리를 상자에 넣었어? 왜 우리를 여기에 남겨둔 거야? 그 사람은 왜 키안의 목걸이를 벗긴 거지? 그리고, 키안…… 할머니는 어디 있어?"

키안은 수염을 실룩거리며 제 가슴 털에 눈길을 꽂았다. 상자 안에서 흘린 침이 말라 털이 실뭉치처럼 뻣뻣하게 굳어 있었다. 키안은 정성스럽게 털을 쓰다듬기 시작했다. 가장 끔찍하게 뒤엉킨 털 뭉치를 손질하기 위해서 볼품사납게 목을 쭉 빼고는 뭉친 털이 풀어질 때까지 입질을 멈추지 않았다. 털이 거의 풀어지자 키안은 앞으로 걸음을 내디디며 말했다.

"그럼, 이제 가자."

키안은 고사리 숲으로 거침없이 들어갔다. 새끼 고양이들은 버둥거리며 키안을 따라갔다. 까딱 한눈을 팔았다가는 뿔뿔이 흩어질지도 모른다는 두려움 때문에 나무 밑에서 했던 온갖 질문들은 까맣게 잊고서……

땅거미가 뉘엿뉘엿 지고 머잖아 고양이의 벗인 나른한 밤이 내려앉을 터였다. 고양이들의 눈동자가 검게 변했다. 잔가지를 뛰어넘고 큰 가지 아래를 지나 고양이들은 미끄러지듯 나아갔다. 어린 나무와 썩은 풀더미를 지났다.

그들의 뒤를 줄곧 숲이 밟고 있었다. 나무들 틈새의 어스름한 숲의 정령은 지르콘(보석으로 쓰이는 광물:옮긴이)처럼 희뿌옇고 올빼미처럼 주의 깊었다. 고양이 세 마리는 추위에 떨면서도 공기의 맛을 음미하며 살금살금 귀 기울여 걸었다. 강렬한 행성의 중심에서 솟아나오는 힘찬 선율과 별들의 안내를 받으며 잃어버린 집을 찾아나섰다.

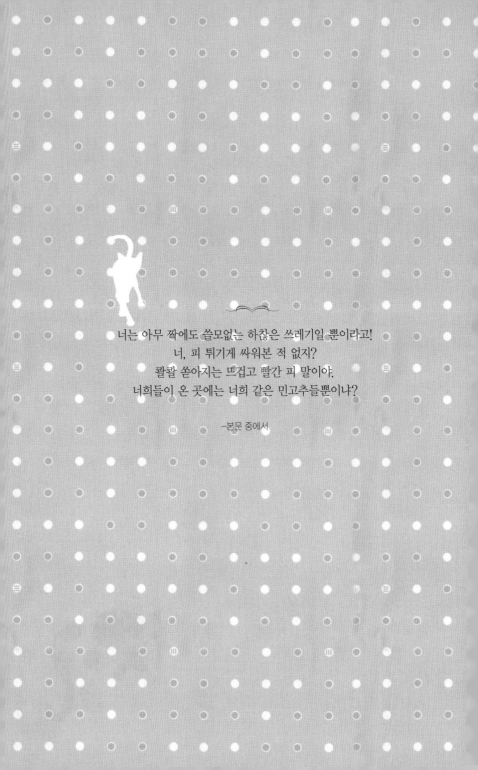

너는 아무 짝에도 쓸모없는 하찮은 쓰레기일 뿐이라고!
너, 피 튀기게 싸워본 적 없지?
콸콸 쏟아지는 뜨겁고 빨간 피 말이야.
너희들이 온 곳에는 너희 같은 민고추들뿐이냐?

―본문 중에서

숲의 거친 싸움꾼들

　　　　　　　　잼과 켈리는 지금껏 느껴본 적
없는 숲의 모습에 경탄하면서 기쁘게 걸음을 옮겼다. 나뭇잎
위로 잔잔하게 물결치는 햇살, 너울너울 실을 자아내는 애벌
레, 저 높은 곳에서 끊임없이 툭툭 떨어지는 빗방울은 흠잡
을 데 없는 완벽함으로 잼과 켈리의 시선을 사로잡았다. 마
치 살아 있음을 알려주는 흔적 같았다. 잼과 켈리는 새끼들
이 가진 특성대로 새로운 환경에 빠르게 적응하고 있었다.
그러나 잼과 켈리보다 오래 산 키안의 눈에는 모든 것들이
위험하기 짝이 없게 보였다. 온갖 기대로 한껏 부풀어 있는
새끼 고양이들을 보면서 키안은 뾰족한 발톱이 부러질 세라
온 신경을 곤두세웠다.

　　뭐니 뭐니 해도 지금 가장 중요한 건 먹이였다. 키안 일

행은 점심나절에 사내가 길바닥에 흩뿌린 마른 알갱이를 먹은 것이 전부였다. 먹는 속도가 느린 켈리는 그것조차 거의 먹지 못했다. 켈리는 엘렌 할머니처럼 각자의 그릇에 따로따로 음식을 나눠주는 것이 더 좋았다.

"배고파."

뾰족한 풀잎을 헤치고 나아가던 켈리의 말이 끝나기가 무섭게 잼이 맞장구쳤다.

"나도. 키안은?"

키안도 배가 고팠다. 자기 배가 고픈 것으로 미루어 어린 잼과 켈리가 얼마나 배가 고플지 짐작하고도 남았지만, 키안은 그냥 곁눈질로 흘깃 고양이들을 쳐다볼 뿐 묵묵히 걸음을 재촉했다.

저녁이 으슥한 밤에 자리를 내어주더니 숲에 한결 짙은 고요가 내려앉았다. 그렇다고 아무 소리도 나지 않은 것은 아니었다. 숲에는 달빛을 받아야 움직이는 운명을 타고난 동물들이 수두룩했다. 하지만 수다스러운 새들이며 파닥파닥 날갯짓 하는 곤충들처럼 천성이 시끌벅적한 동물들은 이맘때면 묵직한 정적 속에서 휴식을 취하고 있었다.

키안은 누군가가 자신들을 감시하고 있는 것만 같았다. 들어본 적 없는 울부짖음과 꽥꽥거림, 싸늘한 공기를 갈기갈기 찢어버리는 섬뜩한 비명소리가 자신들을 마구 괴롭히는 것만 같았다. 그 소리를 하나씩 지나칠 때마다 방금 들었던 소리보다 더 끔찍한 소리가 들렸다. 그는 숲 속에서 무엇을 두려워해야 하는지 딱히 아는 바가 없었지만, 그 소리가 소름끼치도록 무시무시한 것임에는 틀림없다고 생각했다.

"키안?"

"응?"

"우리가 배고프다는 소리 들었어?"

키안은 큼지막한 돌 위에 올라서서 별을 쳐다보았다. 한여름 밤송이의 가시처럼 뾰족뾰족한 별들이 초롱초롱 빛나고 있었다.

"키안?"

"왜?"

"여긴 나무가 무척 많다."

"흠."

키안은 푹신한 숲 바닥에서 전해오는 길잡이의 노래를 들을 수 있었다. 단조로운 저음의 노래가 그의 발바닥을 통해 울려 퍼졌다. 고양이들은 쥐가 파놓은 고랑을 따라 걸어가고 있었다. 고사리 끝에 대롱대롱·매달린 이슬이 키안의 코에 튀었다. 아무리 소리를 죽여 살그머니 걸어도 걸음을 내디딜 때마다 발소리가 났다. 땅에 발을 내딛는 압력으로 잎이 떨어지고 잔가지가 부러지고 흙덩이가 또르르 굴러가기 일쑤였다. 키안은 이토록 쉽사리 부서지는 약해빠진 덤불이 야속했다.

"잼, 여기가 바로 숲이야."

"응, 숲…… . 키안?"

"왜?"

"그런데 여긴 왜 가로등이 없어?"

"그냥 없는 거야. 쉿, 잼."

"여긴 너무 어두워. 가로등이 없어서. 키안은 여기에 또 뭐가 없는지 알아?"

그러면서 잼은 쓰러진 가지 하나를 껑충 뛰어넘었다.

"잼, 조용히 해…… ."

"켈리? 너는 아니?"

"뭐가 없는데?"

"안테나가 없잖아. 또 뭐가 없게? 키안, 뭐가 없는지…… ."

"조용히 해! 내가 조용히 하랬지?"

키안은 잼의 얼굴에 대고 쉿 소리를 내며 몸을 홱 돌렸다. 바로 그때 마치 실랑이가 벌어지기를 기다리기라도 한 듯 무시무시한 비명소리가 나뭇잎을 우수수 털어내며 숲을 한바탕 뒤흔들었다. 분노의 망령은 지빠귀들을 공중으로 흩어지게 하면서 빠르게 질주했다. 키안과 새끼 고양이들은 나무고사리로 재빨리 피해 우산처럼 드리워진 고사리 잎 밑에 숨었다.

덩치 큰 검정 하양이 섞인 얼룩 고양이 한 마리가 으르렁거리며 나무 위에서 쏜살같이 내려오는 것이 보였다. 그 고양이는 튼실한 다리로 유칼립투스 나무 사이를 휙휙 건너뛰어 켈리를 향해 곧장 내달려오는가 싶더니 삽시간에 방향을 바꾸어 하늘로 몸을 날렸다. 바로 그 순간, 날카로운 소리를 내지르는 뒤틀린 근육 덩어리의 윤곽이 달에 비쳤다. 얼룩 고양이는 덩치가 그에 못지않게 큰 황갈색 고양이가 있는 굵은 가지에 내려앉았다. 두 마리의 고양이는 서로 마주 보았다. 황갈색 고양이가 얼룩 고양이의 얼굴을 세게 후려쳤다. 그 힘에 얼룩 고양이는 하마터면 바닥으로 곤두박질칠 뻔했지만 재빨리 정신을 추스르고 뒷다리로 서더니 황갈색 고양이를 향해 주먹을 날렸다. 황갈색 고양이는 잽싸게 가지를 따라 달아났다. 얼룩 고양이가 놓칠 세라 뒤따라가면서 갖은 욕설을 퍼부었다. 황갈색 고양이는 상대의 주먹이 닿지 않는 곳에 멈춰 섰다. 두 마리 고양이는 서로 불꽃이 튀는 눈으로 노려보았다. 그러는 동안 잠에서 깬 새들이 날개를 푸드덕거리며 짹짹거렸고, 우수수 떨어지는 잎들이 빙글빙글 맴돌며 소용돌이쳤다.

고사리 밑에 숨어 있는 도시 고양이들은 턱을 땅바닥에 댄 채 겁에 질려 몸을 잔뜩 움츠리고 있었다. 머리 위에서는 거대한 고양이들이 서로 매섭게 노려보며 입술을 말아 올려 날카로운 송곳니를 드러내고 있었다. 황갈색 고양이가 목구멍에서 무시무시한 소리를 토해냈지만, 얼룩 고양이는 마치 새소리인 양 심드렁했다. 잔뜩 열에 받친 두 고양이는 한동안 옴짝달싹하지 않았다. 갑자기 얼룩 고양이가 황갈색 고양이에게 말했다.

"이 애꾸눈아. 어떤 녀석이 네 한 쪽 눈깔을 파버렸지. 내가 나머지 눈깔을 마저 파줄까? 그렇잖아도 발톱이 근질근질하던 참인데."

황갈색 고양이가 킬킬 웃었다.

"이 멍청아, 누가 내 눈을 판 게 아냐. 하도 심심해서 내 발로 쏘옥 뽑은 거라고. 자 이리 온. 내가 어떻게 하는 건지 시범을 보여주마."

얼룩 고양이는 너덜너덜한 꼬리를 휘두르며 낄낄 웃었다.

"주둥이를 잘도 놀리는구나, 제법이야. 그런데 네 발이

주둥이처럼 날렵하지 않아 유감스럽군, 그치?"

"그래, 내 발이 네 발만큼 날쌔지는 않지. 너는 바람처럼 달리니까. 자나 깨나 달리기 연습만 하는 모양이야."

얼룩 고양이가 눈을 가늘게 떴다.

"역겹게 굴지 마, 로크. 점점 기분이 나빠지려고 하잖아."

"야, 휘트. 너나 까불지 마."

한참 숨을 헐떡거리던 둘은 다시 기운을 되찾아 탄탄한 다리를 움직여 상대를 향해 돌진했다. 무시무시한 이빨을 드러낸 채 으르렁거리며 힘차게 몸을 날려 서로를 꽉 움켜쥐었다. 송곳니로 물고 발톱으로 찌르면서 드잡이를 하기 무섭게 서로 팔이 뒤엉켜 마치 한 몸뚱이처럼 붙은 둘은 나뭇가지에서 떨어져 혜성처럼 바닥으로 곤두박질쳤다.

그들을 눈으로 쫓던 켈리는 땅바닥에 턱을 비스듬히 대고 앉아 있는 작은 줄무늬 고양이 한 마리를 발견했다. 그 줄무늬 고양이 역시 켈리와 마찬가지로 싸움꾼들이 자기에게 떨어지지 않을까 불안해하며 떨어지는 고양이들을 쳐다보고 있었다.

줄무늬 고양이는 마치 말벌 떼에 쏘이기라도 한 듯 펄쩍 뛰어올랐다. 그러고는 잽싸게 고사리 숲으로 돌진해 새끼 고양이들과 키안을 들이받았다. 소스라치게 놀란 키안 일행은 싸움꾼 고양이들이 땅바닥에 떨어지는 사이에 허둥지둥 법석을 떨면서 달아났다. 바로 그때 싸움꾼 고양이 한 마리가 키안을 발견했고, 발톱을 축으로 해서 몸을 팽그르르 돌리더니 키안에게 덤벼들었다. 다른 싸움꾼 고양이는 떨어진 충격에서 헤어나지 못한 채로 잼을 쫓아서 뛰어가다가 삽시간에 방향을 바꿨다. 그러더니 조금 전까지만 해도 으르렁거리며 싸우던 적과 돌연 한패가 되었다. 키안은 번개처럼 빈터를 가로질러 키 큰 유칼립투스 위로 뛰어올랐다. 키안은 거미처럼 다리를 쭉 늘여 발톱으로 나무껍질을 거머쥐고 나무를 기어오르려고 버둥거렸다. 그러나 필사적인 노력에도 불구하고 나무껍질 부스러기만 떨어질 뿐이었고, 결국 맥없이 엉덩방아를 찧고 말았다. 싸움꾼 고양이들은 눈에서 무시무시한 불꽃을 내뿜으며 키안을 향해 성큼성큼 다가왔다. 키안은 나무에 몸을 바짝 붙인 채 눈만 깜빡거렸다.

켈리는 가시나무에 숨어서 싸움꾼 얼룩 고양이가 황갈색 고양이를 곁눈질하며 쉰 목소리로 떠벌리는 것을 보았다. 얼룩 고양이 휘트가 깩깩거리며 말했다.

"여기 좀 봐! 풀숲에서 어떤 녀석이 튀어나왔는지 좀 보라고! 반짝반짝 빛나는 두꺼비 새끼야. 폴짝 폴짝 폴짝! 사방에서 폴짝대는 두꺼비들. 개골 개골 개골!"

애꾸눈 로크는 그 말을 무시해 버렸다. 그리고 찌그러진 코를 허공에 대고 킁킁 냄새를 맡더니 키안에게 바짝 머리를 들이댔다. 키안은 요동치는 심장을 부여잡고 꿈쩍도 하지 않은 채 땅바닥에 납작 엎드려 있었다. 로크는 눈이 있던 자리에 움푹 구멍이 파여 있었고, 눈꺼풀을 따라 끈적끈적한 액체가 흘러나오는 흉터가 있었다. 썩은 냄새가 고약했다. 애꾸눈 로크가 나직한 목소리로 물었다.

"그런데 너는 누구냐?"

"나는 아무것도 아냐……."

"그건 나도 알아."

"내 이름은 키안이야."

로크가 바짝 다가왔다.

"키이-안. 나는 네 이름을 물은 게 아냐. 키안, 이 멍청한 녀석아!"

키안은 줄곧 눈을 내리깔고 우물쭈물 말했다.

"나는 너희들을 화나게 하려던 게 아니야……."

"어쨌든 화나게 했잖아. 네 녀석이 우리 영역을 탐낸다는 거 다 알아."

"아냐……."

"네 녀석이 우리 먹이에 눈독을 들이고 있잖아."

"아냐, 나는……."

로크는 움찔 뒷걸음질을 쳤다.

"어라, 이 녀석…… 고추가 없네."

휘트가 끼어들었다.

"저 녀석도 그래. 저 코딱지만한 녀석도 고추가 없어. 가랑이 사이로 찬바람이 불면 가랑이가 어지간히 시리겠다. 두껍아, 그치?"

그 말에 애꾸눈 로크가 낄낄대며 웃었다.

"흠. 우리 암컷은 탐내지 않겠군."

키안은 달아나고 싶은 본능과 처절하게 맞서 싸우고 있었다.

"나는 아무것도 아니야. 정말이지 아무것도 아니라고."

휘트가 얼룩무늬 털을 날리며 키안을 흘겨보았다.

"우리도 그쯤은 알아, 이 민고추야! 너는 아무 짝에도 쓸모없는 하찮은 쓰레기일 뿐이라고! 네 꼴 좀 봐. 눈부시게 빛나는 하얀 배며 발이며, 아우 예뻐라. 어쩜 이렇게 깨끗하고 솜털처럼 부드럽고 사랑스러울 수가 있어. 너, 피 튀기게 싸워본 적 없지. 그치? 콸콸 쏟아지는 뜨겁고 빨간 피 말이야. 야! 너랑 저 꼬마랑 너희들이 온 곳에는 너희 같은 민고추들뿐이냐? 엉?"

키안의 귀에 까슬까슬한 유칼립투스 껍질이 느껴졌다.

"우리는 저기 먼 데서 왔어. 어떤 남자가 우리를 상자에 넣어 자동차로 싣고 왔어. 그리고 그가 내 목걸이를 벗기고 우리를 여기 두고 떠났어. 그리고……."

"입 닥쳐, 이 쓰레기야. 우리는 그 따위 거엔 관심 없어."

휘트가 난폭하게 주먹을 휘두르는 바람에 키안의 코가 찢어졌다.

"우리는 그게 뭐든 관심 없어, 알겠냐? 어쨌거나 너희들은 지금 여기에 있고 여기는 너희들이 있어서는 안 되는 곳이야! 그러니까 재수 없게 깝죽대지 말고 썩 꺼져. 이 두껍아!"

휘트가 동굴 같은 입을 쩍 벌려 고약한 냄새가 나는 입김을 훅 내뿜으며 고함쳤다. 맞받아치거나 달아나야 마땅했다. 그러나 키안은 몸을 잔뜩 움츠린 채 사시나무 떨듯 떨면서 애처롭게 굴복했다. 팔팔한 반응을 기대했던 들고양이들은 키안을 미심쩍은 눈초리로 노려보았다. 휘트가 매섭게 말했다.

"반짝이 이 녀석이 어디 아픈가? 왜 가만히 있는데?"

로크가 키안의 머리를 후려쳤다. 키안은 낮게 신음했다. 그때까지 가시나무에 숨어 있던 켈리는 보기 딱할 정도로 바들바들 떨고 있었다. 우거진 유칼립투스 잎 틈새로 몰래 엿보고 있는 두 개의 동그란 황금빛 고리는 잼의 눈이었다.

주먹질과 온갖 모욕에도 키안이 꿋꿋이 버티자, 휘트가 당혹스러워하며 소리쳤다.

"일어나, 이 바보야! 싸우든지 달아나든지 하란 말이야!"

키안은 코피를 뚝뚝 흘리며 말했다.

"왜 그래야 하지? 그게 무슨 소용이야? 암만 그래도 나는 너를 피해 달아날 수 없어."

"그래 맞아. 네 까짓 게 나를 피하다니 어림도 없지!"

"그런데도 내가 왜 괜한 헛수고를 해야 해?"

로크는 비듬투성이 꼬리를 마구 흔들면서 콧방귀를 뀌었다.

"휘트. 반짝이가 너를 골려주려고 그러는 거야. 녀석은 네가 바보라는 걸 알고 있거든."

휘트가 버럭 성을 냈다.

"나는 사랑스런 고양이자 싸움꾼이고 무시무시한 폭군이야. 진짜 바보가 누구인지 내가 반짝이 녀석에게 톡톡히 알려주겠어!"

휘트가 키안에게 잽싸게 달려들면서 발길질을 했다. 키안은 슬슬 뒷걸음질 치면서 풀밭 구석으로 줄행랑을 치며 소리쳤다.

"나는 너한테 바보라고 한 적 없어!"

그 말에 맹렬히 달려들던 싸움꾼 휘트는 멈칫했다. 꼬리를 바닥에 축 늘어뜨린 휘트의 눈길이 천천히 옆으로 미끄러져 로크에게 박혔다.

"나를 바보라고 부른 고양이는 외눈박이였지."

"입 닥쳐, 휘트!"

"너나 입 닥쳐. 로크! 이 멍청한 녀석아!"

"이 개똥만도 못한 게!"

욕설을 퍼부으면서 휘트가 애꾸눈 로크의 목덜미를 겨냥해 튀어 올랐다. 로크는 민첩하고 매섭게 맞받아쳤다. 바닥에 날카롭게 핏방울이 튀었다. 고통스런 신음을 내지르던 휘트가 비틀거리며 어둠 속으로 갔다. 로크는 뒤엉킨 머리털을 가지런히 쓰다듬고 찢어져 덜렁거리는 살가죽을 두드려 제자리에 다시 밀어 넣었다. 그리고 키안을 돌아보았는데, 구멍 뚫린 눈에서 고름이 줄줄 흘러내리고 있었다. 로크가 쏘아붙였다.

"썩 꺼져. 이 민고추야. 순 겁쟁이 졸개 놈아!"

키안은 벌떡 일어나 조심스럽게 풀밭에서 기어나왔다. 로크가 키안 쪽으로 몸을 바짝 수그리자 키안의 수염 끝이 로크의 옆구리를 살짝 스쳤다. 키안은 복종의 뜻으로 귀를 접은 채 로크의 나지막한 말에 한마디도 빠짐없이 귀기울였다.

"머잖아 이 숲에 있는 어떤 고양이가 네 몸뚱이를 갈가리 찢어놓을 거야. 하지만 나는 그 따위 짓은 안 해. 너 같은 애송이를 상대하는 건 고귀한 내 이름에 먹칠을 하는 거니까."

키안은 아무 대꾸도 하지 않고 자기가 어디로 가는지 개의치 않는 듯 묵묵히 걸음을 옮겼다. 바닥에 깔린 나뭇잎이 버석거리는 소리를 냈다. 키안은 싸움꾼 고양이들이 어둠 속으로 사라졌음을 알아채고도 뒤 한번 돌아보지 않고 걸었다.

꼬리를 늘어뜨리고 고개를 숙인 채 차분한 걸음으로 쉬지 않고 걸었다. 욱신거리는 코 말고는 몸뚱이 어디 한구석 다치지 않았던 터라 짐짓 의기양양한 척 걸었다. 그러나 속으로는 굴욕스러움에 숨이 막힐 지경이었다. 키안은 도도하면서도 섬세한 고양이의 자존심에 먹칠을 했다는 생각으로 말할 수 없이 마음의 상처를 입었다.

키안은 잼과 켈리를 혼란스런 눈길로 쳐다보았다.
저 어린 것들을 버린다는 생각은 이제껏 해본 적이 없었지만,
자기가 응석받이 고양이라 누구를 돌볼 힘이 없다는 건
잘 알고 있었다.

—본문 중에서

들고양이 무리의 충고

　잼은 나무에서 주르르 미끄러져 내려와 덤불숲을 헤치며 필사적으로 키안과 켈리를 쫓아갔다. 달려오는 잼을 본 켈리가 걸음을 멈췄고, 일행은 다시 만났다. 키안은 잠자코 걸어갈 뿐 잼과 켈리를 쳐다보지 않았다. 키안이 헛기침을 하며 말했다.

　"얘들아, 나도 너희들이 몹시 배가 고프고 힘들다는 거 알아. 하지만 여기는 안전한 곳이 아니야. 더구나 밤에는 바짝 긴장하며 줄곧 깨어 있어야 해. 날이 밝으면 너희들이 쉬는 동안 내가 먹을 걸 구해 줄게. 그때까지만 버티렴."

　잼이 빠르게 키안 옆으로 와서 키안의 턱에 이마를 갖다 댔다. 잼은 들고양이들을 만난 것이 현기증이 날 만큼 짜릿했다. 그래서 지금까지 배고픈 것도 까맣게 잊고 있었다. 다시 태평스레 잠을 잘 수 있을지도 궁금했다. 잼은 어찌나 들 고양이들을 뚫어지게 쳐다보았던지 눈이 머리에서 튀어나오는 게 아닌가 걱정스러울 지경이었다. 이제껏 싸움판에 끼어본 적이 없었다. 그동안 보았던 싸움이라고는 싱겁기 짝이 없는 싸움뿐이었다. 그러나 이제 잼에게는 갈망이 생겼다. 피도 눈물도 없는 정열의 화신이 되고 싶은 갈망, 방금 보았던 싸움꾼 고양이들에 버금가는 두려운 존재가 되고 싶다는 갈망이 잼의 작은 심장에 서서히 싹을 틔웠다. 그래서 자동차 여행과 숲과 싸움이 있었던 오늘은 잼의 생애에 가장 가슴 벅찬 날이 되었다. 그 생각에 이르자 잼은 앞으로 이보다 더 놀랄 일은 없을 거라고 큰소리를 칠 뻔했다. 그러나 그 생각은 잠시였고, 잼은 소스라치게 놀랐다. 줄무늬 고양이가 기척도 없이 일행 앞에 모습을 드러낸 것이다.

키안은 더 이상 겁쟁이처럼 움츠러들고 싶지 않았다. 키안은 빠르게 낯선 고양이를 탐색했다. 힘에 있어 자기가 한 수 위라는 판단을 한 키안은 무섭게 소리 지르며 뛰어올라 잽싸게 줄무늬 고양이를 공격했다. 줄무늬 고양이는 균형을 잃고 나자빠지면서 꼬리를 격렬하게 휘둘렀다. 키안은 뒤집혀 버둥거리는 고양이를 덮쳐 꼼짝 못하게 짓누른 채 무섭게 으르렁거렸다. 줄무늬 고양이는 저항할 생각이 없다는 듯 옴짝달싹 하지 않았다. 키안은 맥없는 무저항주의자의 얼굴에 대고 다시 한 번 더 을러댄 다음, 거리를 두고 서서 미심쩍게 줄무늬 고양이를 쳐다봤다. 키안은 그제야 자기 수법에 자기가 당한 꼴임을 알아챘다. 키안이 휘트와 로크에게 사용했던 전략을 줄무늬 고양이가 키안에게 사용했던 것이다. 키안은 당혹스러웠다.

줄무늬 고양이는 벌떡 일어나 코를 킁킁거리며 한 발로 주둥이를 문질렀다. 그리고 당혹스러워하는 키안 일행은 쳐다보지도 않은 채 몸단장을 하느라 법석을 떨었다. 발가락에서 진흙 덩어리를 털어내고, 드문드문 난 담갈색 수염도 가지런히 빗더니 겁에 질려 바들바들 떨고 있는 벼룩 한 마리를 질겅질겅 씹었다. 이어 몸을 뒤틀어 엉덩이에 주둥이를 갖다 대고는 헝클어진 털을 핥았다. 펑퍼짐한 코에 땅딸막한 덩치로 보나 근육으로 보나 아직 덜 자란 풋내기 고양이었다. 짧은 줄무늬 털은 구릿빛과 석탄 빛이었다. 그 색깔은 조상 대대로 물려받은 자랑스러운 색이었다. 꽃단장을 끝낸 줄무늬 고양이는 발을 가지런히 모으더니 눈을 휘둥그레 뜨고 있는 키안 일행을 지그시 바라보았다.

"내 이름은 말로야. 아까 너희들이 상자와 자동차에 대해서 말하는 걸 들었어. 그런데 누가 너희들을 좀 만나고 싶어

해.”

키안의 그림자에 숨어 있던 켈리가 줄무늬 고양이를 향해 쏘아붙였다.

“아까 너를 봤어. 싸움꾼 고양이들이 너를 짓뭉개 놓을 뻔했지. 그러자 네가 우리한테 와서 쾅 박았잖아.”

줄무늬 고양이가 샐쭉해서 꼬리를 휘둘렀다.

“그건 내 잘못이 아니야. 나는 너희들이 고사리 밑에 있는 줄 몰랐어. 그건 너희들 잘못이야. 애당초 거기 있지 말았어야지. 음, 아무튼 이미 끝난 일이니 어서 가자.”

키안은 하늘을 향해 비틀비틀 뻗어있는 어스름한 숲을 쳐다보았다.

“얘들아, 아직 가지마. 야, 우리를 어디로 데려가려는 거니?”

“멀지 않아.”

키안은 미심쩍은 눈초리로 숲의 덤불을 찬찬히 뜯어보았다. 누군가가 자기를 엿보고 있었다. 수정처럼 맑은 빛을 내뿜는 눈동자였다. 키안은 그 빛의 뾰족한 끝이 살갗을 콕콕 찌르는 게 느껴졌다. 키안이 제법 큰 소리로 말했다.

“우리는 너희들에게 해를 끼칠 생각이 없어. 그냥 집을 찾아가려는 거야. 이 새끼 고양이들이랑 나는 꼭 필요한 만큼만 숲에 머물 거야. 일단 우리가 숲을 빠져나가면 다시는 너희 눈에 띌 일이 없을 거야. 우리는 괴롭힘을 당하거나 괜한 공격을 받거나 놀림을 당할 이유가 없어……."

키안의 목소리는 갈수록 힘이 빠졌다. 줄무늬 고양이가 다정하게 눈을 깜빡이며 느릿느릿 말했다.

"이리와. 아무도 너희들을 해치지 않을 테니까."

키안은 고양이 심장에는 좀처럼 깃들지 않는, 체념하는 마음으로 순순히 줄무늬 고양이에게 길을 안내하라고 했다.

키안 일행은 은빛 꼬리를 따라 덤불을 헤치고 호리호리한 물푸레나무 숲을 지나갔다. 껍질이 벗겨진 나무가 어찌나 빼곡히 늘어서 있던지 그 틈바구니로는 솔개 한 마리도 지나가지 못할 것 같았다. 켈리는 잠자코 키안의 뒤를 따랐다. 민들레 털처럼 부숭한 키안의 꼬리털이 켈리의 얼굴을 살랑살랑 간질였다. 앞에서 어슬렁어슬렁 걸어가던 말로는 잼과 이야기를 나누기 시작했다. 말로가 잼에게 물었다.

"너는 그 싸움에 대해 어떻게 생각해? 화끈하지, 안 그래? 휘트랑 늙다리 애꾸눈 말이야. 좀 지저분하고 비열하긴 하지만 싸움하난 끝내 준다니까. 나는 녀석들을 줄곧 봐왔거든."

"나도 봤어, 나는……."

"휘트는 엄청 빨라. 매처럼 잽싸지. 하지만 약아빠진 건 로크야. 로크가 발차기하는 거 봤어? 주둥이에 퍽하고 한 방 먹이는 거. 휘트는 발이 날아오는 걸 절대 그냥 두지 않아. 나는 거의 날마다 봐서 그들의 발놀림에 대해서는 훤히 꿰고 있지. 저번에는 내가 한밤중에 멋모르고 나무에 뛰어오르다 그만 쾅! 박았지 뭐야. 녀석들은 자기들을 덮친 게 뭔지 평생 모를 거야."

"나도, 나도 그들과 싸울 수 있어."

잼이 말했다.

"네가 좀 더 크면."

말로는 거만한 눈초리로 잼을 쳐다보았다.

고양이들은 바위 틈새를 지나 얕은 냇가에 이르렀다. 차가운 물 위로 구불구불 굽이치는 안개가 자욱하게 걸쳐 있었다. 돌들은 이끼와 버섯으로 뒤덮여 있었고, 물속에 잠긴 돌멩이 언저리도 온통 초록 물풀투성이었다. 개울 기슭에는 고사리와 차꼬리고사리, 그리고 물에 대고 깍듯하게 인사를 하고 있는 줄고사리가 삐죽삐죽 자라고 있었다. 희뿌연 안개가 고양이들의 귀 끝을 촉촉하게 적셨다.

켈리는 물을 마시려고 개울 기슭으로 기어올랐다. 하지만 턱을 물에 갖다 대자마자 미끄러져 물에 빠져버렸다. 켈리가 물에 잠겼다가 푸푸거리며 물 밖으로 얼굴을 내밀었다. 겁에 질린 눈을 치뜨고 숨을 헐떡거리며 몸부림을 치는 켈리를 키안과 잼, 말로는 멀뚱멀뚱 쳐다보고 있었다. 버둥거리던 켈리가 가까스로 개울에 놓인 통나무를 발톱으로 거머쥐고는 아등바등 통나무에 올랐다. 이미 흠뻑 젖은 털에서는 물이 줄줄 흘러내리고 있었다. 켈리는 갓 태어난 새끼처럼 털이 몸에 착 달라붙은 채 통나무를 따라 허겁지겁 내달리다 가까스로 맞은편 이끼투성이 바닥에 뛰어내렸다. 켈리가 젖은 몸을 부르르 떨자 작은 물방울이 반원을 그리며 후두둑 떨어졌다. 차디찬 물을 사이에 두고 일행과 동떨어진 켈리는 서글픔에 잠겨 몸뚱이를 공처럼 둥글게 말았다.

"테이! 여기 내가 말한 애들을 데려왔어!"

말로는 그 아슬아슬한 장면이 막을 내리자 아쉬워하며 외쳤다.

개울 건너 묵직하게 드리워진 어둠 속에서 몹시 더러운 발을 가진 회갈색 암고양이 한 마리가 걸어와 켈리 옆에 멈춰 섰다. 그 고양이는 켈리의 젖은 몸을 핥고 나서 키안을 노려보았다.

"어린 고양이가 여기서 물을 마시는 건 안전하지 않아. 진흙투성이인데다 가파르잖아. 보고도 몰라?"

테이가 나무라듯 말했다. 키안은 수염을 실룩거리며 가시나무에 있는 얼굴들을 하나하나 차례로 훑었다. 어느새 한데 우르르 몰려 있는 고양이 무리가 보였다. 그렇게나 많은 고양이 떼를 본 것은 난생 처음이었다. 고양이들의 얼굴이 희뿌연 어둠 속에서 유령처럼 괴괴하게 걸려 있었다. 마치 지하세계의 골짜기에서 집으로 돌아온 영혼들 같았다. 고양이들이 일제히 키안을 쳐다보며 그가 무슨 말을 하는지 귀를 기울였다.

"그냥 엎드려 있어."

키안이 옆에 있는 잼에게 속삭였다.

더러운 털의 잿빛 수고양이 한 마리가 나무에서 뛰어내리더니 테이의 뒤쪽 땅바닥에 털썩 떨어졌다. 그 고양이는 줄고사리를 밀어 헤치고, 발 아래로 물이 찰랑찰랑 흐르는 나무다리를 어슬렁어슬렁 걸어왔다. 그가 허공에 코를 킁킁거리고 쩝쩝 입맛을 다시더니 말했다.

"정말이네. 고추가 없어."

키안의 온몸을 타고 분노가 울컥 솟구쳤다. 잿빛 고양이가 한껏 폼 나게 통나무다리에서 뛰어내려 헝클어진 머리를 켈리에게 들이대자, 켈리는 그 들고양이를 찰싹 후려쳤다. 한 대 맞은 잿빛 고양이는 에메랄드빛 눈을 감으며 말했다.

"이 애도 똑같아. 새끼를 낳지 못해."

그러고서 고개를 돌려 키안을 빤히 쳐다보고 물었다.

"그 꼴을 하고 어떻게 사냐?"

웃음의 물결이 나무에서 나무를 타고 굽이쳐 흐르다 대롱대롱 매달린 잎들을 따라 미끄러져 내렸다. 키안은 몸을 곧추세워 위엄을 갖추고 호되게 꾸짖었다.

"우리가 온 곳에서는 많은 고양이들이 우리랑 똑같아. 아무도 그 사실을 입에 올리지도 않을 뿐더러 웃음거리로 삼지도 않아. 그렇게 했다가는 못 말리는 촌놈이라고 놀림 받을 테니까."

성이 나서 불끈 내지르는 호통을 잿빛 고양이는 몹시 재미있어 했다. 고양이란 동물이 호들갑스레 즐거움을 표현하는 데는 젬병인지라 들고양이는 가만히 눈을 감고 사레에 걸린 듯 큭큭 거릴 따름이었다. 잿빛 수고양이는 암고양이 테이가 자기를 후려치자, 장난스레 뒤로 풀쩍 뛰어올랐다.

"샤일러. 앉아."

울창한 고사리 숲에 누워 있던 한밤중처럼 새까맣고 늙은 고양이가 버럭 고함을 쳤다. 잿빛 수고양이 샤일러는 그 쪽을 돌아보고 즉시 시키는 대로 고분고분 앉았다.

드리워진 밤의 정적이 키안의 혈관을 타고 흐르는 분노의 피를 누그러뜨렸다. 개울을 사이에 두고 서로 마주보고 있는 들고양이들과 도시 고양이들을 젖은 땅과 나무 냄새로 묵직해진 공기가 스치듯 미끄러져 갔다. 고양이 무리에는 휘트와 로크 같은 싸움꾼처럼 덩치 큰 고양이는 없었다. 키안은 그 무리에 새끼 고양이들과 몸집이 호리호리한 젊은 고양이들, 약골과 상처투성이 고양이, 그리고 늙은 고양이까지 골고루 섞여 있음을 알았다. 무리의 맨 가장자리에는 한창 물이 오른 수컷들이 맴돌았고, 한복판에는 원숙한 수컷들의 시큼한 냄새가 한 그루의 나무처럼 솟아 있었다. 하지만 막상 고양이 무리의 힘을 쥐고 있는 것은 암컷들이었다. 가까이 뭉쳐 살면서 힘과 우애를 다지며 안전을 꾀하는 것일까. 키안은 이 고양이들이 무리 속에서 편안함을 누리기 위해 뭉친 거라고 생각했다.

고양이 무리를 둘러싼 숲은 줄곧 고요했다. 들리는 소리라고는 돌멩이 위로 굽이쳐 흐르는 개울물 소리뿐이었고, 움직임이라고는 암고양이 테이가 켈리의 몸을 말려주는 기척뿐이었다. 잿빛 수고양이 샤일러는 내내 쭈그려 앉아 있었다. 테이의 뼈만 앙상하게 남은 엉덩이와 축 늘어진 뱃가죽은 많은 새끼를 낳았던 세월의 흔적을 보여주었다. 테이는 능숙하게 혀로 젖은 켈리의 털을 다듬어주면서 연신 키안을 흘깃거렸다. 마침내 테이가 물었다.

"거기가 어디야? 네가 왔다는 그 곳 말이야."

키안은 새침하게 앉아 있었고, 그 곁에는 잼이 몸을 웅크리고 있었다. 키안이 대답했다.

"여기서 멀리 떨어진 곳이야. 여기랑은 전혀 딴판이야."

"어떻게 다른데, 응?"

키안은 주춤했다. 애써 설명해보았자 헛수고일 것이다. 전에 배에 바퀴가 달리고 몸속에 모터가 윙윙 돌아가는 장난감 쥐와 맞닥뜨린 적이 있었다. 문명화된 자신의 세계를 이런 야생 고양이들에게 설명하는 것은, 진짜 쥐에게 장난감 쥐에 대해 설명하는 것만큼이나 어렵고도 터무니없는 일이었다. 키안은 시큰둥하게 말문을 열었다.

"집들이 있어. 꼬리에 꼬리를 물고 줄줄이 늘어서 있지. 길들이 있고 자동차들도 셀 수 없이 많아. 고양이들은 저마다 뜰과 건물에 제 영역을 갖고 있어. 고양이들의 영역에는 인간들이 살고 있어. 우리가 가진 인간은 엘렌이었어. 그녀는 늙긴 했지만 상냥해."

"맞아. 그런 곳은 여기서 멀리 떨어져 있겠지. 그런데 너희들은 어쩌다가 길을 잃은 거야? 그리고 그게 사실이니? 네가 휘트와 로크에게 했던 말……. 남자와 자동차에 대한 애기는 진짜야?"

테이가 맞장구를 쳤다.

"그래. 그 남자가 우리를 상자에 싣고 와서 여기에 두고 떠났어. 그 여자와 그 집이 내 것이라는 표시로 나는 목걸이를 하고 있었는데, 남자가 그것도 벗겨서 던져버렸어."

키안은 말을 멈추었고 한숨을 쉬었다.

"네가 내 말을 이해하기 어렵다는 걸 알아……."

테이가 고개를 내저었다.

"아니. 난 다 알아들어. 전에 그런 얘기를 들은 적이 있거든."

테이는 개울 기슭으로 한결 가까이 다가왔다. 켈리가 비틀거리며 일어나 테이를 따라갔다. 켈리의 털은 테이가 윤이 나게 핥아준 덕분에 가죽에 찰싹 달라붙어 있었다. 테이는 꿀에 흙을 버무린 색 같은 눈동자를 반짝거리며 말했다.

"우리 엄마가 한때 집에서 살았었다고 입버릇처럼 말했어. 어느 날 난데없이 나무 상자에 갇혔고, 그 상자가 열려서 보니 여기에 있었다는 거야. 엄마는 숲에서 보낸 첫 날 밤에 대해 자주 말했어. 너무너무 무서운데다 낯선 숲이 쥐도 새도 모르게 엄마의 숨통을 끊어버릴 것 같아 몹시 마음을 졸였대. 엄마는 인간과 정원과 자동차들에 대해 말해줬고 그곳의 생활에 대해 말하곤 했어. 나는 엄마의 말을 믿지 않았어. 엄마가 미쳐서 지어낸 이야기라고 생각했지. 그런데 너희들이 이렇게 불쑥 나타나서 엄마랑 똑같은 소리를 하고 있어.”

“네 엄마는 지금 어디 있어? 혹시, 네 엄마와 이야기를 나눌 수 있다면…….”

키안이 묻자, 잼과 켈리가 키안을 쳐다보았다.

“엄마는 여기 없어.”

“다시 집에 돌아가셨어? 집을 찾은 거야?”

테이는 돌 위에 앉으며 태연히 눈을 깜빡였다.

“우리 엄마는 흙이 되었어. 엄마는 사냥에는 젬병이었지. 오죽하면 매미 한 마리도 죽이지 못해 쩔쩔맸겠니? 엄마는 줄곧 엄마의 힘을 빨아먹는 새끼들을 꽁무니에 매달고 다니느라 뼈만 앙상하고 아주 볼품없는 몰골을 하고 있었어. 잠자리에 누울 때는 녹초가 돼버렸고. 엄마의 삶은 쉴 새 없이 움직이는 거였어. 달리고, 달리고 또 달렸어. 우리 엄마는…….”

“네 엄마도 집을 찾으러 다니느라고…….”

테이가 꼬리를 휙 흔들었다.

“아니. 그 말이 아니야. 엄마는 찾아갈 집이 없었어. 오로지 죽어라고 달리기만 했어. 너도 알다시피 엄마는 길을 잃었어. 그렇지만 길 잃은 고양이 가운데 최고의 엄마였어. 엄마가 더 이상 힘들게 숨을 쉴 필요가 없어서 기뻐."

새까맣고 늙은 수고양이가 엄숙하게 말했다.

"집 잃은 고양이에게 삶은 고달픈 거야. 집이란 건 아예 없느니만 못 해."

풀이 죽은 켈리는 테이를 떠나 휘어진 나무다리를 건너 말로의 곁을 지나갔다. 맞은편 기슭에 닿은 켈리는 부리나케 잼에게 달려갔다. 잼과 켈리는 키안의 기색을 살폈다. 키안은 테이의 말을 듣고 갈피를 잡지 못하고 있었다. 얼굴과 수염을 연신 쓰다듬으면서 애써 당혹스러움을 누그러뜨리고 개울 건너편 고양이 무리에게 말했다.

"나는 집에 갈 거야."

"아마 돌아가지 못할걸."

새까만 늙은 수컷이 등을 활모양으로 휘더니 기지개를 켜면서 일어섰다. 키안은 그가 눈이 퀭하고 몹시 야윈 걸로 보아 몹쓸 병에 걸린 것이라고 생각했다.

"운명이 너를 여기로 데려온 건지도 몰라. 그건 네가 여길 떠나지 말라는 뜻이고, 아마도 이게 네 운명인지도 모르지. 여기, 우리와 함께 사는 것 말이야."

"말도 안 돼."

키안은 이를 악물었다. 고양이는 힘이 없는 상황에서 어떻게든 버텨야 할 때, 즉 오로지 선택의 여지가 없을 때만 운명을 믿었다. 키안은 아직 그런 패배를 받아들일 마음의 준비가 되어 있지 않았다.

"나는 내 맘대로 갈 거야. 나는 가야 해. 내 집이 나를 부르는 게 느껴져. 내가 여기에 있을 운명이라는 말은 틀렸어. 여기는 너희들 집이야, 우리 집이 아니라고."

고양이들은 서로 빤히 쳐다보았고 다시 묵직한 침묵이 흘렀다. 무리 가운데 몇은 이미 나무에서 내려와 고사리 둔덕에 몸을 웅크린 채 서로를 무심히 돌봐주었다. 몇몇은 당당하게 홀로 앉아 꼬리 끝을 짜증스레 흔들고 있었다. 다른 몇은 가지에 앉아 먼데서 들려오는 소리에 온 신경을 곤두세우고 있거나, 무슨 임무라도 띤 거미처럼 미끄러지듯 사라졌다. 지저분한 잿빛 고양이 샤일러는 뒷발로 귀를 긁적거리더니 늘어지게 하품을 했다. 말로는 제 의지와 상관없이 저도 모르게 말썽을 피우지나 않을까 싶어 줄곧 발을 가슴팍 밑에 쑤셔 박고 있었다.

테이의 관심은 키안을 떠나 잼과 켈리 사이에서 오락가락했다. 테이는 잼과 켈리를 향해 가까이 다가오라는 듯 더러운 발을 까닥거렸다. 잼은 켈리에게 기댄 채 시큼한 테이의 침 냄새를 맡고 있었다. 희박하고 을씨년스런 공기가 물 냄새, 잎과 흙이 썩는 숲의 냄새, 들고양이 무리의 냄새 따위를 싣고 스쳐갔다.

잼과 켈리가 태어나서 처음 맞는 겨울이 성큼 다가오고 있었다. 두툼하게 자란 잼의 털가죽이 묵직하고 왠지 맞지 않는 옷을 입은 것처럼 거북스럽긴 했지만 몸을 제법 따뜻하게 해주었다. 잼은 중요한 것을 놓칠까봐 깨어 있으려고 안간힘을 쓰고 있었다. 그러나 따스한 털가죽, 그날의 모험, 고양이 무리의 친근함과 나지막하고도 잔잔한 술렁거림 모두가 잼을 맥 못 추게 얼러주었고 자꾸 눈꺼풀을 내리깔라고 꼬드겼다.

잼이 잠들자, 켈리도 키안의 발등에 머리를 대고 잠들었다. 테이가 어머니처럼 애정이 담긴 눈으로 그들을 쳐다보더니 물었다.

"저 애들을 어쩔 셈이야?"

키안은 곯아떨어진 잼과 켈리를 곁눈질했다.

"저 애들은 나랑 같이 갈 거야. 저 애들의 집 또한 여기가 아니야."

새까만 수고양이의 눈이 달빛을 받아 희미하게 빛났다.

"저 애들은 너한테 방해만 돼. 쟤들이 사냥은 할 수 있어? 싸울 수는 있어? 네가 저 애들을 위해 그런 걸 할 수 있어?"

키안은 더듬더듬 말했다.

"할 수 있을 거야."

"터무니없는 소리하지 마. 저 애들하고 같이 있으면 너는 공격 받기 십상이야. 어린애들을 데리고 다니면 네 목숨이 위태로울 거야."

키안은 잼과 켈리를 혼란스런 눈길로 쳐다보았다. 저 어린 것들을 버린다는 생각은 이제껏 한 번도 해본 적이 없었다. 하긴 곰곰이 생각해보니, 아니 굳이 생각하지 않아도 키안은 자기가 응석받이 고양이라 누구를 돌볼 힘이 없다는 걸 너무도 잘 알고 있었다. 키안은 거만하게 꼬리를 찰싹찰싹 흔드는 새까만 수고양이를 돌아보며 말했다.

"저 애들은 여기서 살아남지 못해."

"왜 살아남지 못한다는 거야? 우리 모두 이제껏 잘 살아왔어. 아무튼 저 애들이 살아남는 건 네가 상관할 바 아니야……. 너는 네 목숨이나 잘 부지해. 키안, 어서 떠나. 애들이 깨면 키안 네가 저 애들이 꿈꿔왔던 멋진 고양이였다고 얘기해줄게."

키안은 잼과 켈리를 돌아보았다. 그들을 돌보는 게 자기를 곤경에 빠뜨릴지도 모른다는 생각이 들었다. 사실 보호자가 갖춰야 할 게 무엇인지 아는 바가 전혀 없었고, 제대로 된 보호자 역할을 해낼 수 있다는 확신도 없었다. 아닌 게 아니라 키안은 어디에도 얽매일 필요가 없는 수컷 고양이었다. 생각지도 않았던 무서운 일이 벌어질지 모르는데, 그는 앞으로 닥칠 일을 예측하고 예방할 지혜가 없었다. 자기 보호 본능은 내면에 얌전히 잠자고 있지 않았다. 그 본능은 끊임없이 제 욕구를 충족시킬 방법을 찾고 있었다. 그리고 지금 바로 이 순간, 보호 본능은 이런 좋은 기회를 놓치는 것은 졸지에 개가 되는 멍청한 짓이라고 키안에게 넌지시 귀띔하고 있었다.

키안은 파란 눈을 치뜨고 들고양이들의 얼굴을 찬찬히 뜯어보았다. 들고양이들은 자못 흥미진진한 표정으로 그의 대답을 기다리고 있었다. 키안은 이 야생의 집단이 계속해서 번성한다는 것이 믿기지 않았다. 집의 안락의자에 있었다면 그는 이런 곳이 있다고 상상조차 하지 못했을 것이다. 이곳에는 헤아릴 수 없이 많은 고양이들이 거칠고 냉혹한 삶을 살고 있었다. 그들은 먹고, 보호받고, 목숨을 부지하기 위해 날이 새면 어김없이 찾아오는 새로운 도전과 맞서고 있었다.

키안은 할미새가 잼을 맹렬히 공격했던 일이 생생하게 떠

올랐다. 도대체 이 고양이들의 명성이 얼마나 대단하기에 그 깟 새끼 고양이 한 마리를 보고도 그 새가 목숨을 걸 만큼 치를 떨었을까? 키안은 숲을 뚫어지게 쳐다보았다. 타일이며 전봇대에 익숙한 그의 눈이 지금 보는 야생의 풍경에 상처라도 입은 듯 따끔거렸다. 잼과 켈리가 피로 얼룩진 이 세계를 떠돈다면 순탄치 못한 삶을 살 게 뻔했다. 어떤 고양이는 단지 피 맛을 보기 위해 아이들을 죽일지도 모른다. 키안의 생각은 테이의 말로 끊어졌다.

"네가 원한다면 내가 너 대신 애들을 돌봐줄게."

키안은 테이를 든든하고 미더운 눈길로 쳐다보았다. 테이는 무리에서 중요한 지위를 차지하는, 존경받는 고양이라는 것을 알 수 있었다. 고양이 무리 가운데 많은 수가 테이의 자식이자 자손이었다. 만약 테이가 잼과 켈리를 보살피겠다고 마음먹는다면, 테이의 피붙이들은 그의 명령을 따를 것이다. 홀로 떨어져 살아남아야겠다는 본능이 키안의 몸속으로 서서히 스며들면서 덩굴처럼 숨통을 조여 왔다. 하지만 키안은 여전히 망설였다.

"애들이 아무것도 안 먹었어."

키안이 테이에게 말했다.

"알아."

키안은 이를 악물었다. 그는 시험 삼아 잼과 켈리를 떠나 걸음을 옮겨 보았다. 그러자 자신을 옥죄던 속박에서 풀린 것처럼 자유로웠고, 보살핌을 필요로 하는 새끼 고양이들의 무게에서 벗어난 듯 홀가분해졌다. 그는 가야 할 곳을 찾아 허둥지둥 주위를 둘러보았다. 그런데 어느새 켈리가 일어나 실눈을 뜬 채 자기를 쳐다보고 있는 게 아닌가. 키안의 눈이 켈리에게 머물렀다. 켈리가 하품을 했고 그 기척에 일어난 잼이 수염부터 꼬리까지 늘어지게 기지개를 켰다. 잠이 덜 깬 잼과 켈리가 키안 곁으로 비척비척 걸어왔다. 짐과 켈리는 휘청거리는 다리로 키안을 따를 준비를 했다. 키안은 내려놓았던 짐이 다시 어깨에 지워지는 걸 느꼈고, 그 짐의 무게에 희미하게 비틀거렸다.

고양이는 책임감이라면 넌더리를 내는 동물이지만, 키안은 어쨌거나 이 새끼 고양이들이 자기에게 속해 있음을 뼈저리게 느꼈다. 고양이는 자기 것이라고 믿는 것을 잃게 되면 몹시 화를 내는 속성이 있다. 키안은 잼과 켈리가 자기 것인 것만 같아 잃고 싶지 않았다. 키안은 잼의 털을 깨끗이 정리해 주면서 잔잔한 기쁨을 느꼈다. 잠자코 자신을 쳐다보고 있던 들고양이들에게 키안이 말했다.

"아무래도 이게 내 운명인 모양이야."

들고양이들은 서로를 쳐다보았고 샤일러가 이죽거렸다.

"아무래도 너는 말을 똥구멍으로 하는 모양이야."

테이가 샤일러의 콧잔등을 한방 후려치자, 샤일러는 고사리를 헤치고 달아났다. 테이가 키안을 보며 무뚝뚝하게 말했다.

"이 근처에 도마뱀 터가 있어. 날이 밝으면 말로가 어딘지 알려줄 거야. 그게 새끼들의 주린 배를 채워줄 거야."

그 말이 끝나기 무섭게 짜증을 담아 투덜거리는 소리가 들렸다. 고양이들은 일제히 그 소리를 낸 얼룩무늬 암컷 고양이를 쳐다봤다. 암컷 고양이는 벌떡 일어나 꼬리를 휙휙 휘둘렀다.

"그 도마뱀은 우리 거야. 게다가 얼마 남지도 않았다고. 추위가 닥치고 있어. 테이. 새들은 날아가고 들쥐들은 굴로 숨어들 거야, 벌레들도 사라질 거라고. 머잖아 우리 전부가 굶주릴 날이 올 거야."

"이 새끼 고양이들은 지금 당장 굶주리고 있어."

"네가 낳은 새끼들이 아니니까 걱정할 거 없어. 네 새끼들은 벌써 다 컸잖아. 하지만 여기엔 우리의 새끼들이 수두룩해. 그 애들 배를 곯지 않게 해줘야 한다고. 함부로 우리의 식량을 나눠주는 건 옳지 않아."

테이는 입술을 말아 올려 뾰족한 이빨을 드러냈다.

"보데인, 네 어미가 철거미집에 잡혔을 때 나는 너와 네 형제들을 먹여 살렸어. 젖먹이 내 새끼들이 있는데도 말이야. 나는 너를 따뜻하게 품어주고 줄곧 깨끗이 씻어주었다. 너는 들쥐 녀석들이 너를 뜯어먹건 말건 내가 모른 체 했길 바라는 거냐?"

"하지만 나는 우리 고양이 무리에 속해 있어."

"너는 고양이 무리에 속해 있지. 만약 그걸 상관하는 들쥐가 있으면 어디 나한테 데려와 봐!"

보데인은 이맛살을 찌푸리고는 바위 틈새로 숨어들더니 연신 투덜거렸다.

"테이, 나는 다만 우리 생각을 한 거야. 그저 널 생각해서 이러는 거라고. 이런 뜨내기 고양이들은 숲에 인간들을 몰고 와. 누구 인간에 대해 좋은 소리 들어본 적 있어? 저 녀석들은 그냥 인간 곁으로 돌아가라고 해. 가서 인간의 식량이나 축내게 하란 말이야."

까만 수고양이가 귀를 쫑긋 세우며 말했다.

"숲 기슭에 집이 한 채 있어. 키안, 아마 네 집일 거야. 인간 하나가 거기 살아. 게다가 자동차도 한 대 있고 나무상자도 하나 있었던 것 같아. 이 새끼 고양이들을 데리고 그 집으로 가 봐."

들고양이들의 실랑이를 지켜보던 키안이 말문을 열었다.

"아냐. 거긴 우리 집이 아닐 거야."

"어떻게 알아?"

"그게, 우리 집은……."

"너 겁나서 그러는 건 아니지, 응?"

키안은 자기를 심술궂게 노려보던 비쩍 마른 까만 수고양이를 흘깃 쳐다보았다

"아냐, 나는 겁나지 않아."

"흠, 그럼."

수컷은 얼기설기 엉킨 나뭇가지 틈새로 눈길을 돌리며 외쳤다.

"어이 잔샤르!"

유칼립투스 나뭇잎이 흔들리며 부루퉁한 목소리가 들렸다.

"왜?"

"이리 와봐. 너한테 할 말이 있어."

목소리의 임자는 뜸을 들였다. 까만 수고양이가 가냘프게 부르자, 오렌지색 줄무늬 고양이 한 마리가 나무를 타고 내려왔다. 그 고양이는 못마땅한 기색으로 축축한 땅을 가로질

러 수컷 앞에 뻐딱하게 앉았다.

"왜?"

늙은 수컷 고양이는 오렌지색 줄무늬 고양이를 뚫어지게 쳐다보았다.

"잔샤르, 너 그 집이 어디 있는지 알지?"

"……응."

"그럼 네가 이 애들을 그리로 데려다줘. 키안이 혼자 가기 두려워해. 너도 간만에 즐거운 소풍이 될 거야. 이번 기회에 세상 경험도 좀 쌓고."

오렌지색 줄무늬 고양이 잔샤르는 개울 너머를 쳐다보더니 고개를 돌려 키안을 매섭게 노려보며 말했다.

"좋아. 기벤치, 네가 원하는 게 그거라면 하지 뭐……. 그 집에 개 한 마리 있는 거 알지."

그 수컷 고양이는 교활한 눈을 가늘게 떴다.

"나도 들어 알고 있어. 잔샤르, 개 생각을 하니까 겁나는 거냐? 그렇게 겁쟁이가 돼서 어떡할래?"

샤일러가 고사리 숲에서 킥킥 웃었다.

"맞아, 기벤치. 잔샤르는 개라면 무서워서 빌빌 거려."

"샤일러, 이 쥐 똥만도 못한 녀석. 누가 너한테 물어봤냐."

잔샤르가 쏘아붙이자, 샤일러가 받아쳤다.

"주둥이 닥쳐, 이 멍텅구리야."

키안이 시내 기슭으로 풀쩍 뛰어올라 티격태격 하는 고양이들에게 소리쳤다.

"우리 집에는 개가 없어!"

키안은 그들의 도움을 거절해서 고양이 무리와 그 까만 수컷을 화나게 하고 싶지 않았다. 그렇지만 그들이 말하는 집은 자기 집이 아닌 데다, 그 집을 찾느라 귀한 시간을 낭비하고 싶지 않았다.

"그 집은 우리 집일 리가 없어. 왜냐하면 우리 집에는 개가 없거든!"

기벤치의 눈이 키안을 미끄러지듯 훑었다.

"네가 온 곳에는 개가 없어?"

"그야, 있긴 하지. 어디든지 사방에 우글거려 골칫거리야. 하지만……."

"그럼, 그 집일 수도 있잖아. 집하고 개, 둘 다 있다며."

"아니, 아니, 설명하기 좀 어려운데……, 우리 집은 훨씬 멀리 있어. 그러니까 근처에 숲이라고는 없는……."

샤일러가 고사리 밭에 느긋하게 누워 시끌벅적하게 참견을 했다.

"무서워서 그러는 거야, 기벤치. 구차한 변명을 줄줄이 늘어놓잖아. 겁쟁이들 같으니라고, 두 놈이 똑같아."

그런 조롱에 잔샤르가 고사리 숲에서 펄쩍 뛰어올라 길길이 날뛰며 욕설을 퍼부었다. 샤일러는 귀를 머리에 납작 붙이고 테이 곁으로 잽싸게 꽁무니를 뺐다.

기벤치가 지그시 쳐다보고 말했다.

"샤일러. 보아하니 넌 오래 살고 싶은 미련이 전혀 없구나. 굵고 짧게 살겠다 이 말이군. 그토록 용감하다니 너도 같이 가."

"내가?"

숨을 헉 삼킨 샤일러가 테이를 보더니 황급히 눈을 굴렸다.

"안 돼! 안 돼, 안 돼, 절대 안 돼!"

잔샤르가 꼬리를 마구 휘둘렀다.

"녀석은 그냥 내버려둬. 어디가 머리고 어디가 궁둥인지 구분도 못하는 멍청이니까."

그동안 테이는 줄곧 키안 뒤에 어정쩡하게 숨어 있는 잼과 켈리를 찬찬히 뜯어보고 있다가 못마땅한 기색으로 실랑이를 벌이는 무리에게 관심을 돌렸다. 테이는 샤일러에게 다가가 주둥이를 찰싹 때렸고, 그에 못지않은 무시무시한 기세로 잔샤르에게 호통쳤다.

"조용히 해!"

잔샤르와 샤일러가 움찔 뒷걸음질을 쳤다.

"너희 둘 다 가라. 이 새끼 고양이들을 잘 돌봐줘. 만약 내 명령을 어겼다는 소리가 들렸다가는 까마귀밥을 만들어 버릴 테다."

테이는 서로 매섭게 노려보고 있는 잔샤르와 샤일러, 그리고 맥 빠진 기색으로 쳐다보고 있는 키안을 남겨둔 채 야멸치게 돌아서더니 뒤 한번 돌아보지 않고 덤불 속으로 사라졌다. 다른 고양이들도 뿔뿔이 흩어졌다. 얼룩 암컷 고양이 보데인은 바위 틈새를 따라 미끄러져갔고, 말로는 시내 아랫녘으로 달려가더니 이내 모습을 감추었다. 까만 고양이 기벤치가 앙상한 다리로 서서 몸을 마구 흔들자 뿌옇게 털구름이 일어났다. 물가에 남아 있는 다섯 고양이들에게 기벤치가 말했다.

"그럼, 잘 가라. 꼬마들아."

기벤치는 나무다리를 건너 도시 고양이들을 지나 절뚝절뚝 걸어갔다. 기벤치의 귀는 군데군데 살점이 떨어져 나갔지만 상처투성이인 얼굴에서는 자부심과 빛바랜 위엄이 풍겨나왔다. 키안, 잼, 켈리가 한동안 그의 뒷모습을 바라보다가 으르렁거리던 잔샤르와 샤일러를 찾았을 때는 그들 역시 감쪽같이 사라진 뒤였다. 텅 빈 숲에는 키안, 잼, 켈리만 남아 있었다.

키안은 들고양이들이 시키는 대로
고분고분 그 집으로 따라갈 참이었다.
도와준답시고 멋대로 구는 들고양이들의 손아귀에서
일단 벗어나기만 하면 자유롭게 집으로 줄달음칠 것이다.

—본문 중에서

원하지 않는 동행

키안 일행은 그날 밤을 개울가 고사리 숲에서 지냈다. 지친 짐과 켈리는 업어 가도 모르게 곯아떨어졌다. 키안은 뒤숭숭한 머릿속 때문에 이리저리 뒤척이느라 거의 뜬 눈으로 밤을 지새웠다. 몸속의 모든 세포들은 새끼 고양이들이 아무것도 모르고 잠들어 있을 때 어서 떠나라고 아우성치고 있었다.

밤이 미끄러지듯 키안 곁을 지나가고 있었다. 밤의 은밀한 약속도 헛되이 흘러가고 있었다. 키안은 아까부터 누군가가 자신의 발톱 움직임 하나까지도 빠짐없이 유심히 관찰하는 것처럼 느껴졌다. 자기들의 친절을 거절당한 들고양이들이 모욕을 느끼고 분풀이를 할 것 같았다. 키안의 관심을 끄는 것이 또 있었다. 그건 숲의 흐느낌이었다. 뭐라고 설명할

길 없는 소리로 키안은 몇 차례나 털이 곤두섰다. 숲은 끙끙 앓는 소리를 내며 신음했고 훌쩍훌쩍 울었으며, 중얼중얼 혼 잣말을 했다. 키안에게는 그 소리가 마치 지금까지 숲에서 죽은 모든 짐승의 우울한 영혼이 달이 뜨자 되돌아온 것처럼 괴괴하게 들렸다. 혼란스런 생각들을 떨쳐버리려고 안간힘 을 썼지만, 마음이 어수선하고 발은 욱신거렸다. 걱정과 배 고픔에 지칠 대로 지친 키안은 어느새 턱을 두 발에 기댄 채 깜빡 잠이 들었다.

태양이 밤중에 싸늘하게 식은 나무를 데워주자 나뭇가지 들이 비척거리며 일어났다. 새들은 하늘을 가로지르며 아침 인사를 하고 있었고, 곤충들은 달콤한 즙을 서둘러 받아먹기 위해 윙윙거리며 날아다녔다. 숲의 온갖 소리가 길 잃은 고 양이들을 깨웠다. 키안은 너무나 눈부신 새벽빛을 가늘게 뜬 눈으로 바라보더니, 한 쪽 귀를 땅에 대고 소리에 귀를 기울 였다. 자기 집이 조금도 가까워지지 않았다는 사실에 서글퍼 졌다. 들고양이 냄새는 사방에서 났지만 어쩐 일인지 한 마 리도 눈에 띄지 않았다. 완전히 잠이 깬 켈리의 눈동자에 고 사리가 되비쳤다. 켈리가 키안에게 말했다.

"우리 아직 여기에 있네."

키안이 몸을 옹송그렸다. 그리고 켈리가 자기 옆에 몸을 붙이게 내버려두었다. 지금껏 아침은 키안이 가장 좋아하는 때였다. 지금처럼 아침과의 만남이 달갑지 않은 날이 오리라고는 상상조차 해본 적이 없었다. 어슴푸레하게 자기를 부르는 소리가 들리면 엘렌 할머니의 침대나 안락의자에서 내려와 부엌 찬장 옆에서 오락가락하며 아침식사에 대한 기대감으로 야옹거렸다. 사실 마음만 먹으면 찬장을 열 수도 있었지만 그런 행동에 재미를 들였고, 엘렌 할머니 역시 자기가 그러는 걸 꽤나 재미있어 하는 것 같았다. 키안이 잼과 켈리에게 오락가락하며 야옹거리는 법을 한창 가르치고 있던 차에, 그 사내가 들이닥쳐 그들을 상자에 가둬버린 것이다.

태양이 거의 머리 꼭대기에 도달했을 때 말로가 나타났다. 하루 밤새 훌쩍 자란 잼과 켈리는 우울한 키안에게 싫증이 나 있었다. 키안이 놀도록 허락한 잔가지 투성이의 비좁은 공간도 지겨웠다. 그래서 말로가 온 것이 기뻤다. 잼과 켈리는 수줍은 듯 멈칫거리다가 곧 말로 주위를 신바람 나서 뛰어다녔다.

어린 수컷 말로는 아직 잠이 덜 깨 부스스했고 무뚝뚝하게 굴었다. 말로가 퉁명스럽게 말했다.

"이리와. 테이가 너희들 밥을 챙겨주랬어."

"잠깐만."

키안이 막자 잼과 켈리가 키안을 돌아보고 걸음을 멈추었다. 키안은 주변의 나무들이며 바위들을 허둥지둥 찾아다녔지만 간밤에 어슬렁거리던 괴괴한 얼굴은 하나도 보이지 않았다. 키안은 그들이 거기에 있었다는 걸 알고 있었다. 누군가가 자기를 지켜보고 있다는 느낌이 줄곧 그를 괴롭혔던 것이다. 키안은 들고양이들이 모두 들을 수 있게 일부러 목청껏 말했다.

"너희들은 이미 우리에게 친절을 베풀었어. 그런 마당에 우리가 또다시 너희들의 식량을 축내다니 말도 안 돼. 이제 곧 추위가 닥칠 테고 너희들은 먹여 살릴 입이 많잖아. 우리 셋이 먹는 만큼 너희들이 굶어야 해. 내가 애들을 데리고 딴 데로 가서 사냥할게."

말로는 발톱 하나를 찬찬히 들여다보고 있다가 말했다.

"그래. 너 좋을 대로."

신중한 키안은 나무 위까지 샅샅이 훑었다. 비록 아무런 움직임도 없었고 아무도 대꾸하지 않았지만, 다들 자기 말을 들었다는 것을 알고 만족해했다.

키안 일행은 말로가 이끄는 대로 숲을 헤쳐 나가다가 갑자기 걸음을 멈췄다. 어두컴컴한 숲에 난데없이 내비치는 빛에 눈이 부신 잼은 한참동안 눈을 깜빡거렸다. 나무숲 위의

뻥하니 뚫린 구멍으로 가을 햇살이 쏟아지고 있었다. 빛은 움푹 파인 돌조각 위로 넘쳐흐르고 있었다. 키안은 뱀처럼 똬리를 튼 나무껍질 뒤로 몸을 웅크린 채 혹시라도 자기가 찾고 있는 게 보일까 싶어 눈에 불을 켜고 살폈다. 잠시 후, 키안의 눈에 따스하게 달구어진 바위 표면에 볕을 쬐고 있는 도마뱀 무리가 들어왔다. 눈은 노곤하게 감겨 있었고, 가냘픈 다리는 쫙 벌어져 있었다. 도마뱀을 빤히 쳐다보던 키안이 한숨을 푸욱 내쉬었다. 굶주림에 시달리면서 도마뱀이 우글거리는 사냥터를 상상했고 배불리 먹을 희망에 잔뜩 부풀어 있었는데, 막상 보니 제일 큰 도마뱀이라고 해야 키안의 가장 긴 수염만 했고 그나마 뼈다귀만 앙상했다. 저 도마뱀으로는 한나절을 잡아먹어도 간신히 허기만 면할 듯싶었다. 키안의 꼬리는 실망으로 축 늘어졌지만, 잼과 켈리는 신바람이 나서 몸을 곧추세웠다. 잼이 물었다.

"사냥해도 돼?"

키안이 대꾸했다.

"그럼, 어서 해봐."

잼과 켈리가 햇살을 받으며 전속력으로 내달리자 도마뱀들이 뿔뿔이 흩어졌다. 그 바람에 숨죽이고 있던 돌들이 별안간 활기를 띠고 와글와글 움직였다. 잼과 켈리는 도마뱀을 쫓아 돌 위를 펄쩍펄쩍 뛰어다녔다.

말로가 물었다.

"너는 도마뱀 싫어해?"

"잡으러 다니기 귀찮아."

말로가 알겠다는 듯 맞장구를 쳤다.

"그래. 저런 건 코흘리개들이나 하는 놀이지. 너는 집에 가면 먹을 게 있을 테니까."

"나도 잘 모르겠어. 거긴 우리 집이 아닌걸."

"그래, 네가 그렇게 말했잖아. 가봐야 아무 소용없다고."

키안은 말로를 쳐다보았다.

"그런데 왜 내가 그 집에 가야 하지?"

말로는 벌렁 드러누워 담쟁이덩굴에 뒹굴었다.

"누가 너한테 그래야 한다고 했어? 아무도 그런 적 없어. 내가 듣기론 기벤치가 잔샤르와 샤일러에게 너희들을 데려가라고 했고, 시키는 대로 하지 않으면 꼬리를 씹어먹을 거라고 으름장을 놓았지. 하지만 어느 누구도 너한테 가야 한다고 말하지는 않았어."

키안은 솟구치는 분노를 꿀꺽 삼켰다.

"그런데 왜! 왜 걔들이 나를 그 어딘가로 데려가야 하지? 나는 집으로 갈 거야!"

말로는 몸을 굴려 키안을 빤히 쳐다보았다. 담쟁이 잎 하나가 그의 머리에 툭 떨어졌다.

"야, 너 그 이유를 모르겠어? 샤일러와 잔샤르는 고양이 무리에서 쫓겨난 거야. 걔들한테 너희들을 집으로 데려가게 한 건 기벤치가 그 애들을 내쫓는 방법이라고."

어렵사리 구한 먹이를 잼이 낚아채자 켈리가 시끄럽게 빽빽 울어댔다. 키안은 한쪽 귀를 돌려 그 소리를 막았다.

"걔들이 무리에서 쫓겨났다고? 그게 무슨 소리야?"

"걔들은 쫓겨난 거야. 고양이 무리에서 태어난 모든 수컷은 언젠가는 쫓겨나게 마련이야. 점점 덩치가 커지고 고약한 냄새를 풍기고 걸핏하면 싸움질을 하려고 덤비거든. 그래서 쫓겨나는 거야. 암컷들과 기벤치 같이 외부에서 온 수컷들은 무리와 함께 살지만, 무리에서 태어난 수컷들은 말썽을 일으키기 전에 미리 알아서 쫓아내. 내가 보기엔, 잔샤르와 샤일러가 골칫거리로 찍힌 것 같아."

"키안, 이것 좀 봐!"

잼이 몸통이 떨어져 나간 도마뱀 꼬리가 움찔대는 걸 보고 소리쳤다. 그러나 막상 키안의 눈을 사로잡은 것은 나무들 사이를 미친 듯이 줄달음질치는 숲의 정령의 어슴푸레한 그림자였다. 딱히 어떤 형체가 없어 움직이는 얼룩에 지나지 않았지만, 살아 있는 것만은 확실했고 전에도 본 적이 있었다. 그림자는 잠시 멈칫하더니 키안을 뚫어지게 쳐다보았다. 얼굴도 표정도 없는 반투명한 형체였지만, 호기심과 민첩함, 불안함과 극심한 절망이 담겨있었다. 키안이 말로에게 물었다.

"저게 뭐야?"

"뭐?"

"……저거 안 보여?"

말로가 일어나 앉자 나무부스러기가 몸에서 후두둑 떨어졌다.

"도대체 뭐가 안 보이냐는 거야?"

그 그림자가 삽시간에 나뭇가지로 돌진하는 바람에 나뭇가지들이 물처럼 잔잔하게 소용돌이쳤다. 그림자는 햇살 가장자리에서 살랑살랑 흔들리며 흥분으로 파르르 떨더니 나무 주위를 쏜살같이 내달렸다. 아무것도 모르는 잼이 도마뱀의 꼬리를 꿀꺽 삼키는 동안 키안은 그림자가 풍기는 노여움을 느꼈다. 키안은 고개를 갸웃거리고 있는 말로에게 중얼거렸다.

"아무것도 아냐."

말로는 나뭇잎더미에 자리를 잡았다. 키안은 고통에 일

그러진 숲의 정령이 추는 춤에서 눈을 뗄 수가 없었다. 그러다 그림자가 마치 바람에 휩쓸리기라도 한 듯 느닷없이 사라지자 안도의 한숨을 내쉬었다. 키안은 무슨 이야기를 나누고 있었는지 기억을 더듬으면서 말로를 쳐다보고 물었다.

"무리를 떠난 고양이는 뭘 하는 거야?"

"할 수 있다면 제 영역을 만들거나 그냥 여기저기 떠돌아다녀. 무리에 돌아가는 건 허락되지 않아. 하긴 돌아가고 싶은 맘이나 날까? 무리의 암컷들하고는 이미 볼 장 다 봐서 이젠 별 재미를 못 느낄 테고……. 아, 미안."

말로가 키안을 흘깃 곁눈질했다.

"너는 고추가 없잖아? 이런 깜박했네. 암컷 얘기는 별로 듣고 싶지 않겠지. 나도 그쯤은 알아."

고양이는 종종 먹잇감을 덮칠 때 가만히 기다린다. 들쥐가 굴에서 나오길 기다리고 새가 폴짝폴짝 뛰어 덮칠 수 있는 거리까지 다가오기를 기다리는 것이다.

키안 역시 이런 고양이의 인내심을 가지고 화내지 않고 그 순간을 무사히 넘길 수 있었다.

말로는 일어나서 줄무늬 몸뚱이를 쭉 늘여 기지개를 켜더니 꼬리를 머리 위로 구부리고는 다시 앉으며 말했다.

"무리를 떠난 수고양이는 스스로 삶을 꾸려가는 거야. 더 이상 보살핌을 받아야 하는 새끼 고양이가 아니니까. 너도 휘트와 로크를 기억하지? 고양이 무리를 떠나면 나도 그들처럼 될 거야. 거칠고 사나워서 어떤 고양이도 감히 나한테 덤비지 못할 거야."

"그렇구나……. 그런데 왜 잔샤르와 샤일러는 떠나고 싶어 하지 않지?"

"흠. 그 애들은 떠나고 싶지 않아서 그러는 게 아냐. 모든 고양이 무리에서 태어난 수컷은 언젠가는 떠나야 한다는 걸 알고 있어. 외부에서 온 수컷들이 날마다 일깨워주거든. 내가 보기에 그 애들은 좀 심통이 난 거 같아. 생각해봐. 어느 고양이가 순순히 명령에 따르는 걸 좋아하겠니? 너는 그 애들이 너희들을 집에 데려다주고 싶어 한다고 생각해? 아냐, 그렇지 않아. 그러니까 내가 너라면 입을 다물고 있을 거야. 걔들은 이미 독이 머리끝까지 잔뜩 올랐을 테니까."

"그렇구나. 알았어."

오후가 되자 볼록하게 배가 부른 잼과 켈리는 나뭇잎 더미에서 잠을 잤다. 키안과 말로는 몹시 배가 고팠는지 도마뱀을 번갈아 찢어먹었다. 키안은 느끼한 도마뱀 고기를 속이 메스꺼워질 때까지 먹다가 나뭇잎 더미에 누워, 잠에서 깬 잼과 켈리가 말로와 함께 까불대며 노는 걸 우두커니 쳐다보았다. 켈리가 용처럼 쉿쉿 소리를 내지르면서 덤불을 헤치고 돌진했다. 잼은 켈리의 귀를 물었고, 켈리는 새처럼 찍찍 울었다. 새끼 고양이들은 앞 다투어 펄쩍 뛰어올라 더러운 담쟁이덩굴 해먹에 큰대자로 누웠다. 그들은 몰려다니면서 나무 몸통을 오르내렸고 꼬리 밟기를 하느라 정신이 없었다. 음식물 덩어리가 소화되면서 장이 팽팽해지는 걸 느끼며 키안은 생각했다. 어쩔 수 없이 숲에 남게 되더라도 잼과 켈리는 눈 깜짝할 새에 여느 들고양이들처럼 숲 속 생활에 익숙해질 것임을.

모든 어린 짐승들이 충성심이 부족하듯 잼과 켈리도 그러했다. 그들은 키안이 애타게 그리워하는 집을 그리워하지 않았다. 키안이 자기들을 집으로 데리고 가는 것도 고마워하지 않을 것이다. 키안은 언짢아진 기분을 떨쳐내려 애썼다.

키안이 달갑지 않은 상황을 극복해 나가는 성향은 흡사 개와 같았다. 그는 들고양이들이 시키는 대로 고분고분 그 집으로 따라갈 참이었다. 지금으로서는 그것이 가장 손쉬운 방법이었다. 도와준답시고 멋대로 구는 들고양이들의 손아귀에서 일단 벗어나기만 하면 자유롭게 집으로 줄달음칠 것이다. 늦은 오후의 눅눅한 공기가 숲을 채우고 있었다. 키안은 그늘에 누워 지금까지 무슨 일이 일어났던지 간에 가장 좋은 일만 기억하려고 애썼다.

잔샤르가 느닷없이 키안 뒤쪽에 풀썩 떨어졌다. 키안은 소스라치게 놀라며 상상의 세계에서 깨어났다. 잼과 켈리는 잽싸게 고사리 숲으로 달아나 그곳에서 잔샤르를 향해 으르렁거렸다. 잔샤르는 어린 고양이들의 소동에는 아랑곳하지도 않은 채 키안에게 퉁명스레 말했다.

"준비됐어?"

고양이에게는 보이는 게 전부다. 고양이는 들리는 것보다는 눈에 보이는 것을 믿는다. 고양이는 허세를 부리고 겉치레를 중요시하는 동물이지만 아름다운 동물이기도 하다. 단 한번 흘깃 쳐다보는 것으로 키안은 그 오렌지색 줄무늬 고양이의 모든 특징을 꿰뚫었다. 잔샤르는 몸집은 컸지만 아직 어렸다. 길쭉하고 말라서 그런지 몸을 바닥에 납작 붙이다시피 걸어 다녔다. 짧은 털은 은은한 오렌지색이었고, 얼굴과 몸뚱이에는 상처 자국 하나 없었다. 그러나 눈이 옥에 티였다. 청동색 눈이 지금처럼 한데 몰려 있지만 않았다면 제법 잘생긴 축에 들었을 것이다. 어떤 고양이도 다른 고양이에게 함부로 못생겼다고 말하지 않지만, 잔샤르의 눈은 얼굴을 우스꽝스럽게 만들었고 품위마저 깎아내려 안타까움을 자아냈다.

말로가 도마뱀이 있던 돌더미에서 풀쩍 뛰어내려와 꼬리를 자신 있게 쳐들고 의기양양한 모습으로 나섰다.

"잔샤르, 나도 같이 갈래. 고양이 무리에서 사는 게 지겨워. 따분해 죽겠어. 나도 바깥 세상에 가고 싶어. 나는 고양이다운 고양이가 되고 싶다고. 이봐! 잔샤르, 나도 데려가 줘."

잔샤르는 그 말을 들은 체도 하지 않고 키안에게 말했다.

"이쪽이야."

키안이 부르는 소리에 잼과 켈리는 고사리 숲에서 냉큼 달려 나와 쏜살같이 키안의 발치에 숨어들었다.

키안 일행과 잔샤르가 걸어가는 동안, 말로는 혼자 우두커니 서서 발톱으로 땅바닥을 파헤치고 있었다. 말로는 그들이 울창한 덤불을 지나 고사리 숲과 드넓게 펼쳐진 나무 언덕으로 사라지는 것을 잠자코 쳐다보았다. 돌 더미를 가로질러가는 까만 지네 한 마리가 눈에 띄자 말로는 지네를 끄집어내 질겅질겅 씹더니 '퉤' 뱉었다. 차츰 거세지는 바람에 고사리가 하늘하늘 흔들렸고 나무들은 끼익끼익 소리를 냈다.

'지네가 아직도 살아 꿈틀거리면 사라진 고양이들을 따라가야지. 지네가 살아 있지 않으면 개울로 되돌아가 밤에 무리가 모이길 기다리고.'

혼잣말로 중얼거리던 말로는 숨을 죽인 채 지네를 뚫어지게 쳐다보았다. 심하게 다친 지네가 돌멩이 위에서 몸부림을 쳤다. 말로는 기뻐하며 덤불 속으로 들어가 신중하게 거리를 유지하면서 종종걸음으로 일행의 뒤를 따랐다.

들고양이가 제아무리 큰소리를 쳐도 고양이일 뿐이었다.
그것도 하나는 애송이고 하나는 영양실조에 걸린 고양이였다.
더 이상 그들을 두려워하거나 그들의 조롱에 언짢아할 이유가 없었다.

-본문 중에서

집고양이와 들고양이

            키안 일행은 말로가 따라오는 기척을 전혀 못 느꼈다. 잔샤르는 자기를 따라오는 길 잃은 고양이들에게 말을 걸기는커녕 흘깃 돌아보지도 않았다. 켈리는 청록색 덤불을 눈여겨보았지만 잿빛 고양이는 어디에도 보이지 않았다.

드디어 나무의 갈라진 가지 틈새로 샤일러가 모습을 드러냈다. 켈리는 비쩍 마른 잿빛 고양이가 높게 걸린 나뭇가지를 누비며 따라오는 걸 보았다. 잔샤르는 샤일러를 올려다보지는 않았지만 입가를 끌어올려 한바탕 으르렁거렸다. 키안 일행은 고양이 무리가 모여 있던 개울가며, 싸움꾼 로크와 휘트를 만났던 곳을 뒤로 한 채 짙은 냄새가 깔린 어스름 속으로 나아갔다.

숲을 흉측스럽게 둘로 쪼개는 자갈 깔린 큰 길이 가까워
질수록 나무는 듬성듬성 있었다. 그때서야 샤일러는 나무에
서 내려왔다. 자기들을 싣고 온 상자가 근처에 있음을 느낀
키안은 까치발로 풀숲을 찬찬히 살피며 상자를 찾았다. 숲에
온 지 하룻밤하고도 한나절이 지났지만, 집은 조금도 가까워
지지 않은 채 오히려 맨 처음 장소로 되돌아와 있었다. 키안
은 허탈함을 억누르고 들고양이들을 따라갔다. 그들은 자동
차가 오는지 살펴보지도, 귀를 기울여 소리를 듣지도 않고
의기양양하게 큰 길을 건너고 있었다.

큰 길 건너편에서 잔샤르가 갑자기 방향을 틀었다. 키안
은 새로운 방향이 자기 집으로 가는 길이 아니라는 것을 알
고 몹시 언짢았다. 키안이 등을 동그랗게 말고 풀밭에 서자,
바람이 땅을 가로질러 휘몰아쳤다. 잼과 켈리가 걱정스런 표
정으로 키안 곁으로 다가와 물었다.

"무슨 일이야?"

이미 들고양이들은 고사리 숲에 닿아 있었다. 그들은 고
개를 돌려 잠자코 서 있는 키안과 새끼 고양이들을 빤히 쳐
다보았다.

"야, 뭘 기다리는 거야?"

샤일러의 말에 잔샤르가 이죽거렸다.

"겁먹어서 그러는 거지 뭐."

샤일러가 소리질렀다.

"그렇게 탁 트인 벌판에 오래 서 있다가는 올빼미가 새끼 고양이들을 낚아채 갈 거야."

"올빼미? 올빼미가 뭐야?"

잼이 의아한 듯 물었다.

"웬 녀석이 네 몸뚱이에 갈고리 발톱을 박으면 그게 뭔지 금방 알게 돼. 즙이 많은 새끼 고양이처럼 맛있는 올빼미의 먹이는 없지. 아니면 뱀이 너를 한입에 꿀꺽 집어삼킬지도 모르고."

잼과 켈리의 눈동자가 까맣게 변했다. 켈리가 속삭였다.

"뱀이라고? 키안?"

"그게 맞는 말이라면 어서 가자."

키안의 말이 끝나자마자 잼과 켈리가 헐레벌떡 울창한 덤불로 뛰어들었다. 키안은 황토색 땅을 가로질러 들고양이들이 앉아 기다리는 곳으로 갔다. 키안이 들고양이들에게 물었다.

"그게 정말이야? 올빼미가 새끼 고양이를 낚아챈다는 거?"

잔샤르가 자리에서 일어나 꼬리를 한바탕 흔들더니 나무

고사리 줄기에 냄새 고약한 오줌을 갈겨 영역 표시를 했다.

"네가 만약 올빼미라면, 넌 안 그러겠니?"

일행이 숲 속 깊숙이 들어가는 동안 사방짙게 노을이 깔렸다. 숲 속에는 시끌벅적한 밤의 합창이 시작되고 있었다. 도시 고양이들인 키안 일행은 땅에 납작 귀를 대고 땅 속의 신비한 생명체들이 땅을 파는 소리를 들었다. 괴상한 짐승들의 찢어질 듯한 울음소리와 다급하게 타닥타닥 다가오는 발소리를 듣고 겁에 질렸다. 눈망울에는 나무에서 들려오는 으스스한 비명소리가 가득 맺혀 있었다. 겁먹은 채 몸을 움츠리는 키안 일행을 본 잔샤르가 우스워 죽겠다는 듯 큰 소리로 내 웃었다.

"뭐하고 있는 거야? 진짜 못 봐 주겠다. 일어나!"

샤일러가 쥐며느리 한 마리를 제 발가락 사이로 달아나게 한 다음, 갈팡질팡하는 모양을 지켜보더니 한마디 거들었다.

"뭐가 무섭다고 그래? 이 숲을 통틀어서 우리보다 더 힘이 세고, 더 빠르고, 더 영리한 짐승은 없어. 이렇게 날카로운 이빨과 발톱은 아무나 갖는 게 아냐. 숲은 우리 고양이들이 살기에 딱 좋은 곳이야. 겁 낼 것 하나도 없다니까."

하지만 키안은 마음이 놓이지 않았다.

"뱀은 어때? 올빼미는?"

잔샤르는 한숨을 푸욱 내쉬더니 살랑거리는 꼬리를 홱 잡아당기고는 걸음을 옮겼다.

"올빼미는 절뚝발이나 환자나 얼뜨기를 낚아채지. 그리고 뱀은 올빼미가 상대하기에는 너무 작은 땅꼬마들을 노리고. 그런 새끼 고양이들은 살아서 흠이 있거나 나약한 씨를 퍼뜨리느니 차라리 죽는 게 나아. 어찌 보면 올빼미랑 뱀이 우리 고양이들한테 좋은 일을 해주는 셈이지. 하긴 모든 숲속 동물들이 다 그래. 대부분은 태어나서 결국 우리 고양이의 뼈와 살이 되고 마니까."

"뼈와 살이라니, 그게 무슨 말이야?"

"어휴 바보, 우리가 그 녀석들을 잡아먹는다는 말이야."

이 말을 듣고 잼이 조심스레 고사리덤불을 헤치고 나왔다. 씨앗들이 잼의 발에 밟혀 으스러졌다.

"그러려면, 그것들을 먼저 잡아야 하잖아. 쫓고 또 쫓아야 하잖아."

"그게 뭐 어쨌는데?"

"쉬잇, 잼."

키안은 뒤에 있는 잼을 흘깃 곁눈질하며 말했다.

"도마뱀들을 우리가 쫓아가 잡아먹었어. 그런데 맞대가리라곤 없더라."

"잼, 이제 그만……."

"아가, 네가 그렇게 할 수 있다는 걸 감사하게 여기렴. 그게 바로 고양이의 삶이란다."

"우리가 온 곳에서는 그렇지 않아."

"잼! 그만해!"

그러나 잼은 태연하게 키안의 말을 무시했다.

"우리 집에서는 할머니가 우리를 위해서 먹이를 찾아내고 그걸 접시에 놔줘. 켈리, 그렇지? 우리는 사냥을 할 필요가 없어."

잔샤르가 키안 쪽으로 고개를 홱 돌렸다.

"그게 정말이야? 너희들은 사냥을 안 해?"

키안은 저 너머에서 무척 흥미진진한 일이 벌어지고 있기라도 한 듯 그곳을 뚫어지게 바라보고 있었다.

"물론 우리도 사냥을 해. 자주 하는걸. 우리라고 왜 사냥을 안 하겠어? 우리도 고양이잖아."

켈리가 참견을 했다.

"키안도 쥐를 한번 잡은 적이 있어. 키안은 그 쥐를 나한테 갖고 놀라고 주면서, 쥐는 허접한 장난감일 뿐이라고 말했어. 키안, 생각나? 쥐는 새끼 고양이의 장난감이라고."

그때 잔샤르가 우뚝 걸음을 멈추었다. 샤일러는 꼬리를

느릿느릿 흔들며 나무 틈새로 엿듣고 있었다. 잔샤르가 말했다.

"쥐는 밤새 네 배를 든든하게 채워줄 먹이야. 많지는 않지만 근육과 살이 있지. 네가 온 곳에서 사냥이 놀이에 지나지 않는다면 너희들은 뭘 하고 지내니?"

잼이 신바람이 나서 대답했다.

"우리는 먹고 자고 그래. 그게 다야. 그치, 키안?"

키안은 아무 대꾸도 하지 않았다. 키안은 들고양이들과 새끼 고양이들을 뒤로 한 채 자기 혼자 저만치 앞서가고 있다는 걸 모르는 듯 덤불을 헤치고 걸어갔다.

잔샤르가 키안을 불렀다.

"어이 민고추야. 난 죽었다 깨어나도 그렇게는 못 산다. 나는 지금처럼 사는 게 딱 좋아. 고양이가 자존심이 있지. 너처럼 사느니 차라리 개가 되겠다."

귀를 접은 키안이 이를 악문 채 나지막이 으르렁거렸다. 키안은 '나도 이따위 미끄럽고 질척거리는 데다 썩은 내까지 팍팍 풍기는 칙칙한 숲을 내 집이라고 부르고 싶은 생각은 눈곱만큼도 없어'라고 생각하면서 분을 삭였다. 키안의 귀에 잔샤르가 새끼 고양이들을 꼬드기는 소리가 들렸다.

"우리 저 녀석을 잡자. 녀석을 잡아먹자. 몸을 낮추고 살금살금 다가가면서 바람결에 실려 오는 냄새를 맡아!"

키안이 뒤를 돌아보니 잼과 켈리가 당장에라도 덮칠 태세로 키안을 보고 있었다. 키안은 울컥 화가 치밀어 소리쳤다.

"쓸데없는 짓 그만 해! 어서 일어나!"

"이 애들은 사냥하는 법을 배워야 해. 자고로 고양이는……."

키안은 히죽거리는 들고양이들을 향해 꼬리를 이리저리 탁탁 흔들면서 으르렁거렸다.

"아니, 그럴 필요 없어! 저 애들은 여기 살지 않아. 그러니까 여기서 사는 법을 배울 필요가 없어! 애들한테 쓸 데 없는 소리 지껄이지 마. 저 애들이 알아야 하는 건 내가 가르쳐 줄 거야."

키안은 뒤돌아 어둠 속을 힘차게 걸어갔지만 울화가 치밀어 견딜 수가 없었다. 자신이 잼과 켈리에게 뭔가를 가르쳐 줄 능력이 있기나 한지도 의심스러워졌다. 들고양이들이 킬킬 웃는 소리와 잔샤르가 나무에 휘갈긴 시큼한 오줌 냄새는 가뜩이나 치받친 화를 더욱 부채질할 따름이었다.

잔샤르가 까르르 웃어젖혔다.

"아가들아, 저 녀석이 너희들을 보고 겁먹었다."

샤일러가 말했다.

"저 녀석은 너무 시어빠져서 못 먹어. 그냥 상처나 좀 내 주고 말아라."

키안은 야트막하게 매달린 잎들을 밀쳐내면서 성큼성큼 걸어갔다. 키안의 흰 수염이 분노로 파르르 떨렸다. 키안을 따라오는 잼과 켈리는 싸늘한 공기에 윙윙거리는 벌들처럼 잔뜩 들떠 있었다. 잔샤르가 새된 소리로 말했다.

"녀석이 달아나고 있어! 어서 막아! 아가들아. 녀석의 목 덜미를 확 물어서 살점을 뜯어내. 냉큼 쫓아가서 녀석을 잡아!"

잼과 켈리가 나뭇잎더미를 가로질러 풀쩍 뛰어오르는 소리가 들리자, 키안은 저도 모르게 내달리기 시작했다. 허겁지겁 고사리 숲을 헤치고 어디로 가는지도 모른 채, 오로지 이 자리를 벗어나기만을 바라며 막무가내로 줄달음쳤다. 잼과 켈리는 키안이 혼자 달아나고 있다는 생각에 풀이 죽어 야옹거렸다. 키안은 그 소리에 퍼뜩 정신을 차렸다. 그제야 자기가 새끼 고양이들을 피해 달아나고 있었음을 알았다. 그 사실은 낯 뜨거워 견딜 수 없을 정도로 키안의 자존심에 깊은 상처를 주었다. 더구나 들고양이들은 이런 속사정을 뻔히 알고 키안을 놀려댈 것이다. 그 생각에 이르자 키안은 말할 수 없이 기분이 언짢아져 성큼성큼 뛰어갔다.

이 굴욕적인 순간에 키안의 눈에 쥐처럼 생긴, 코가 길쭉한 동물이 보였다. 주머니쥐는 열심히 고기 조각을 먹고 있는 중이었다. 키안은 주머니쥐가 고기 조각에서 눈을 떼 자기를 올려다볼 겨를도 없이 잽싸게 덮쳤다. 몹시도 운이 나쁜 주머니쥐는 키안의 네 발에 묶여 옴짝달싹하지 못했다. 키안은 주머니쥐를 단단히 거머쥔 채 곤두박질쳤다. 그 바람에 사방에 나뭇잎이 흩날렸다.

샤일러가 천둥같이 으르렁거리며 쏜살같이 달려와서는 그 먹잇감을 가로채려 했다. 키안은 한 발을 들어 샤일러의 앙상한 얼굴을 밀쳐냈다. 그러다 주머니쥐의 머리가 툭 터져버리자 모든 게 삽시간에 끝이 나버렸다. 키안은 켈리가 죽은 주머니쥐를 슬그머니 채가도록 내버려두었다. 잼은 켈리가 그 먹이를 우거진 덤불 속으로 끌고 가는 동안 샘이 나서 징징거리며 켈리의 꽁무니를 따라갔다. 들고양이들은 이 모습을 인동덩굴 한복판에 몸을 웅크린 채 허기진 눈길로 게걸스레 쳐다보고 있었다. 그들 앞에 숨을 헐떡거리며 키안이 섰다. 털 여기저기에 잔가지가 붙어 있었고, 가슴에는 흙이 묻어 있었다.

"나는 고양이야. 너희들은 너희들의 삶이 있고 나는 내 삶이 있어. 하지만 우리는 모두 다 고양이야."

잔샤르가 칠흑처럼 까만 눈을 하고 말했다.

"그래. 우리는 고양이야. 그리고 우리 가운데 더러는 정말이지 우연히 주머니쥐를 잡기도 하지."

키안은 그 조롱을 묵묵히 견뎌냈다. 고양이는 털갈이를 하듯 수월하게 감정을 떨쳐낼 수 있기에, 키안의 분노는 이제 감쪽같이 사라졌다. 키안은 냉정을 되찾았다. 들고양이가 제 아무리 큰소리를 쳐도 고양이일 뿐이었다. 그것도 하나는 애송이고 하나는 영양실조에 걸린 고양이였다. 더 이상 그들을 두려워하거나 그들의 조롱에 언짢아할 이유가 없었다. 키안은 더러워진 발을 깨끗이 닦으며 말했다.

"새끼 고양이들이 식사를 마치면 우리는 큰길로 돌아갈 거야. 우리는 그 쪽으로 가야 하거든. 아무튼, 도와줘서 고마워."

"하지만 그 길로 가면 안 돼. 우리가 말한 집은 저 위, 저 언덕 너머에 있어."

"샤일러, 거긴 우리 집이 아니야. 게다가 나는 그 집을 봐야 할 이유가 없어. 내가 온 곳에서는 자기가 하고 싶은 대로 해. 누가 시키는 대로 하지 않아."

잔샤르가 싸늘한 눈빛으로 쏘아보았다.

"우리는 다만 도와주려는 거야."

"아니. 너희들은 도움을 주는 게 아니야. 이런 건 아무런 도움도 안 돼. 너희들 때문에 거의 하루를 허비했지만 우리 집에 조금도 가까워지지 않았어. 오히려 더 멀리 데려가고 있잖아."

들고양이들은 서로 곁눈질을 했다. 들고양이들이 티격태격 험악한 말들을 주고받는 동안 키안은 온 정성을 들여 발을 닦았다.

반달이 서서히 떠오르고 있었다. 키안 뒤의 덤불 속에서 잼과 켈리가 주머니쥐를 씹는 소리만 들릴 뿐 사방은 고요했다.

여기에 무엇이 살건 그것들은 숨어서 고양이들이 어서 떠나기만 바라고 있을 것이다. 나뭇잎더미 위로 영역 표시를 해놓은 고양이의 오줌 냄새가 감돌았다. 키안은 자기가 여기 있는 동안은 그 고양이가 또다시 영역 표시를 하기 위해 돌아오는 일이 없기를 바랐다. 싸움꾼 고양이는 다시 만나고 싶지 않았던 것이다. 나뭇가지가 파르르 떨리는 게 보이자 키안은 갑자기 조바심이 났다. 자기가 주머니쥐를 죽여 숲의 정령이 복수심에 불타오른 게 틀림없다고 생각한 키안은 가지 사이를 찬찬히 훑었다. 그때 샤일러가 기침을 하는 바람에 키안은 샤일러를 쳐다보았다. 샤일러는 심드렁한 기색으로 무뚝뚝하게 말했다.

"키안, 내 말 잘 들어. 어떤 고양이도 우리한테 명령을 하지 않아. 우리는 우리가 하고 싶은 대로 해. 하지만 기벤치와 테이는…… 흠, 그들은 늙다리들인데다 살짝 맛이 갔어. 그들은 너희들이 그 집을 보길 원해. 너희들이 그 집을 보았다는 걸 알면 행복해할 거야. 자기들이 새끼 고양이들을 도와 뭔가를 했다는 뿌듯함을 느낄 거라고."

키안이 대꾸했다.

"기벤치와 테이는 여기 없어. 그러니까 우리가 그 집을 보건 말건 문제 될 게 없잖아? 그들은 절대 알지 못할 거야."

잔샤르가 인동덩굴에서 얼굴을 잔뜩 일그러뜨린 채 구시렁댔다. 샤일러는 키안을 빤히 쳐다보더니 덩굴 속에서 걸어 나와 키안 곁으로 다가왔다. 샤일러는 속에 감췄던 말들을 속시원히 털어놓았다.

"이봐, 키안. 그건 이런 거야. 이 숲에는 사방에 눈이 있어. 우리가 너희들을 그 집에 데려가지 않는다면 기벤치는 어떻게든 그 사실을 알게 될 거야. 그렇게 되면 심술 맞은 늙다리 기벤치는 우리가 자기 말을 듣지 않았다며 틀림없이 앙심을 품을 거야. 기벤치 무리와 잘 지내고 싶어 하는 수고양이들도 기벤치에게 점수를 따려고 우리를 못살게 괴롭힐 테고. 한번 상상해 봐. 우리는 해가 뜰 때부터 질 때까지 싸움질에 시달릴 거야. 한 순간도 평화를 누릴 수 없을 거라고! 키안, 너는 그냥 그 집을 보기만 하면 돼. 그러니 눈 딱 감고 한번만 우릴 좀 봐줘라."

때론 손해인 줄 알면서도 남의 말을 들어줄 필요도 있다. 잠시 망설이던 키안이 말했다.

"그 집, 여기서 가까워?"

"거의 다 왔어. 누가 알아? 우리가 거기서 먹이를 구할 수 있을지. 사람이 있는 곳에는 으레 쥐가 있게 마련이거든."

키안은 곁눈질로 잔샤르를 보았다. 잔샤르는 아까부터 한시바삐 이 자리를 벗어나고 싶다는 기색으로 싸늘하게 침묵하고 있었다. 키안은 잔샤르가 어리고 덩치도 작았지만 그 고약한 성미를 자극해서 좋을 게 없다는 것도 알고 있었다. 아직 갈 길이 까마득한데 공연한 싸움으로 상처를 입는 위험을 무릅쓰고 싶지 않았다. 제아무리 도도한 고양이라 해도 가끔씩은 순순히 따르는 게 바람직할 때가 있고 지금이 바로 그때였다. 한숨을 푸욱 내쉬며 키안이 말했다.

"좋아. 그 집을 한번 보지 뭐. 잠깐, 새끼 고양이들이 밥을 마저 먹을 때까지 기다리자."

잔샤르는 끙 하고 앓는 소리를 내면서 인동덩굴에 무너지

듯 몸을 던졌다. 키안은 저만치 걸어가 우두커니 앉았다. 새
끼 고양이들이 주머니쥐를 쩝쩝거리며 게걸스레 먹는 동안
나머지 고양이들은 잠자코 기다렸다.

옅은 땅거미가 시커먼 어둠에 길을 내주었고 하늘을 가
로질러 짙은 감색의 비단 띠가 드리워졌다. 키안은 헝클어진
털을 가지런히 손질하면서 샤일러에게 한쪽 귀를 기울였다.
샤일러는 느긋하게 드러누워 은은하고 싱그러운 초록빛 눈
으로 키안을 뜯어보고 있다가 물었다.

"야, 너 왜 그렇게 서둘러 떠나려고 하는 거야? 숲이 싫
어?"

키안은 주둥이로 뒤엉킨 털을 쓱쓱 잡아당겼다. 그러는
동안 총총걸음 치는 발소리가 또렷이 들렸다. 벼룩을 다 먹
어치운 잔샤르가 다가오는 소리였다. 키안이 대답했다.

"나는 숲이 좋아. 하지만 여기는 우리 집이 아니야."

잔샤르가 말했다.

"호랑이는 숲에 살아. 숲은 호랑이들이 살기에 딱 좋은
곳이지. 그런데 너는 여기가 탐탁지 않은 모양이구나."

키안이 몸을 부르르 흔들어 털을 가지런히 했다.

"나는 호랑이가 아니야. 나는 고양이라고. 내 영역이 따
로 있고 나는 지금껏 쭉 거기에서 살았어. 내 모든 것이 거기

에 있고 곳곳에 내 냄새가 배어 있어. 내가 속한 곳은 그곳이고, 그래서 내가 여길 떠나야 하는 거야. 너희들의 숲이 아름답긴 하지만 내 것은 아니야."

잔샤르가 꼬리로 나뭇잎 무더기를 찰싹 때렸다.

"그 사람은 어때? 너는 그 사람의 심심풀이 장난감에 불과해. 안 그러니? 쫄래쫄래 그 여자 꽁무니나 쫓아다니려고 집에 돌아가려는 거잖아."

키안은 잔샤르의 말을 잼과 켈리가 듣지 않길 바랐다. 다행히 잼과 켈리는 온통 먹는 데만 정신이 팔려 있었다. 잼은 주머니쥐의 꼬리를 질겅질겅 씹고 있었고, 켈리는 잔뜩 먹었는지 멍하니 누워 있었다. 키안은 들고양이들을 돌아보며 말했다.

"우리 집에는 거미가 있어. 새도 잔뜩 있고. 별의별 벌레들도 다 있지. 할머니도 있어. 하지만 나에게 그 여자는 벌레나 거미나 새들이랑 다를 바가 없어. 나는 사람에게 돌아가려고 집에 가는 게 아니야. 나는 풀밭과 콘크리트가 있는 내 땅, 나에게 속해 있는 집으로 돌아가려는 거야. 너도 네 영역을 갖고 있다면 아마 내 말을 이해할 수 있겠지."

잔샤르가 똑 부러지게 말했다.

"나도 내 영역을 가질 거야. 내가 그러지 못할 거라고는 생각하지 마."

샤일러가 별을 쳐다보고 나서 눈을 깜빡거리며 말했다.

"난 아냐. 나는 영역을 원하지 않아. 영역을 빼앗기지 않으려고 지키고 감시하는 데 들이는 온갖 노력이 얼마나 지치게 하는데. 나는 한바탕 휘몰아치는 바람이나 쏙독새처럼 자유로운 방랑자가 될 거야. 아무도 내가 어디에 있는지 모를걸. 동에 번쩍, 서에 번쩍 할 테니까!"

방랑자 샤일러의 말에 기분이 언짢아진 잔샤르가 샤일러의 주둥이를 찰싹 후려쳤다. 엉겁결에 당한 샤일러는 벌떡 일어나 잔샤르에게 잽싸게 달려들었고, 그에 맞서 잔샤르는 마구 주먹을 휘둘렀다. 둘의 몸싸움으로 희뿌연 먼지가 한바탕 일더니 나뭇잎이 소용돌이쳤다. 나뭇잎은 어둠 속에 잠자코 앉아 있던 키안의 깨끗한 털에 비 오듯 우수수 쏟아졌다. 샤일러는 소리를 빽빽 내질렀다. 그리고 심하게 얻어맞은 머리를 절레절레 흔들면서 어둠 속으로 달아났다. 자존심이 상한 샤일러가 버럭버럭 소리쳤다.

"이 바보, 멍텅구리! 잔샤르, 네가 영역을 얻는 길은 한참 모자란 멍청이나 귀머거리 암컷한테서 빼앗는 방법뿐일걸! 괜히 아무 고양이한테나 까불고 깝죽댔다가는 가죽이 홀라당 벗겨지고 말 거야!"

"이리 와서 다시 말해봐, 이 얼간아!"

시끌벅적한 소리에 잼과 켈리가 덩굴 속에서 기어 나와 둘을 멀뚱멀뚱 쳐다보았다. 잼이 하품을 하며 말했다.

"우리 이제 갈 거야?"

키안은 들고양이들이 더 흉한 모습을 보이기 전에 새끼 고양이들을 데리고 갔다. 키안의 머릿속에는 샤일러가 잔샤르를 두고 빈정거렸던 말이 먼지처럼 떠돌았다. 아주 약해 빠진 고양이한테서 땅을 빼앗아야만 제 영역을 가질 수 있다고…….

키안의 새하얀 털뭉치 한 움큼이 달빛을 받아 반짝거리며 민들레 씨앗처럼 하늘하늘 날아갔다. 도시 고양이들은 숲길을 성큼성큼 내달았다.

말로는 나무 꼭대기에서 다리를 쭉 뻗은 채 나무껍질을 벗겨내고 있었다. 키안 일행이 주머니쥐 사냥에 한눈을 파는 사이에 말로는 나무에 기어올라 숲의 바닥에서 벌어지는 일들을 흥미진진한 눈초리로 구경하고 있었다. 주머니쥐 냄새를 맡자 말로의 배에서 꼬르륵 소리가 났다. 그 소리가 어찌나 요란하던지 혹시라도 발각되어 이 재미있는 놀이를 망칠까봐 조마조마할 정도였다. 바람이 부는 방향에 따라 가지 사이를 오가며 말로는 전망 좋은 자리에서 그들을 염탐했

다. 자기가 들키지 않고 소리를 엿들을 수 있다는 사실이 자
못 뿌듯했다. 말로는 얼룩덜룩한 유칼립투스 몸통을 미끄러
지듯 내려와 엉킨 털을 민첩하게 쓰다듬은 다음, 키안 일행
에게 들키지 않을 만한 길을 골라 그 집을 향해 걸음을 재촉
했다.

개가 이 들고양이들이 달아날 것이라 생각했다면
그것은 큰 착각이었다.
되레 들고양이들은 반격에 나섰다.
결국 개는 꼴사납게 땅바닥에 떨어졌다.

-본문 중에서

사냥개의 급습

　　　　　다섯 고양이는 언덕배기에 올라 그 집을 물끄러미 내려다보았다. 그들 뒤로 땅이 갈라져 생긴 골짜기가 있었다. 골짜기에는 시리도록 찬 공기가 감돌았다. 거대한 흑단나무와 웅장한 녹나무가 우거진 숲을 보호하고 있는 골짜기의 모습은 마치 홀로 외로이 빛나는 유칼립투스 한 그루가 달빛과 맞붙어 드잡이를 하는 것 같았다. 저 앞에 밤이슬에 젖은 풀밭이 가풀막지게 쭉 뻗어 있었고, 그 비탈의 발치에는 작은 농가 한 채가 있었다. 농가 굴뚝에서는 마른 잎을 태우는 연기가 모락모락 피어올랐다. 고양이들은 번개에 갈라진 나무처럼 시원스레 트인 벌판과 우림지대를 가르는 바위 끝에 서 있었다. 잼이 쿵쿵대던 코에 주름을 잡으며 키안에게 말했다.

"고약한 냄새가 나."

샤일러가 대꾸했다.

"그게 바로 인간한테서 나는 악취란다."

"엘렌한테는 이런 냄새가 안 났는데."

키안이 샤일러의 말에 동의했다.

"아무튼, 인간의 냄새 맞아."

잔샤르가 말했다.

"딴 냄새도 나는데."

샤일러가 넌지시 말했다.

"소 냄새인가? 소 냄새도 장난이 아니잖아."

잔샤르가 수염을 파르르 떨었다.

"아냐. 딴 냄새야. 새 냄새, 피 냄새."

키안이 말했다.

"개 냄새도."

키안 일행은 지친 나머지 무엇을 해야 할지 모른 채 골짜기를 물끄러미 쳐다봤다. 고양이는 희미한 발자국 냄새로도 참새의 뒤를 몰래 밟을 수 있을 만큼 코가 예민했다. 언덕배기 바위에 올라선 키안은 바람에 실려 오는, 가스, 금속, 석유, 자갈, 도자기와 플라스틱 냄새를 맡자 가슴이 벅차올랐고 심장이 벌렁거렸다. 집에서 자주 맡던 냄새였기 때문이다. 자동차 한 대, 닭장 하나, 그리고 울타리가 눈에 띄었다. 커튼을 친 창으로 희뿌연 불빛이 새어나왔고 빨랫줄에 옷가지가 죽 걸려 있었다. 키안은 문 옆에 쓰러져 있는 가죽 장화 한 켤레를 보는 순간 그곳은 자기 집이 아니라는 것을 떠올렸고, 이내 왠지 모를 불안감에 사로잡혔다. 그는 내심 자기가 틀렸기를, 골짜기에 박혀 있는 집이 자기 집이기를 간절히 바랐던 것이다.

잔샤르가 말했다.

"흠, 이제 다 끝났다."

키안은 어깨를 축 늘어뜨리고 숲으로 되돌아가면서 졸졸 뒤따라오는 잼과 켈리를 보고 혀를 쯧쯧 찼다. 들고양이들도 키안을 따랐다. 골짜기 벽은 가팔랐다. 고양이들은 골짜기를 타고 내려가는 샛길을 골라 한발 한발 조심스레 걸음을 내디뎠다. 키 큰 고사리 숲이 층층이 장막을 이루었고, 온갖 식물들이 어찌나 울창하게 늘어섰던지 그 틈새를 비집고 가는 것보다 차라리 그 위를 밟고 지나가는 게 한결 수월할 듯싶었다. 버둥버둥 풀숲을 헤치고 가느라 몸뚱이에 상처가 났고, 이슬을 흠뻑 뒤집어썼다. 달빛에 반짝거리는 이끼로 바닥은 푹신푹신했고, 주춤주춤 내딛는 발자국을 고스란히 간직했다. 켈리의 발치에 나뭇잎 뭉치가 굴러가자 켈리가 신기

한 듯 눈을 동그랗게 뜨고 따라갔다. 잼이 켈리 뒤로 풀쩍 뛰어가 그 잎다발을 거머쥐고 마구 흐트러뜨리는 바람에 켈리가 벌렁 나자빠지고 말았다.

흙과 이슬을 흠뻑 뒤집어쓴 고양이들은 이끼 밭에 솟아 있는 편편한 바위로 걸음을 옮겼다. 바위는 모두가 앉아서 쉴 수 있을 만큼 널찍했다. 고양이들은 귀를 털고, 옆구리를 핥고, 티끌 하나 붙어 있지 않도록 격렬하게 다리를 흔들었다. 키안은 몸단장을 하면서 한 발을 흙에 댔다. 그러자 길을 안내해주는 대지의 경쾌한 울림이 키안의 온몸의 뼈를 타고 구석구석 퍼졌다. 키안은 바람에 귀를 쫑긋 세운 채 말했다.

"나는 이리로 가야 해."

"우리가 조금만 더 같이 가줄게."

"고마워, 하지만 그럴 필요 없어. 괜히 너희들 시간 낭비만 할 테니까."

고양이는 거래할 때의 분위기가 화기애애하지 않더라도 매듭은 아주 빨리 짓는다. 어느 한쪽이건 양쪽 모두이건 애당초 만나지 않았길 바라는 만남을 끝내는 것은 고양이의 자존심과 관계된 문제다. 키안은 들고양이들이 자기의 중요한 시간을 멋대로 낭비한 것에 화가 났다. 들고양이들도 키안이 제 생각을 자기들에게 강요하는 것이 몹시 언짢았다. 키안은 그 껄끄러운 상황을 전혀 눈치 채지 못한 것처럼 냉정할 정도로 예의를 갖춰 귀를 세우고 꼬리를 내렸다. 그런 다음 성큼성큼 잼과 켈리가 누워 있는 곳으로 갔다. 어렴풋이 무슨 소리가 들려왔다. 그 소리는 크지 않았지만 온갖 것들이 한꺼번에 와르르 걸려 넘어지기라도 한 듯, 시끌벅적하고 왁자지껄했다. 흙덩이가 구르고, 가지가 부러지고, 나뭇가지에서 잎들이 떨어지는 소리가 뒤섞여 있었다. 그 소리는 마치 숲을 조각조각 파헤친 후 내동댕이치는 소리처럼 들렸다. 잼과 켈리는 어리둥절한 눈초리로 몸을 움츠렸고, 키안은 잔뜩 긴장한 채 들고양이들을 찾아 바위 모서리를 둘러보았다.

키안은 맥이 풀리는 기분에 사로잡혔지만, 짐짓 아무렇지 않은 척 물었다.

"이게 무슨 소리야?"

들고양이들은 아무 대꾸도 하지 않았다. 그들은 숲 한가운데를 유심히 바라보았고, 거대한 흑단과 너도밤나무의 이끼 낀 몸통을 찬찬히 뜯어보고, 허옇게 곰팡이가 핀 땅을 쓰윽 훑었다. 허공에 대고 코를 킁킁거렸고, 목털을 뻣뻣이 세우면서 꼬리를 치켜들었다. 한바탕 시끄러운 소리가 들리더니 푸릇푸릇한 장벽이 파르르 몸을 떨었다. 토끼처럼 웅크리고 있던 샤일러가 점점 가까이 다가오는 무언가를 맨 먼저

보고 숨을 헉 삼켰다.

"달아나!"

다섯 고양이가 쏜살같이 내달렸다. 혼자 동떨어져야 목숨을 건질 수 있기라도 하듯 본능적으로 뿔뿔이 흩어졌다. 켈리는 질척질척한 땅을 가로질러 내달려 검은 딸기 덤불 속에 잽싸게 뛰어들어 가시투성이 구렁 속에 막무가내로 숨어들었다. 왁자한 그 소리는 골짜기 아랫녘을 완전히 뒤흔들어놓더니, 숲의 천장에서 되튀어나와 주변에서 왕왕 울려 퍼졌다. 켈리는 덤불 속 깊숙이까지 파헤쳐 들어갔다. 발톱이 줄기에 걸리자 켈리는 용감하게 고개를 돌려 쳐다보았다.

어린 고양이 켈리는 이렇게 가까이에서 개를 맞닥뜨린 적이 없었다. 그러나 태어날 때부터 그 앙숙에 대한 혐오를 뼛속 깊이 품고 있었다. 눈조차 뜨지 못한 갓 태어난 고양이라도 개의 고약한 냄새를 맡으면 으르렁거릴 것이다. 검은 딸기 덤불로 허둥지둥 달려오는 개는 이제껏 켈리가 본 동물 가운데 가장 덩치가 컸다. 다부진 머리 꼭대기에서 엄청나게 큰 귀가 펄럭거렸고, 입에서는 수많은 돌덩이들이 한꺼번에 와글와글 부딪히는 소리가 났다.

개는 덤불에 주둥이를 들이밀다 말고 덩굴손이 눈언저리에서 거치적거리자 털어냈다. 개의 튼튼한 다리에 푸슬푸슬한 땅이 움푹 파이더니 먼지구름이 피어올랐다. 개가 다시 머리를 들이밀자 켈리는 번쩍거리는 개의 눈동자를 통해 겁먹은 제 얼굴을 보았다. 개는 귀청이 찢어지게 짖어댔고, 끈적끈적한 침 기둥으로 켈리를 옴짝달싹 못하게 옭아맸다. 검은 딸기가 짓뭉개지고 갈가리 찢기는 동안 켈리는 온 힘을 다해 줄기에 매달렸다. 켈리는 개가 코를 바짝 들이밀면 냅다 후려칠 준비를 단단히 하고, 작은 입을 벌려 쉿 소리를 냈다. 개가 입을 벌려 숨을 쉴 때마다 전에 먹은 음식의 퀴퀴한 냄새가 묻어나왔다. 긴 칼처럼 길쭉한 개의 이빨 사이로 흠뻑 젖은 분홍빛 혀가 팔랑거렸다. 개가 코를 바짝 들이대자, 켈리는 줄기를 거머쥔 힘을 늦추고 다시 큰 소리로 쉿 소리를 냈다. 화가 나서라기보다는 겁에 질린 때문이었다. 그러자 개는 낑낑거리며 뒤로 펄쩍 내달았다.

켈리는 불현듯 개가 자기를 보고 짖는 게 아니었음을 깨달았다. 설사 개가 켈리를 보았다 해도 무시했을 것이다. 켈리는 고개를 들어 바로 위 나무줄기에 아슬아슬하게 앉아 있는 줄무늬 고양이 말로를 보았다. 대롱대롱 매달린 말로의 무게 때문에 줄기가 얄궂게 구부러졌다. 말로는 켈리가 자기를 빤히 쳐다보고 있음을 알고 넉살 좋게 지껄였다.

"재밌지?"

그 소리에 흥분한 개가 날카롭게 울부짖으며 덤불 속으로 돌진했다. 켈리와 말로는 워낙 절망적인 상황인데다 더 이상 물러설 곳이 없던 터라 발을 마구 휘둘렀다. 하지만 켈리와 말로가 휘두른 발에 맞은 건 개가 아니라 덤불이었다. 얼떨결에 고양이들에게 얻어맞은 검은 딸기 덤불은 강한 반동으로 개를 덮쳤고, 개는 균형을 잃고 잎더미에 곤두박질쳤다. 그러나 곧 발딱 일어난 개는 새로운 무언가에 눈길이 꽂혔다. 검은 딸기 덤불 가장자리에 서 있는 작고 볼품없는 나무 한 그루였다. 그 나무로 잽싸게 달려간 개는 신경질적으로 짖어댔다.

켈리가 나뭇잎 사이로 엿보니 샤일러와 잔샤르가 휘청거리는 그 나뭇가지 꼭대기에서 오도 가도 못한 채 떨어지지 않으려고 발버둥을 치고 있었다. 개는 바닥에 닿을락 말락 드리워진 가냘픈 가지에 애처롭게 매달린 키안에게 쏜살같이 달려갔다.

키안은 바로 밑에서 거대한 입이 쩍 벌어지자 수염을 떨며 몸을 움찔했다. 키안은 더 높이 기어오르지도, 근처 나무로 건너뛰지도 못했다. 심지어 발 하나조차 맘대로 휘두를 수가 없었다. 개는 키안의 당혹스런 처지를 알아채고 나무로 뛰어오르더니 신바람이 나서 발로 나무를 긁고 할퀴었다. 개

의 얼굴은 침으로 온통 거품 범벅이 됐고, 털은 사방으로 휘날렸다. 개가 나무 몸통을 후려치자, 어린 나무가 휘청거리면서 앙상한 잎이 너울댔다. 개가 으르렁거리는 소리에 온 숲이 쩌렁쩌렁 울렸다. 새떼가 어스름 속에서 소리를 내질렀고, 울창한 나무들이 대들기라도 하듯 껍질과 잎을 떨어뜨렸다. 개는 풀쩍 뛰어올랐다가 비틀거리면서 흙바닥과 나뭇잎을 걷어찼다. 다시 풀쩍 뛰다가 제 풀에 넘어진 개가 혀를 깨물었고, 그 바람에 별안간 잠잠해졌다.

잔샤르는 발을 꽃잎처럼 우아하게 그러모으고 귀를 자신만만하게 쫑긋 세우고는 소리쳤다.

"똥개야, 애걔걔 이게 다야?"

그 소리가 정적을 깨우면서 낭랑하게 울려 퍼졌다. 사실 개는 고양이들의 탁월한 말솜씨에 이골이 나 있었다. 잔샤르의 조롱을 무시해버린 개는 숨을 헐떡이며 황갈색 눈을 키 안에게 고정시킨 채 나무 앞을 빠른 걸음으로 오락가락했다. 그럴 때마다 개의 닳아빠진 네모난 귀가 길쭉한 머리를 찰싹찰싹 때렸다. 갈색 털에는 풀씨가 여기저기 박혀 있었다. 샤일러는 개가 숨을 헐떡이면서 한 걸음 내디딜 때마다 한마디씩 뇌까렸다.

"야, 이 똥개야. 네 형제들은 어디 있니? 네 떼거지 말이야. 왜 너 혼자냐? 떼거지들이 너 싫대? 이 바보 멍청아, 그래서 쫓겨난 거야?"

개와 고양이는 서로 주거니 받거니 하는 조롱에는 이골이 나 있었지만 조롱은 여전히 말싸움에 효력이 있었다. 오랜 세월에 걸쳐 얽히고설켜온 적대 관계인 고양이와 개 무리는 대대로 상대를 가장 열 받게 하는 말을 가르쳐왔다. 비록 개가 고양이에게 말발이 달리긴 해도 말이다. 개는 샤일러가 준 모욕에 대한 앙갚음으로 키안이 매달려 있는 나무에 다리를 척 올려놓았고, 들고양이들은 점점 기가 살아서 날뛰는 개에 맞서 으르렁거렸다.

개가 늑대처럼 울부짖었다.

"구더기! 기생충! 나무에 붙은 기생충."

잔샤르가 꼬리를 살랑살랑 흔들었다.

"네 주인님 꽁무니나 쫓아가지 그래. 너는 인간이 시키지 않으면 아무것도 못하잖아. 안 그래, 이 노예야? 너는 네 조상을 욕보이고 있어. 피부병도 너한테는 안 달라붙을 거다. 이 아첨꾼, 징징이, 인간에게 빌붙어 사는 빈대."

"이런 멍청이들이!"

개는 잔샤르에게 으르렁거리면서도 키안을 향해 무시무시하게 입을 벌리고 잡아먹을 듯이 달려들었다. 휘청거리는 가지를 부둥켜안은 키안은 필사적으로 쉿쉿 거리며 가까이 오지 말라는 시늉을 했다. 개는 미친 듯이 짖어대면서 그 나무에 뛰어 올랐다가 땅바닥에 쿵하고 떨어졌다. 개가 소리쳤다.

"전염병! 알랑방구쟁이! 피부병, 십이지장충, 촌충!"

샤일러가 이죽거렸다.

"아첨꾼 눈에는 아첨꾼만 보이게 마련이지."

잔샤르가 약을 올렸다.

"똥개는 입에서도 똥구멍에서도 똥을 싸지롱."

개는 주둥이를 쳐들고 왕왕 짖었다.

"밥벌레 고양이! 빌어먹을 고양이! 해충 고양이! 고양이는 우리에 가둬서 껍질을 홀랑 벗겨버려야 해! 꽁꽁 얼어 죽게. 야옹 야옹!"

"주둥이 닥쳐. 이 똥개야!"

켈리는 샤일러가 이렇게 내뱉으면서도 허겁지겁 달아날 길을 찾고 있다는 것을 알았다. 잔샤르도 개가 눈치 채지 못하도록 이리저리 자리를 옮기고 있었다. 개가 다시 나무로 풀쩍풀쩍 뛰어오르자, 잔샤르는 더는 못 참겠는지 개를 찰싹 후려치고는 두 발로 개의 콧구멍을 잡아 찢었다. 개는 너무나 아팠는지 미쳐 날뛰었다. 개는 키안을 까맣게 잊고, 근육

질의 몸뚱이를 위로 붕 날려 샤일러와 잔샤르에게 덤벼들었다. 개가 이 들고양이 한 쌍이 달아날 것이라 생각했다면 그것은 큰 착각이었다. 되레 들고양이들은 반격에 나섰다. 고양이들은 개가 자기들 쪽으로 고개를 들이밀 때를 호시탐탐 노리고 있다가 개의 머리를 옴짝달싹 못하게 거머쥐었다.

개가 목구멍에서 끔찍한 소리를 토해냈다. 개의 날카로운 비명소리는 차츰차츰 애처로운 낑낑거림으로 잦아들었다. 결국 개는 꼴사납게 땅바닥에 떨어졌다. 그리고 두 다리로 허공을 마구 걷어차면서 고양이들에게 꼬리를 잡힌 딱한 모습으로 비틀대며 겨우 일어섰다. 들고양이들은 발톱으로 개의 털을 마구 쥐어뜯었고, 이빨로 개의 거친 살가죽을 물어뜯었다. 숨어서 지켜보던 말로도 잠자코 있을 수가 없었는지 적의 가슴팍으로 총알같이 덤벼들었다. 개는 몹시 고통스럽게 울부짖으며 괴로움에 몸부림쳤다. 그 불행한 개는 고양이들이 어찌나 가혹하게 덤벼들었던지 한동안 허우적거리며 엉거주춤 저항했지만, 나락으로 떨어진 자존심을 회복하기 위해 어떤 반격도 할 수 없었다. 꼬리를 애처롭게 늘어뜨리고 상처 자국이 죽죽 그어진 등을 구부정하게 구부린 채 부끄러운 줄도 모르고 숲이 쩌렁쩌렁 울리도록 울부짖으며 자리를 떴다. 고양이들은 기세 좋게 따라가다가 멈춰 서서 비척비척 도망가는 개를 지켜보았다.

샤일러가 말했다.

"어휴, 바보."

샤일러와 잔샤르가 말로를 쳐다보았다. 말로는 움찔 놀라며 갖은 애교를 떨었지만, 잔샤르의 화를 누그러뜨릴 수는 없었다. 아니나 다를까 머리를 철썩 얻어맞자, 말로가 핏대를 올렸다.

"애당초 나를 순순히 데려왔으면, 이런 일은 일어나지 않았을 거 아냐!"

말로가 어떻게 여기까지 왔는지 자초지종을 들을 필요조차 없었다. 말로의 털과 수염, 그리고 발바닥의 흔적이 그동안의 행적을 고스란히 보여주었다. 말로는 키안이 주머니쥐를 잡은 곳을 떠나 키안 일행을 깜짝 놀래키려고 서둘러 그 집으로 갔다. 다섯 고양이가 바위에 올라서서 그 집을 물끄러미 내려다보는 동안에 말로는 그 집 마루 밑에서 그들을 올려다보고 있었다. 비좁고 추운 마루 밑에서 말로는 진작부터 그들을 기다리고 있었던 것이다. 키안 일행이 숲으로 걸음을 되돌린 순간, 갑자기 개의 악취가 코끝을 휙 스쳤다. 말로는 바짝 긴장해 어떻게 해야 할지 몰라 안절부절못하면서도 그 자리에 그대로 있었다. 계획이 보기 좋게 어긋나자 어리석게 군 자신이 원망스러웠다. 말로는 자기가 세운 계획이 경솔한 것이었는지 되물었다. 아직 결단력이 부족했기에 키안 일행을 따라 우림지로 갈지, 아니면 개울가 집으로 살그머니 달아나야 할지 결정할 수가 없었다.

말로는 골똘히 생각에 잠겨 닭의 깃털 하나를 가지고 놀았다. 깃털에서는 피비린내가 심하게 났다. 깃털이 코와 혀에 들러붙었다. 그때 마루 위에서 개 꼬리가 마루 널을 찰싹 치는 소리와 함께 사내의 고함 소리가 들렸다. 순간 말로의 머릿속에 불현듯 한 가지가 확실해졌다. 머리 위에 인간과 개가 있는 이곳은 떠돌이 고양이에게 어울리는 장소가 아니라는 것이었다. 말로는 높은 나무에 올라 느긋하게 생각할 수 있는 안전한 숲이 너무나 그리웠다. 그래서 마루 널 밑에서 어기적어기적 기어 나왔는데, 그때 마침 남자가 개를 풀어놓고 있었다. 우연치고는 몹시도 운 나쁜 일이 벌어진 것이다.

"그 개를 너희들한테 몰고 올 생각은 아니었어."

말로는 들고양이들에게 딱 잘라 말하면서도 전혀 양심의 가책을 느끼지 않았다. 고양이에게 절반의 진실은 진실 그 자체나 다름없다. 아닌 게 아니라 말로는 키안 일행이 서 있던 바위로 신들린 고양이처럼 꽁지 빠지게 내달렸고, 무자비한 추적자를 달고 다섯 고양이의 흔적을 미친 듯이 찾아 헤맸다. 만약 그들을 찾기만 한다면 개를 따돌리기가 한결 수월할 것이다. 설사 뜻대로 되지 않는다 해도 말로는 그 운명을 달게 받아들일 마음의 준비가 되어 있었다. 하지만 키안 일행이 그들의 운명을 달게 받아들일 준비가 되어 있는지에 대해선 눈곱만큼도 궁금해하지 않았다.

말로가 알랑거리며 덧붙였다.

"하지만 나는 너희 둘이 그 녀석을 혼쭐낼 줄 알았어."

고양이는 타고나길 칭찬을 들으면 우아하게 얌전을 빼고 있지 못한다. 잔샤르와 샤일러는 말로의 아첨에 화가 완전히 누그러져, 어깨에 힘을 주고 한껏 으스대며 걷더니 신바람이 나서 검은 딸기 덤불로 돌아갔다. 그때까지 나뭇가지에 매달려 있던 키안은 눈을 깜빡거리며 그들을 쳐다보았고, 켈리는 줄기 사이로 빤히 엿보았다. 소동이 벌어지는 내내 담쟁이덩굴 속에 숨어서 몇 차례 그 난폭한 개에게 짓밟힌 잼은 귀를 쫑긋 세웠다. 하지만 도시 고양이들은 아무도 피난처에서 나올 엄두를 내지 못했다.

샤일러가 참다못해 물었다.

"그 똥개가 다시 와서 너희들을 쫓아낼 때까지 여기서 기다릴 셈이야?"

키안이 아래를 보고 나무에서 미끄러지듯 내려오자, 새끼

고양이들도 그제야 안심하고 키안을 따라 달빛이 비추는 곳
으로 기어 나왔다.

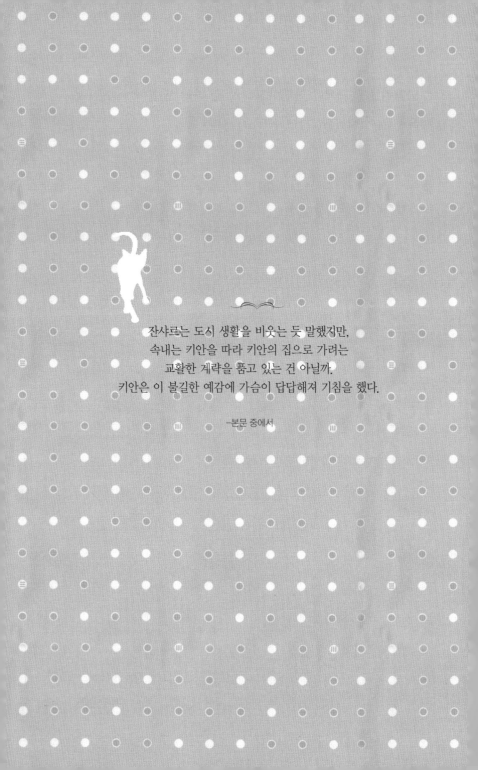

잔샤르는 도시 생활을 비웃는 듯 말했지만,
속내는 키안을 따라 키안의 집으로 가려는
교활한 계략을 품고 있는 건 아닐까.
키안은 이 불길한 예감에 가슴이 답답해져 기침을 했다.

—본문 중에서

섞일 수 없는 두 세계

키안의 얼굴은 개의 침 때문에 꼬질꼬질했고, 털은 온통 뒤엉킨 데다 발톱마저 너덜너덜해 질 정도로 더러웠다. 한쪽 귀는 어쩌다 생겼는지도 모르는 상처에 꾸덕꾸덕 피가 말라붙어 있었다. 깔끔한 고양이 키안 은 추레한 털이 영 못마땅했다. 그러나 차마 들고양이들에게 몸단장을 하는 동안 기다려줄 수 있느냐고 묻지 못했다. 샤 일러와 잔샤르도 키안 못지않게 더러웠지만 개의치 않는 눈 치였다. 숲에서는 몸단장보다 더 중요한 게 있는 모양이었 다.

개가 다시 돌아올지 모른다는 말은 키안을 놀려주려는 것 만은 아니었다. 개가 앙갚음하려고 무시무시한 계획을 갖고 돌아올지도 모른다. 개가 가까이 있는 집 근처에서는 어떤 들고양이도 행복하게 지낼 수 없다. 쟌샤르는 내심 이곳을 지나는 들고양이가 있기를 바라며 이번 싸움의 승리를 알리기 위해 돌과 나무에 오줌을 갈기면서 주변을 빠르게 한 바퀴 돌았다. 그런 후에 잔샤르는 키안을 돌아보고 물었다.

"흠, 어느 길로 갈래? 네가 줄곧 징징거리며 찾던 그 영역은 어디에 있니?"

키안은 잔샤르를 불안스런 눈초리로 흘깃 쳐다보았다.

"여기에서 멀어, 잔샤르. 넌 별로 가고 싶지 않을 거야."

"어디든 온통 다 영역이야. 어느 길로 가든 나한테는 똑같아. 그러니까 네 영역도 마찬가지라는 얘기지. 샤일러, 너는 어때?"

샤일러는 털을 잡아당기며 말했다.

"나는 떠돌이 고양이야. 바람결에 흔들리는 한 떨기 나뭇잎이지."

키안은 깜짝 놀라며 그들을 쳐다보았다. 들고양이들이 집으로 가는 길을 안내하겠다며 자기들의 용기와 경험까지 선물로 기꺼이 주겠다고 말하는 게 아닌가. 키안은 개의 공격과 숲의 음울함에 한참 시달린 데다, 길을 잃을지도 모른다는 걱정에 신경이 날카로워져 있었다. 그런 차에 들고양이들의 제안은 키안의 날카로웠던 신경을 누그러뜨렸고 장난마저 치게 만들었다. 키안은 개구지게 깡충깡충 뜀박질하고 까치발로 통통 옆으로 튀었다. 그 모습을 본 들고양이들이 무섭게 돌변했다. 송곳니를 무시무시하게 드러내면서 키안에게 달려들었다. 놀란 말로는 감쪽같이 사라져 버렸다. 아차 실수를 저질렀구나 싶은 키안은 겁에 질렸다. 잔샤르가 몹시 혼란스런 기색으로 소리쳤다.

"키안, 너 도대체 뭐하는 짓이야?"

"나는 그냥…… 장난친 건데…….''

"장난이라고? 네가 애송이냐!"

키안은 땅에 코를 박고 멈칫멈칫 말했다.

"미안해. 너희들을 놀라게 하려고 그런 게 아냐. 그런데 너희들은…… 장난 안 쳐?"

"우리는 젖을 떼면서 장난질 따윈 그쳐. 갓난쟁이들이나 장난치는 거지! 다 큰 고양이가 장난을 왜 해? 왜 쓸데없이 힘을 낭비해!"

샤일러가 입술을 끌어올리며 말했다.

"키안, 넌 가끔씩 이상하게 굴더라."

키안은 땅이 자기를 꿀꺽 삼켜주길 바라면서 더러운 발을 물끄러미 쳐다보았다.

'들고양이들은 싸움꾼들이야. 몸치장에는 전혀 관심이 없

고, 장난도 치지 않아.'

키안은 혼잣말을 했다. 들고양이들의 눈에 자신이 실수투
성이로 비쳐질 것이라는 생각만 해도 끔찍했다. 키안은 자신
에게서 들고양이들이 우러러볼 만한 것을 찾으려고 머리를
쥐어짰지만 도무지 생각나는 게 없었다. 비참해진 키안은 풀
이 죽었다. 정말이지 자신은 보잘것없는 고양이였다. 지금까
지 육식동물로서 이룬 가장 위대한 업적은 찌르레기 둥지를
습격한 것뿐이었다. 맹렬히 공격해 오는 암수 한 쌍의 새를
상대로 키안은 끝까지 용감히 싸웠고, 나중엔 풀쩍 뛰어올라
공중에 떠 있는 수컷을 후려치기까지 했다. 이 일은 그 뒤 키
안의 자랑거리가 됐다. 그러나 들고양이들이 개를 연달아 두
들겨 패는 장면을 본 다음부터는 자기가 그토록 자랑스러워
하던 업적이 얼마나 보잘것없는지 깨달았다. 키안은 이제껏
살아오면서 온갖 크기와 색깔의 개들을 숱하게 맞닥뜨렸지
만, 언제나 달아나기 일쑤였다. 더러 굽히지 않고 끝까지 버
틴 적도 있기는 했지만, 들고양이들처럼 용감하고 격렬하게
사나운 사냥개에 맞서 싸우지는 못했다.

'들고양이들이 그 개를 쫓아버리지 않았다면, 아직도 난
나뭇가지 위에서 부들부들 떨고 있었을 거야.'

사냥개가 자기를 들고양이로 알고 "야, 이 들고양이야!"

라고까지 불렀던 게 생각나자 기뻤지만, 그 기쁨도 잠시였다. 사실 귀티와는 거리가 먼 들고양이들 무리에 자신이 속한다는 것도 알고 보면 썩 기분 좋은 일은 아니었기 때문이다.

키안이 여전히 언짢은 기색으로 자신을 바라보는 들고양이들에게 말했다.

"너희들은 무척 용감했어, 아까 말이야. 너희들은 영웅처럼 씩씩했어."

그제야 말로가 덤불에서 슬그머니 나와, 한마디 했다.

"그거? 별 거 아냐."

샤일러가 물었다.

"키안, 어느 길이야?"

키안은 다시 대지의 소리에 귀를 기울였다.

"이쪽!"

여섯 마리의 고양이는 짓뭉개진 검은 딸기 덤불을 떠나 어스름 속으로 걸어갔다. 말로는 침묵을 지키며 살금살금 걸었고, 앞에서 까불며 뛰어가는 잼과 켈리도 연신 뒤를 흘깃거리며 고양이들이 따라오는지 확인했다.

일행이 가파른 골짜기를 기어오르는 동안, 숲은 충격에서 차츰 벗어나 분주한 일상을 되찾았다. 숨어 있던 귀뚜라미가 노래를 부르고, 하늘다람쥐가 망토 날개로 한껏 멋을 내자 올빼미는 묵직한 날개를 펄럭펄럭 흔들었다.

키안은 우여곡절 끝에 마침내 별과 대지가 인도하는 길로 제대로 들어섰다는 생각에 만족했다. 그러자 온 몸의 세포들이 기뻐 콧노래를 흥얼거리는 것만 같았다. 숲의 빽빽한 나무들과 고사리 숲을 가르는 제비꽃의 바다를 지나는 동안 키안의 생각은 머나먼 도시의 집에 있는 금속과 플라스틱이 깔린 바닥을 거닐고 있었다. 집을 떠난 이후 두 번째 밤을 맞고 있었다. 집에서 뭔가 잘못되고 있는 것은 아닌지 슬그머니 걱정도 들었다. 이웃집 얼룩 고양이가 키안의 영역에 군침을 흘리면서 그 땅을 집어삼키려고 호시탐탐 노리고 있을지도 몰랐다. 어렴풋한 대지의 목소리가 이 여정은 숱한 밤과 낮을 지새울 거라고 키안에게 귀띔해주는 듯했다. 일단 집에 돌아가면 집을 비운 동안에 잃어버린 영역을 되찾기 위해 치열하게 싸워야 할 것이다.

자기 영역을 지키려면 자질구레한 일도 끊임없이 이어진다. 키안은 제 영역을 가지려는 잔샤르가 과연 자기가 바라는 게 무엇인지 정확히 알고 있기나 한 건지 궁금했다. 키안은 옆에서 어슬렁거리며 걷고 있는 잔샤르를 눈여겨보았다. 한창 전성기를 향해 가고 있는 잔샤르의 몸은 호리호리하고 군살 없이 튼실했다. 유별나게 큰 눈은 공격성을 그대로 드러내고 있었다. 잔샤르는 지나가는 길목마다 나무 그루터기며 부러진 가지에 자기 영역 표시를 했다. 그러나 키안은 지금까지 무리의 보호 아래 지낸 잔샤르가 과연 싸움다운 싸움을 해본 적이 있는지, 혹은 진정한 싸움의 기술을 배우긴 했는지 의심스러웠다. 그러자 불현듯 잔샤르가 그나마 영역을 가질 가장 큰 가능성은 약한 동물의 영역을 가로채는 것이라고 야유하던 샤일러의 말이 떠올랐다. 키안은 곰곰이 생각했다. 키안은 잔샤르가 자신을 하찮게 여긴다는 걸 알고 있었다. 또 잼과 켈리가 주머니쥐를 먹는 동안 잔샤르가 키안의 영역에 대해 이것저것 캐묻던 일도 생각났다. 그때 잔샤르는 도시 생활을 비웃는 것처럼 말했지만, 속내는 키안의 집으로 따라가려는 교활한 계략을 품고 있는 건 아닐까. 사실 잔샤르에게 사나운 싸움꾼 로크보다는 약한 고양이 키안을 상대로 그 영역을 빼앗는 것이 훨씬 수월한 일일 것이다. 키안은 이 불길한 예감에 가슴이 답답해져 기침을 했다. 들고양이들이 쳐다보자 키안이 더듬거리며 말했다.

"너희들은 내가 사는 곳에서 단 하루도 못 살 거야. 지루하고 따분해서 못 견딜걸. 숲 속 생활이랑 딴판이야."

샤일러가 코에 주름을 잡고 말했다.

"너 아직도 그 개를 생각하고 있는 거야? 그까짓 일로 아직까지 들떠 있는 걸 보니, 네가 얼마나 따분하게 살았는지 알만해."

잼이 나뭇잎에 있는 버섯을 톡톡 차며 말했다.

"그 개는 키안을 잡아먹으려고 했어."

잔샤르가 꼬리를 살랑살랑 흔들었다.

"그래, 맞아. 키안 너도 그 녀석이 너를 향해 곧장 달려들었던 거 봤지? 그렇게 몸뚱이가 반짝거리니 그런 몹쓸 일을 당하지."

어둠 속에서 서로 맞붙어 있는 나무 두 그루 사이의 거리를 어림짐작하기에는 수염 탐지기가 제격이다. 키안은 수염을 탐지기 삼아 활처럼 구부려 그 거리가 자기 몸이 들어갈 정도인지 가늠했다.

"하긴 싸움꾼 로크도 나한테 반짝이라는 둥 뭐 그런 말을 했어. 그게 무슨 뜻이야?"

말로는 그 질문이 퍽이나 재미있다는 눈치였다. 그는 물푸레 나무 위로 쏜살같이 올라가더니 머리부터 잽싸게 다시 내려왔다.

"그걸 몰라? 네 몸뚱이를 잘 봐. 꼭 눈밭에서 뒹굴고 난 것 같잖아!"

키안은 자기 어깨 너머로 온 몸을 죽 훑어보았다. 머리, 양쪽 귀, 옆구리와 꼬리가 온통 반짝이는 검정색이었지만, 다리며 배며 목덜미는 물론이고, 턱과 복슬복슬한 꼬리 끝은 눈처럼 하얗게 빛나고 있었다. 귀 속의 털뿐 아니라 수염과 코 아래 반점도 마찬가지였다. 키안은 지금껏 우아하고 귀티 나는 가늘고 긴 자신의 몸매를 자랑스레 여겨왔다. 키안이 부루퉁하게 물었다.

"그래서?"

말로는 잔뜩 흥분해서 빙그르르 원을 돌았다.

"야, 네 몸이 별처럼 눈부시게 빛나는데 어떻게 눈에 띄지 않겠니? 숲에는 하얀색이라곤 없어. 하얀색을 가진 건 너뿐이라고! 그러니까 널 보고 싶지 않아도 모두 널 볼 수밖에 없는 거야!"

말로는 덤불을 헤치고 쏜살같이 내달렸다. 키안은 잔샤르와 샤일러를 쳐다보았다. 잔샤르가 냉정하고도 쌀쌀맞은 표정으로 맞장구를 쳤다.

"말로 말이 맞아. 흰색은 최악의 색이야. 이 숲에서 하얀 고양이 새끼로 태어나는 건 지지리도 재수가 없는 거야. 그 고양이는 오래 살지 못해. 고달프게 살 팔자를 타고난 거지. 새의 날카로운 눈을 피해 숨기도 어렵고, 똥개의 눈에도 확

띄거든."

키안은 어스름한 달빛 속에서 길벗들을 빤히 보았다. 밤의 색깔인 잼과 샤일러는 어둠 속에 고스란히 녹아들었다. 얼룩덜룩한 잔샤르와 켈리는 햇빛을 받으면 숲의 색에 녹아들어 눈에 띄지 않았다. 고양이 선조의 색이 이러했다는 것을 보여주듯 태고적 고양이 색채를 고스란히 간직하고 있는 말로는 어디에 있건 보이지 않았다. 키안은 자기 몸의 흰색을 떨쳐내고 싶어 물을 털 때처럼 한 발을 흔들었다. 켈리가 키안에게 다가와 이마를 댔지만, 키안은 켈리에게 신경질적으로 쉿 소리를 내고는 근처 바위로 풀쩍 뛰어올랐다. 숲이 키안을 보고 있었다. 키안은 지빠귀의 뒤를 밟는 고양이처럼 꼼짝도 않고 있다가 퉁명하게 말했다.

"이 길이야. 이 길로 가야 해."

일행은 뿔뿔이 흩어지기도 하고, 서로 바짝 붙기도 하면서 어둠을 헤치고 꾸준히 걸었다. 그들이 지나가는 자리마다 정적이 맺혔다 깨지며 등 뒤로 꽥꽥대고 끽끽거리는 소리가 이어졌다.

들고양이들은 나무마다 새겨진 발톱자국을 하나도 빼놓지 않고 샅샅이 조사했다. 그러다 이따금씩 멈춰서 유유히 흐르는 눅눅한 밤공기를 맡았다. 성난 고양이 한 마리가 으르렁거리는 소리가 들렸다. 소리를 따라 일행이 위를 올려다보자, 덩치 큰 싸움꾼 고양이가 자기 영역을 침범한 데 대한 분노로 으르렁거리고 있었다. 싸움꾼 고양이가 꺼지라고 소리치자, 소스라치게 놀란 키안 일행은 허겁지겁 줄행랑을 쳤다.

먼동이 틀 무렵까지 일행은 천으로 싼 발로 걷듯 소리를 죽여 걸어갔다. 불룩해진 배를 안고 은신처로 돌아오는 동물이라도 눈에 띌까 싶어 발치의 덤불 속을 샅샅이 훑었다. 샤일러가 코를 땅에 박고 쥐 한 마리가 지나간 자리를 따라갔지만, 정작 생쥐를 잡아채 박하나무 가지 끝으로 내달린 것은 잼이었다.

가장 손쉬운 먹잇감은 멍청한 나방들이었다. 키안은 이틀 동안 거의 먹은 것이 없었다. 무턱대고 덤비고 보는 새끼 고양이들과 달리 먹이 잡는 솜씨가 젬병인데다 잡고 싶은 의욕마저 부족했기 때문이다. 죽은 지 한참 돼 딱딱하게 굳어버린 늙은 박쥐 한 마리로 굶주림을 면하고 겨우 기운을 차렸다. 키안은 박쥐의 뼈만 앙상한 발이며, 아무 맛도 없는 귀까지 모조리 먹어치웠다. 양껏 먹은 고양이들은 덤불 속으로 뿔뿔이 흩어져 해가 하늘 높이 떠오를 때까지 곯아떨어졌다.

박하 가지에 걸쳐 잠을 자던 잼은 두런대는 소리에 잠이 깼다. 졸린 눈으로 부스스 내려다보니 키안은 털을 손질하고 있고, 그 옆으로는 샤일러와 잔샤르가 옆으로 누워 빈둥거리고 있었다. 말로는 나무 고사리 아래 웅크린 채 삭정이를 씹고 있었다. 말로의 뒤쪽 그늘에는 석류석처럼 반짝이는 켈리의 눈동자가 씰룩거리는 말로의 줄무늬 꼬리를 유심히 보고 있었다. 잼은 분홍 혀를 동그랗게 말아 하품을 하고는 다리를 잡아 늘여 기지개를 켰다. 샤일러가 말하고 있었다.

"참 걱정도 팔자다. 그깟 개 한 마리가 함부로 지껄인 걸 갖고 왜 그렇게 신경을 써? 그걸 알면 녀석이 얼마나 뿌듯해하겠냐. 하여튼 개는 몽땅 잡종들이야. 꼴도 보기 싫은 족속들이지."

키안이 반박했다.

"나한테 개에 대해 연설 안 해도 돼. 내가 온 곳에는 개가 고양이보다 더 많아. 날마다 길에서 냄새 고약한 개들이며, 아무튼 별의별 개를 다 마주친단 말이야. 개에 대해서는 나도 알만큼 안다고."

"개가 고양이보다 더 많다고?"

들고양이들은 서로 흘끔흘끔 쳐다보자, 키안이 꼬리를 휙휙 휘둘렀다.

"그 똥개는 있는 그대로를 말한 거야. 없는 걸 지어낸 게 아니란 말이야. 만약 숲에 덫이나 독이 있다면, 나한테 꼭 좀 알려줘."

"내가 보기에 너희 집은 정말 완벽해 보여."

"흠, 우리 집은……."

키안은 흠칫 입을 다물고 잔샤르를 쳐다보았다. 잔샤르에게 자기 집의 좋은 점을 떠벌려서는 결코 안 된다는 생각이 번개처럼 스쳤다.

"아냐. 우리 집은 완벽하지 않아. 오히려 그 반대야, 잔샤르."

잔샤르가 두 발을 모아 가슴에 댔다.

"맞는 말이야. 이 세상에 고양이에게 여기보다 완벽한 곳은 더 이상 없어. 숲에는 기어오를 나무도 있고 비빌 흙도 있고 오줌으로 영역을 표시할 바위도 있지. 태양과 바람과 은신처와 그늘도 있어. 하지만 우리가 인간의 불빛 속으로 걸어들어 간 그날 밤 이후로 숲은 고양이들에게 더 이상 완벽한 곳이 아니야. 그날 밤 이후 우리는 뿔뿔이 흩어졌지만 수는 불어났어. 우리 발자국은 세상 곳곳에 새겨져 있어. 그렇지만 피의 바다로 항해를 떠난 꼴이었어. 왜냐구? 그 후로 인간은 줄곧 우리 목숨을 하찮게 여기잖아. 우리는 인간이 쥐에게 혼쭐나도록 내버려둬야 했어."

키안과 샤일러는 아무 말이 없었다. 고양이들은 그들의 슬픈 역사를 잘 알고 있었다. 그것은 모든 어미 고양이가 제 새끼들에게 들려준 피비린내 나는 전설이었다. 엘렌 할머니가 처음으로 잼을 안았을 때 잼의 머리에 번개처럼 스친 이야기도 바로 이것이었다. 놓아달라고 애처롭게 야옹거리던 잼의 작은 발톱이 엘렌 할머니의 옷에 걸렸다. 그래도 엘렌 할머니는 화를 내기는커녕 자기를 두고 떠나지 말라며 잼을 받아들였다.

고양이들의 순교 이야기는 모든 고양이들의 관심을 사로 잡았다. 그렇기 때문에 순교에 관해 이야기할 아주 작은 기회라도 생기면 어떤 고양이라도 그 이야기를 하지 않고는 못 배겼다.

"고대 이집트 나일강가에 있던 도시 부바스티스의 수호신은 고양이 여신인 바스트였어. 나일에 사는 인간들은 우리 고양이들을 숭배했어. 이뿐만이 아니야. 그들의 태양신은 '라'는 수컷 고양이었지. 하지만 현실에선 어떤 고양이도 편안하게 난롯가에 누워 있는 호사를 누리지 못했어. 그러기는커녕 우리 시체를 장신구처럼 팔고, 목을 부러뜨려 넝마 조각에 칭칭 싸매서 모래에 묻고는 고양이의 얼굴을 한 바스트에게 제물로 바쳤어. 그렇게 수없이 많은 날이 지나는 동안 검은 고양이라는 이유만으로 목숨을 부지하기 힘들던 때도 있었어. 고양이로 태어난 게, 아니 고양이인 게 끔찍한 불행이었지."

샤일러의 연두색 눈동자로 순막이 서서히 내려앉고 있었다.

"인간들은 고양이들을 물에 빠뜨렸어, 몹쓸 악당들. 고양이를 자루에 강제로 집어넣고 물에 던진 거야. 고양이가 눈에 띄는 족족 닥치는 대로 자루에 쑤셔 넣었고 개들에게 마구 물어뜯게 했어. 고양이를 광주리에 넣고 뚜껑을 덮은 다음 그 광주리를 이글이글 타오르는 불꽃 위에 매달았어. 인간들은 고양이를 절벽에서 내던져 몸뚱이가 산산조각 나는 꼴을 구경했고, 우리 속에 밀어 넣은 다음 칼로 마구 찌르기도 했어. 사악한 마녀를 몰아낸답시고 그런 짓을 한 거야."

"맞아, 왜 우리더러 마녀라는 건지 수수께끼란 말이야. 우리가 너무 날쌔서 그런 건가, 아니면 너무 영리해서? 하긴 그 똥개처럼 비굴하게 굴지 않아서 마녀로 몰아세우는지도 모르지. 키안, 너는 이유가 뭐라고 생각해?"

키안은 밤색 콩꼬투리 하나를 만지작거리며 올려다보지도 않은 채 대꾸했다.

"잘 모르겠어. 나는 뭔지 궁금하지도 않아. 우리 엄마가 마녀는 고양이의 몸속에 있는 게 아니라, 인간의 몸속에 사는 거라고 했어. 엄마는 인간이 자기 속에 있다고 인정하고 싶지 않은 걸 우리한테 있다고 덮어씌우려는 거랬어."

철학과는 거리가 먼 잔샤르는 내심 괜히 물어봤다고 후회하고 있었다.

"흠, 그게 뭐든 인간은 고양이에게서 그 마녀란 걸 완전히 몰아내지 못했어. 우리 속에 마녀란 건 애당초 없었으니까. 오히려 우리는 여기저기, 구석구석 뻗어 나갔어. 우리는 지구 곳곳에서 쥐를 잡았지만 어디에 있건 줄곧 괴롭힘을 당했어. 키안, 너랑 저 천진난만한 새끼 고양이들을 좀 봐. 너희들은 집이라고 생각했던 곳에서 쫓겨났어. 왜지? 네가 무슨 잘못을 했니?"

키안이 얼른 대답했다.

"거긴 내 집이고, 나는 아무 잘못도 하지 않았어."

"그렇겠지……. 하지만 너는 고양이야. 고양이 발자취에 맴돌고 있는 박해의 역사가 그걸 증명해주지. 우리를 봐. 우리는 이 숲에서 태어났고, 여기는 우리 집이야. 그런데 도대체 우리가 왜 그깟 개한테 쫓겨 달아나야 하지? 왜 우리는 철거미집이 무서워 벌벌 떨어야 하냐고? 도대체 왜 우리는 먹음직스런 고깃덩어리를 보면 언제나 독이 있는지 냄새부터 맡는 걸까? 우리가 고양이로 태어나고 싶어 태어난 것도 아닌데, 목숨을 부지하기 위해 안간힘을 쓰고 있어. 도대체 왜 우리는 늘 괴롭힘을 당하고, 끔찍한 죽음의 위협에 시달려야 하지?"

샤일러가 눈을 감고 말했다.

"어쩜 우리가 바스트를 화나게 한 건 아닐까. 화난 바스트가 자기 소장품에 채워 넣으려고 우리 머리를 원하는지 건지도 모르지."

잔샤르가 콧방귀를 뀌었다.

"바스트! 그 몹쓸 여편네. 고양이는 그 모든 역경에 굴하지 않고 끝까지 살아남았지만 그 여신은 지금 어디 있지? 그녀는 연기처럼 사라졌어. 숭배자들에게 잊혀져, 떠받들어주는 숭배자가 없어서 굶어죽었지. 여신은 한바탕 몰아치는 돌풍일 뿐이야. 신은 소망이라는 이름을 덮어씌운 티끌에 불과해. 단지 그뿐이야. 살과 피로 이뤄진 동물의 배고픔도 모르고 상처로 아파하는 것도 모르는 유령이 우리에게 무슨 이로움을 줄 수 있겠어. 신이니 여신이니 하는 건 그저 용감한 자의 가면을 쓴 겁쟁이야. 고귀한 동물이라면 그런 신 따위는 숭배하지 않아."

잔샤르는 입을 꾹 다물었다. 그의 갑작스런 침묵에 고양이들은 서서히 날이 밝아오고 있음을 알아챘다. 상쾌한 공기에 이제 막 들이칠 비 냄새가 물씬 풍겼다. 개똥지빠귀, 꿀벌이새, 앵무새가 지저귀며 노래했고, 황조롱이 한 마리가 나무 꼭대기 위로 빙빙 날아다니며 날카롭게 울어댔다. 말로가 벌레 한 마리를 잡아 반들거리는 껍데기를 부셨다. 키안이 고사리더미 속에서 말라비틀어진 꼬투리 하나를 잡아 던지며 말문을 열었다.

"전에 개들을 피해 달아난 적은 있어. 그건 고양이한테는 예사로운 일이야. 그런데 철거미집이라는 건 뭐야? 그리고 고기 안에 든 독은 또 뭐고?"

잔샤르는 엷은 빛깔의 수염을 파르르 떨었다.

"철거미집에 잡히는 날에는 그걸로 끝이야. 그러니까 조심해서 다녀. 그 독은 코로 피가 완전히 빠져나가게 해서 서서히 말려 죽이거든. 그러니까 반드시 제 냄새가 나는 것만 먹도록 해. 너무 맛있는 냄새가 난다 싶으면 절대 입에 대지도 마."

키안이 말했다.

"흠, 난 절대 그럴 일은 없으니 다행이네."

"키안, 농담이 아냐. 수없이 많은 고양이가 목숨을 잃고 알아낸 사실이니까 내 충고를 새겨들어."

키안은 사과를 하듯 고개를 푹 숙였다. 샤일러가 일어서서 어깨, 등, 다리, 그리고 발가락을 차례로 구부리자, 축축한 잎 부스러기가 우수수 떨어졌다. 그동안 키안은 샤일러의 눈에서 순막이 미끄러지듯 걷히는 걸 보았다. 잔샤르가 벌떡 일어나 몸을 흔들자 오렌지색 털이 공기를 아련하게 물들였다. 잔샤르가 말했다.

"어서 가자. 우리는 뽀송뽀송한 날씨를 낭비하고 있어."

들고양이들이 햇살을 가로지르자 그들의 털 색깔이 선명해졌다. 말로는 벌레를 마저 꿀꺽 삼키고 허겁지겁 그들을 따라갔다. 잼이 박하나무에서 후다닥 내려왔고, 켈리는 고사리 숲에서 종종걸음 치며 나왔다. 잼과 켈리는 키안이 움직이기를 기다렸지만, 키안은 잠자코 앉아 있었다. 켈리가 물었다.

"키안, 저들이랑 같이 갈 거야?"

"응. 그래야지."

키안은 들고양이들을 심드렁하게 쳐다보며 대답했다.

"철거미집은 뭐야? 독은?"

키안은 뒤엉킨 가슴 털을 잡아당기는 샤일러와 발에 난 혹을 인정사정없이 쥐어뜯는 잔샤르를 물끄러미 쳐다보았다. 저 들고양이들은 보기보다 심술 맞고, 집고양이를 업신

여기고 있는지 모른다. 지나치게 젠 체하는 잔샤르는 집에 닿기 무섭게 키안의 영역을 빼앗으려는 속셈을 갖고 있는지도 모른다. 하지만 키안은 암고양이 테이가 들려준 숲에 버려진 어머니가 숨을 거둘 때까지 외롭게 방황했다는 이야기를 기억하고 있었다. 그 이야기를 듣는 순간 눈앞이 캄캄해지고 겁이 덜컥 나면서 심장이 멎을 것 같은 깊은 충격을 받았다. 불현듯 자기는 위험한 숲속에서 갈피를 잡지 못하는 처지가 아니라는 걸 깨달았다. 고맙게도 들고양이들이 길벗이 되어 주고 있으니까. 키안은 새끼 고양이들을 내려다보고 말했다.

"우리 집에는 독이니 철거미집 따위는 없어, 알지?"

"…… 알아."

"흠, 그러니까 우리는 우리 집으로 돌아가려면 이 고양이들과 같이 가야 해."

키안이 묵묵히 걸어가자, 잼과 켈리는 당혹스런 눈초리로 서로 흘깃거렸다. 새끼 고양이들은 묵직하게 내려앉은 정적에 겁을 먹었는지 서둘러 키안을 따라갔다.

속이 텅 빈 커다란 고양이란
텅 빈 커다란 영역이 있다는 걸 말하는 지도 모르지.
잔샤르, 이건 너에게 기회가 될 수도 있어.
그 고양이가 있던 곳으로 가서, 한번 봐야 해.

—본문 중에서

모욕보다 위험한 것

고양이는 일생의 3분의 2를 잠을 자는 데 보내지만, 그럼에도 불구하고 제법 속도 빠른 삶을 산다. 그래서 고양이에게 하루는 지루하고도 긴 시간이다. 지루함을 달래려고 고양이들은 대체로 아침에 눈을 뜨긴 하지만 저녁 달빛이 으슥할 때나 한낮의 햇살이 장밋빛으로 물들 때에도 조각 잠을 잔다.

숲을 이동하는 여섯 마리 고양이의 여정은 순조로웠다. 목적 없는 느긋한 여행을 했더라면 설사 잠이 모자라더라도 그 여정을 즐겼을지 모른다. 그렇지만 이렇게 끊임없이 이동하는 생활은 고양이의 본성을 거스르는 것이었다. 고양이는 자기 집을 갖고 싶어 하고, 일단 집을 가지면 거기서 쫓겨나는 걸 참지 못한다. 부족한 잠을 자고 적은 먹이로 끼니를 때우면서 계속 이동하고 또 자기 영역을 지키는 싸움꾼 고양이들 때문에 줄곧 경계를 늦추지 않아야 한다는 사실에 신경이 곤두섰다. 새끼 고양이들은 불안했다.

"잠깐만 쉬면 안 돼?"

태양이 서서히 기울어갈 즈음, 켈리가 울먹이자 잼이 덩달아 징징거렸다.

"힘들어, 키안. 배도 고프고."

잔샤르는 성가시다는 듯 귀를 말았지만, 샤일러가 쭈뼛쭈뼛 나서서 키안을 도와주었다.

"잼, 집에 가면 푹 잘 수 있어."

잼이 부루퉁하게 말했다.

"하긴, 집에 가면 배불리 먹을 수도 있어. 그 여자가 아침에는 차를 주고 저녁에는 고기를 줘. 집에서는 굶은 적이 한 번도 없어."

차가 뭔지 모르는 샤일러는 고개를 갸웃거리며 돌아갔다. 휘어진 통나무 위를 걸어가던 말로가 전망 좋은 자리에서 위엄 있게 내려다보며 물었다.

"그 여자가 왜 그러는 거야. 왜 너희들에게 음식을 주는데?"

잔샤르가 입술을 끌어올렸다.

"안 그러면 굶어 죽을까봐 그러는 거지 뭐."

들고양이들은 신바람이 나서 웃어젖혔다. 키안은 발끈해서 꼬리를 홱 휘두르며 말했다.

"우리가 온 곳에서는 인간이 고양이들에게 밥을 주는 게 흔한 일이야."

잔샤르가 우뚝 걸음을 멈추었다. 햇빛을 받은 눈이 번뜩였다.

"그런데 왜? 인간은 세상에서 가장 이기적인 동물이야. 고양이는 일찌감치 인간과 계약을 맺었어. 우리가 인간에게 해를 끼치는 동물을 없애주는 대신 따스한 보금자리를 대주기로. 그건 공평한 거래야. 하지만 네 말에 따르면, 네가 온 곳에서는 사냥은 놀이에 불과하잖아. 쥐를 죽일 필요도 없다면 인간은 네게 뭘 바라는 거지? 틀림없이 꿍꿍이가 있을 텐데."

켈리가 대꾸했다.

"그건 간단해. 우리 머리에 손을 올려놓고 싶어서 그러는 거야."

들고양이들은 도무지 믿기지 않는다는 듯, 입을 쩍 벌리고 켈리를 쳐다보았다. 잔샤르가 잔뜩 흥분해서 호들갑을 떨었다.

"뭐라고, 네 몸에 손을 댄다고?"

"응. 머리도 쓰다듬고, 등도 어루만져 줘. 하나도 안 아파. 얼마나 기분이 좋은데."

잔샤르가 키안을 쳐다보았다.

"그게 정말이야?"

"어⋯⋯."

"아우 소름끼쳐!"

말로가 통나무에서 풀쩍 뛰어내리더니, 덤불 속으로 미친 듯 펄쩍펄쩍 뛰어갔다. 귀를 쫑긋 세우고 말로를 우두커니 쳐다보던 샤일러가 어리둥절한 표정으로 키안을 봤다.

"키안, 알기 쉽게 정리 좀 하자. 그러니까 너는 사냥을 할 필요가 없고, 자고 싶을 때 자고, 가고 싶은 곳에 가고, 독이니 철거미집 따위는 아예 없고, 인간이 척척 알아서 먹이를 네 앞에 갖다 바친다는 거지⋯⋯. 그런데 이 모든 게 그저 머리를 쓰다듬어 주는 대가라고? 정말이야? 너 정말 그렇게 살아?"

"⋯⋯어."

샤일러는 키안을 뚫어지게 쳐다보았다.

"도저히 믿을 수가 없어. 세상에 이럴 수가."

잔샤르는 가장 가까이 있는 나무로 걸어가 발돋움을 하고 꼬리를 부르르 떨더니 시큼한 냄새가 나는 오줌을 휘갈겼다.

"그게 무슨 자랑이라고 큰소리야. 고양이가 그렇게 살다니 부끄러운 줄 알아야지. 차라리 쥐가 되는 게 낫겠다. 하다 못해 찌르레기도 너보다는 나아! 그리고 샤일러, 네 녀석이 부러워서 침을 질질 흘리는 동안 잊은 게 있어. 그렇게 살면 뭐해. 수놈을 암놈으로 둔갑시키는 걸! 잼, 돌아서 네 뒤태를 좀 봐. 볼품이 하나도 없잖아, 하나도! 그 깜짝 놀랄 만한 생활이란 게 고추를 없애 버리는 거라고!"

잼은 풀이 죽어 키안을 힐끔 쳐다보았다. 키안은 치미는 화를 참지 못하고 핏대를 올렸다.

"자기가 무슨 호랑이라도 되는 줄 아나 보군. 암만 그래도 너는 호랑이가 아냐. 잔샤르, 너는 나랑 똑같은 길들이기 쉬운 평범한 고양이라고. 내가 장담하는데 네 조상도 내 조상이랑 똑같이 살았을 걸? 인간의 문 옆에서 몸을 웅크리고 말이야! 너는 고양이들이 이 숲에 어떻게 들어왔다고 생각해? 네 조상이 하늘에서 뚝 떨어졌다고 생각하는 거야? 아냐. 인간이 너희들을 이리로 데려온 거야. 그들이 고양이를 사방으로 퍼뜨린 것처럼 말이야. 너는 호랑이가 아니고, 여기는 네 정글이 아니야. 너는 숲에서 태어난 들짐승일지 모르지만 네 엄마의 엄마는 아니라고. 그리고 잔샤르, 너에게 선택권에 주어진다면, 너는 틀림없이 나처럼 살겠다고 할 걸? 지금처럼 말고!"

잔샤르가 소리쳤다.

"키안, 당치도 않은 소리하지 마! 고추를 잘라버리느니 차라리 콱 죽어버리겠어!"

'나쁜 자식, 똥개 같은 놈, 찌질이, 징징이, 개똥.'

키안은 속이 부글부글 끓었다.

"너는 네 고추에 상당한 자부심을 갖고 있구나, 그렇지? 잔샤르. 말해봐, 이 숲에 있는 암고양이 중에서 네가 건드릴 수 있는 녀석이 몇이나 되냐?"

키안과 잔샤르가 격하게 말다툼을 하는 동안 다른 고양이들은 여기저기 숨어들었다. 키안은 순순히 물러서지 않았다. 몸싸움을 하고 싶은 생각은 없었지만 마음의 준비를 단단히 했다. 고양이는 놀림거리가 되는 걸 싫어하는데, 잔샤르는 자존심에 상처를 입은 게 확실했다. 하지만 키안은 싸움 경험도 없는데다 딱히 잔샤르를 이길 자신도 없었다. 그저 무서운 얼굴로 노려보면서 주춤거리고 있었다. 둘이 공중으로 몸을 날리는 순간, 말로가 소리쳤다.

"쥐다! 쥐!"

작은 쥐 한 마리가 말로의 발밑에서 튀어나와 나뭇잎더

미를 가로질러 줄달음쳤다. 여섯 마리의 고양이가 쥐를 낚아채기 위해 내달리는 사이 좀 전의 썰렁하던 분위기는 사라졌다. 쥐는 공포에 질려 찍찍 소리를 내지르며, 죽을힘을 다해 달려 고사리 숲으로 뛰어들었다. 그러나 쥐는 고사리 숲 가운데 숨어 있던 여우에게 잡아먹히고 말았다. 여우는 쥐를 잡으려고 아무 노력도 하지 않았다. 그저 입만 벌리고 있었는데 운수 사나운 쥐가 제 발로 여우의 입 속으로 냅다 뛰어들어간 셈이었다. 쥐를 게걸스럽게 삼킨 여우는 교활한 눈초리로 고양이들을 빤히 쳐다보며 말했다.

"너희들도 그 녀석을 탐냈던 거야? 유감이네."

샤일러가 놀란 새끼 고양이들과 키안을 안심시키려고 연신 쉿쉿 소리를 내며 말했다.

"겁먹지 마. 파이페야."

여우가 털북숭이 꼬리를 탁탁 휘둘렀다.

"쥐를 잡은 건 고양이가 아니라 이 파이페 어른이시지."

도시의 밤거리에서 가끔 멀리서 족제비를 본 적은 있지만 이렇게 가까이, 더구나 말하는 여우를 본 것은 난생 처음이었다. 키안은 여우에 대한 고양이 특유의 경계심을 갖고 있었다. 하지만 잔샤르, 샤일러, 말로는 경계심조차 없어 보였다. 말로는 한 발을 슬쩍 뻗어 여우의 발 사이에 떨어진 작은 덩어리를 끌어당겼다. 잔샤르와 샤일러는 스스럼없이 털버덕 자리에 앉았다.

샤일러가 물었다.

"파이페, 별일 없었어?"

여우는 짐짓 과장되게 생각하는 척 하면서 초록빛 눈을 굴리며 대꾸했다.

"흠……, 이 몸이 방금 쥐를 드셨지."

"그건 우리도 봤잖아. 그거 말고?"

"흠. 흐흠."

파이페는 나른하게 한숨을 내쉬며 말했다.

"이틀 전에 농장으로 산책을 갔었어."

"오 그래? 우리도 거기서 오는 길인데."

"그 개를 봤어?"

"그럼, 봤지."

"뿔이 단단히 났지, 그치?"

"그런 것 같았어."

여우는 행복한 듯 목구멍으로 꼬르륵 소리를 냈다. 오후의 햇살이 여우의 부드럽고 매끄러운 황갈색 털 우물에서 헤엄을 치고 있었다.

"그럴 줄 알았어. 불쌍하고 멍청한 멍멍이. 난 달이 고양

이의 꼬리처럼 가냘플 때 농장으로 내려갔어. 근처에 인간은 없었고 개집에 묶여 있는 개의 낮은 신음소리만 들렸어. 털이 복슬복슬한 병아리들이 닭장 뒤에서 곤히 잠을 자는데, 글쎄 고 녀석들이 갓 태어난 듯 싱싱한 알껍데기 냄새를 풍기는 거야. 여우가 어떻게 참을 수 있었겠니?"

"아무렴, 여우라면 못 참지."

"그렇다마다. 고양아, 병아리 맛은 끝내주잖니. 그 자리에서 모조리 씹어 삼켜줬지. 그런데 그놈의 개가 어찌나 짖고 또 짖어대던지. 그 똥개가 글쎄, 제 목을 목줄에 조르기라도 할 기세였어. 저러다가 눈알이 튀어나오겠구나 싶더라고. 불쌍하고 까다로운 녀석. 녀석이 여우를 찾아 어둠을 떠돈다는 소문이 있대. 나는 어떤 짐승이 그 사슬 풀린 개를 만날지 정말 안됐다고 생각했어."

말로가 불쑥 소리쳤다.

"그게 바로 우리였어! 그 다음에 우리가 사슬 풀린 개를 만났어!"

"그리고 지금은 여우가 너희들을 만나고. 이상하고도 멋진 세상이야."

고양이들은 언짢은 눈초리로 서로를 흘깃거렸다. 여우가 새까만 코를 아래로 드리우고 켈리에게 코를 킁킁 거렸다.

털이 쭈뼛 곤두선 켈리는 여우의 우아한 주둥이를 찰싹 때리고는 깡충깡충 뒤로 내달았다. 파이페는 켈리에게 반해 고개를 반짝 쳐들었다.

"그 운 좋은 개가 너를 잡지 못했구나, 요 귀여운 꼬마를. 나는 어둠이 지나갈 때 속이 텅 빈 고양이를 보았어."

잔샤르가 귀를 쫑긋 세웠다.

"너, 속이 빈 고양이를 보았어?"

파이페는 주저앉더니 한쪽 발로 귀 뒤를 긁적거렸다. 그 바람에 휘날린 털들이 나무 사이로 날아갔다. 그러고는 발톱에서 벼룩 한 마리를 잡더니 맛있게 오물오물 씹어 먹었다.

"어둠이 지나갈 때, 차가 그 고양이를 잡았어."

샤일러가 되풀이해서 물었다.

"차가 그 고양이를 잡았다고? 그게 무슨 소리야? 차가 그 고양이를 데려갔다는 거야?"

여우는 뾰족한 이빨 사이로 분홍빛 혀를 드러내 보이며, 씩 웃었다.

"아니, 아니! 이런, 멍청한 고양이 같으니라고. 차가 그 고양이를 잡았다고!"

키안이 나무 고사리의 털북숭이 줄기에 몸을 웅크린 채 설명했다.

"차가 고양이 위로 지나가서 숨을 못 쉬게 했다는 거야."

들고양이들은 깊은 충격에 사로잡혀 몸서리 쳤다. 여우는 신바람이 나서 깡충깡충 뛰어다녔다.

여우가 큰소리로 말했다.

"반짝이 고양이가 맞혔어! 차가 고양이를 납작하게 짓뭉개 놓았어! 고양이의 몸이 툭 터져 있었어. 한 이틀이나 사흘은 된 것 같았어. 완전히 피투성이였어. 냄새가, 흠…… 곪아 터진 냄새가 났어. 역겨웠지."

고양이들은 여우를 뚫어지게 쳐다보았다. 뛰던 여우가 멈춰서 고양이들을 애정 어린 눈길로 보며 말했다.

"가엾은 녀석."

"덩치가 큰 고양이었어?"

파이페의 적갈색 눈이 키안에게 옮겨갔고, 어둠 속에서 키안을 찬찬히 뜯어보았다.

"텅 비기 전보다는 컸어."

"……그러니까, 컸냐고?"

"너보다 컸어. 너희들보다 더 컸어. 하지만 나처럼 크지는 않았어."

키안이 다그쳐물었다.

"그 고양이가 근처에 있어? 우리를 거기 좀 데려다줄래?"

"근처라고 할 만큼은 근처지. 반짝아, 네가 직접 찾아봐. 여우는 그것 말고도 할 일이 많단다. 그건 그렇고, 너희들 지금 개밥이 되려고 작정하고 새끼들을 줄줄이 매달고 다니는 거야?"

잔샤르가 대꾸했다.

"우리는 반짝이가 영역을 찾는 걸 돕고 있어."

키안이 말했다.

"그리고 저 오렌지색 고양이도 영역을 찾고 있지."

"흠."

여우는 갑작스레 몹시 따분해져 하품을 했다.

"흠, 너희들 좋을 대로. 큰길을 따라 저쪽으로 쭉 가면 납작하게 짜부라진 고양이를 만날 거야. 냄새를 따라가면 금방 찾아낼 걸."

키안이 말했다.

"그래. 알았어."

"반짝아, 뭐 더 물어볼 거 있어?"

"아니."

키안은 처음으로 여우와 이야기한 것이 무슨 대단한 일이라도 된 듯 뿌듯해하면서 수줍게 덧붙였다.

"고마워."

바람이 파이페의 털을 살살이 훑고 가는 동안 파이페는 귀엽게 눈을 깜빡였다.

"천만에. 그나저나 너희들한테 말해줄 게 있어. 그 납작이를 찾아봤자 볼 게 별로 없을 거야. 내가 거의 다 먹어치웠거든."

고양이들은 움찔 뒷걸음질을 쳤다. 허공에 울려 퍼지던 여우의 울음소리가 차츰 잦아들더니 여우는 흔적도 없이 사라졌다. 여우는 발자국조차 남기지 않았다. 키안은 여우의 흔적을 찾다가, 나무 높은 곳에 앉아 있는 숲의 그림자를 언뜻 보았다. 그림자는 키안을 싸늘한 눈초리로 내려다보고 있었다. 그 강렬한 빛에 눈동자가 가늘게 수축된 키안은 얼른 눈길을 돌렸다.

키안이 잔샤르에게 말했다.

"우리는 그 죽은 고양이를 찾아야 해."

잔샤르가 키안을 쌀쌀맞게 돌아보았다.

"왜 그래야 해? 네가 온 곳에서는 짓뭉개진 고양이를 좋아하는 모양이지?"

키안은 잔샤르 바로 앞에 서서 말했다.

"속이 텅 빈 커다란 고양이란, 텅 빈 커다란 영역이 있다는 걸 말하는지도 모르지. 잔샤르, 이건 너에게 기회가 될 수도 있어. 그 고양이가 있던 곳으로 가서, 한번 봐야 해."

잔샤르가 생각에 잠긴 듯 키안을 빤히 쳐다보았다. 마침내 잔샤르가 이죽거렸다.

"어쨌거나 나도 그렇게 할 참이었어. 알다시피 나도 너만큼은 머리를 굴릴 줄 알거든."

키안은 아랑곳하지 않고 여전히 예의바르게 굴었다.

"여우 말로는 그 고양이가 그렇게 된 지 벌써 하루나 이틀은 지났다고 했어. 서둘러야 해."

"내가 네 도움을 바란다고 생각하는 거야?"

"물론 그건 아니지. 하지만 잼과 켈리와 나는 어차피 그 길로 가. 같이 가면 우리도 훨씬 안전할 거야."

잔샤르는 멍청하지는 않았지만, 허영심은 있었다. 키안의 말을 그 동안의 행동을 뉘우치고, 잔샤르가 훨씬 우월하다는 것을 뒤늦게 인정한다는 뜻으로 받아들였다. 잔샤르는 사실 혼자 길을 떠나는 것이 내키지 않았다. 또한 이롭지 않은 말이나 일은 빨리 지워버리는 데 탁월한 소질이 있었기에 금세 거만하게 말했다.

"그럼 나랑 같이 가는 걸 허락해줄게. 이게 다 새끼 고양이들을 위해서야. 샤일러, 너는 어떻게 할래?"

어느 누구도 허영심을 부추기지 않아 날카롭고도 명석한

눈으로 사태를 바라보던 샤일러가 키안에게서 눈길을 거두며 말했다.

"나도 같이 가지 뭐. 못 갈 게 뭐야?"

고양이들은 아무도 말로의 의견을 묻지 않았다. 말로는 키안 일행이 숲을 향해 발길을 옮기는 동안 줄곧 뒤에서 서성거렸지만, 아무도 말로에게 신경 쓰지 않았다. 잼만 뒤처져 말로와 나란히 걸을 뿐이었다. 잼이 쉴 새 없이 조잘거리는 동안 자존심이 상한 말로는 아무 말도 하지 않았다. 태어나 두 번째 겨울을 맞는 말로는 손위 고양이들이 보여준 무관심에 몹시 화가 났다. 그러나 한편으론 자신이 몸집은 커도 아직 어리다는 것을 알고 있었다. 말로는 근육을 키우고 몸무게를 늘릴 때까지 암컷들에게는 업신여김을, 수컷들에게는 구타와 협박을 받으리라는 것도 알았다. 이렇듯 잘 알고 있었지만, 신세 한탄이 절로 나왔다. 말로는 오늘 당장 멋진 고양이로 자라는 기적이 일어난다면, 발 하나를 바쳐도 아깝지 않을 것 같았다.

장난질과 어떤 말에도 말로가 아무 반응이 없자 잼은 시무룩해져 입을 다물었다. 터벅터벅 걷던 말로는 잼보다는 자기 앞에서 덤불을 누비듯 지나가는 키안과 샤일러의 이야기에 귀를 기울이고 있었다.

"나는 이제껏 여우를 친구로 생각한 적이 한 번도 없었어."

키안의 말에 샤일러가 대꾸했다.

"여우가 다 파이페처럼 다정한 건 아냐. 파이페는 머릿속이 말랑말랑하거든. 그렇다고 여우를 나쁘게만 보지 마. 있잖아, 여우도 우리처럼 철거미집과 독을 두려워하고 있어. 여우 역시, 사냥개에게 쫓기는 신세야. 늑대의 형제인데도 개는 여우를 잡아먹지 못해 안달이야. 개가 여우를 잡으면, 목부터 으스러뜨릴 걸. 그래도 여우는 친척을 보고 그냥 웃고 말지. 개 약 올리는 걸 좋아하거든. 네가 오줌 눌 힘이 있는 한 여우를 믿지 않을 테지만 잘 봐봐. 여우가 개랑 친척이긴 해도 오히려 고양이랑 더 가까워."

키안은 몹시 놀랐다.

"듣자하니 다음번에는 뱀을 무척 좋아한다고 말하겠구나."

샤일러는 발이 축축한 웅덩이로 미끄러져 끈적한 진흙이 묻자 너무 싫다는 듯 몸을 마구 털었다.

"뱀은 친구가 없고, 딱히 친구를 원하지도 않아. 뱀은 음침하고 몹시 차갑고, 또 못되긴 하지만 멍청하기도 해. 오죽멍청하면 자기보다 몸집이 더 큰 녀석만 적이라고 생각하겠니. 야비하기 짝이 없는 쥐랑은 달라. 네가 만약 뱀에게 바짝 다가가면 뱀은 너를 확 물겠지. 그런데 그러는 동안 녀석의 머릿속에는 오로지 먹이를 삼킬 만큼 충분히 입을 벌리고 있는지에 대한 생각뿐일 걸. 키안, 그러니까 절대로 뱀에게 길을 묻지 마."

고양이들은 한동안 평화롭게 걸어갔다. 여우의 냄새를 간직하고 있는 숲을 떠나서 다시 큰길을 만났다. 갑자기 빗방울이 떨어지자 고양이들은 비를 피하려고 다시 숲으로 들어갔다. 숲의 퀴퀴한 냄새가 코를 찔렀다. 하늘은 잔뜩 성난 구름으로 어둑했고, 자욱한 안개는 곧 폭풍이 불어 닥치리라는 것을 예고하고 있었다. 새들은 허겁지겁 가지에 내려앉아 서로 좋은 자리를 차지하려고 실랑이를 벌였다. 작은 벌레들은 난데없는 고양이들의 방해로 튀어오르고, 숨을 곳을 찾아 날았다.

점점 거세지는 바람에 고양이들은 머리를 숙인 후 귀를 접어 추위를 막았다. 하늘에서 윙윙거리는 소리가 나자 켈리와 샤일러는 나무 위를 올려다보았다. 은빛을 띤 작은 형체가 구름을 가르며 쏜살같이 날아갔다.

샤일러가 말했다.

"봐. 별이야."

켈리가 칙칙 소리를 내며 고개를 가로저었다.

"그건 별이 아니야, 비행기야!"

"흠, 별이랑 똑같이 생겼는데."

켈리는 멀어져 가는 비행기를 눈으로 죽 따라갔다.

"별이랑 똑같이 생겼지만, 저건 비행기야. 우리는 비행기를 많이 봤어. 더 큰 것도 봤는걸. 집에서."

바람결에 샤일러의 수염이 얼굴을 간질였다.

"그거 말고 집에 뭐가 더 있니?"

"별의별 것이 다 있지. 기차, 울타리, 인도 등등 모든 게 다 있어. 꽃밭, 전봇대, 전화, 없는 게 없어. 그리고 돌을 깨는 휴대형 드릴도 봤어."

"나무도 있니? 바람도 불어?"

"물론이지! 여기랑 똑같아."

"그래? 여기랑 다를 거 같은데."

켈리는 샤일러를 흘깃 쳐다보았다.

"하긴 다를지도 모르겠다."

앞서가던 키안이 우뚝 멈춰서더니 엄하게 노려보았다.

"켈리! 허튼소리 그만 해. 저 뒤에 잼한테나 가 봐."

그 말에 토라진 켈리는 샤일러와 말로가 차례로 지나가는 동안 잠자코 나뭇잎더미에 서서 잼을 기다렸다. 번갯불에 숲이 번쩍거렸다. 샤일러는 다 알고 있다는 듯한 표정으로 웃으면서 키안을 쳐다보았다.

"나는 그렇게 시시콜콜 물어보면 안 되겠구나. 다음번에는 나까지 네 영역을 차지하고 싶어 안달난 줄 알 거 아냐?"

키안은 샤일러를 물끄러미 쳐다보았다.

"샤일러, 난 네가 무슨 말을 하는 건지 모르겠어."

"아니, 모르는 게 아닐걸. 너는 교활한 녀석이야, 안 그래? 너를 쥐새끼라고 불러야겠어."

키안은 샤일러의 눈길을 피했다.

"쥐새끼? 어떻게 그런 심한 말을……. 네가 날 잘못 알고 있는 거야."

"네 말이 옳고 내가 틀렸을 수도 있어. 내가 그런 말을 한 건, 너는 잔샤르가 자기 영역을 찾으려고 하는 것만큼이나 잔샤르에게 영역을 찾아주고 싶어 안달이잖아. 하긴 너는 상냥하고 생각이 깊긴 하지. 모든 고양이가 너를……흠, 희생적이라거나……아무튼 뭐, 그렇다고 생각할 거야."

키안이 꼬리를 흔들었다.

"그래서?"

"그냥 그렇다고. 난 좀 혼란스러울 뿐이야. 왜냐하면 나는 희생적인 고양이는 이제껏 만나본 적이 없거든. 그리고 그런 고양이가 실제로 존재한다고 믿지도 않고."

키안은 소리죽여 웃고는 골똘히 생각에 잠겨 있는 잔샤르를 보았다.

"샤일러, 나는 네가 무슨 소리를 하는 건지 모르겠어. 못 먹을 음식을 먹은 모양이구나. 확실히 말할 수 있는 건, 나는 여느 고양이 못지않게 이기적이라는 거야."

샤일러는 귀를 돌렸다.

"잘됐어. 그렇다면 안심이다."

"너는 내가 잘하고 있다고 생각하니?"

샤일러가 나방 한 마리를 공중에서 날렵하게 낚아채더니 말했다.

"저 심술쟁이 친구 녀석의 계획이 맞느냐고 묻는 거야? 키안, 내가 그걸 어떻게 알아? 여기서는 아무도 목걸이를 하지 않아. 나는 어떤 고양이의 주인도 아니야."

말로가 뒤에서 터벅터벅 걸어오며 물었다.

"키안, 그게 무슨 말이야? 계획이라니? 도대체 무슨 말을 하는 거야?"

샤일러가 뒤돌아 핀잔을 주었다.

"아가, 너는 상관 말아라."

말로는 주눅이 들어 아무 말도 못한 채 구시렁대며 애꿎은 흙만 후벼 팠다. 말로는 혼자만 겉도는 느낌이었고 왠지 있어서는 안 될 곳에 있는, 따돌림을 당하는 외톨이가 된 것만 같았다. 고양이는 천성적으로 무리에 섞여 있는 것보다는 혼자 외따로 있는 걸 좋아하는 동물이지만, 한편으로는 인정받길 간절히 원한다. 다른 고양이들의 관심을 받지 못하느니, 차라리 숨을 쉬지 않는 게 낫다고 생각한다. 고양이에게 가장 심한 모욕은 드러내놓고 무시하는 것이다.

굵어진 빗줄기가 나뭇가지들을 마구 때렸다. 쉬지 않고 흐르는 물길이 새까만 흙을 파내려 가고 있었다. 자욱하게 솟아오른 안개는 말로의 울적한 기분을 대신해줬다. 번개가 구름을 가르고 온 세상이 번쩍일 때, 키안은 온 몸의 털이 쭈뼛 곤두서는 걸 느꼈다. 하늘의 발톱에 긁히기라도 한 듯 살이 따끔거렸다. 천둥소리에 움찔한 키안은 발밑이 흔들리는 걸 느끼며 두려움에 떨면서도 동시에 말로 표현할 수 없는 경이로움에 사로잡혔다. 키안은 맹렬한 힘을 가진 폭풍으로 태어났으면 얼마나 좋았을까 생각했다.

잔샤르의 속셈을 알면서도 제 영역을 지켜내지 못한다면
집으로 가도 아무 소용이 없었다.
키안은 더 이상 부끄럽지 않으려고
자기의 이익을 가장 우선에 두고 행동하고 있었다.

－본문 중에서

한밤중의 사투

켈리는 한밤중에 눈을 떴다. 여전히 고사리와 나뭇잎들 끝에서 물방울이 세찬 소리를 내고 있었지만, 비가 그쳤다는 걸 금세 알아챘다. 폭풍을 피하는 고양이들의 피난처는 하나같이 초라하기 짝이 없었지만 아무도 군소리를 하지 않았다. 유칼립투스의 탄탄한 가지 밑으로 피한 켈리 옆에 키안이 몸을 옹송그렸고, 잼은 키안의 옆구리에 누웠다. 좀 떨어진 숭숭 구멍 뚫린 나무고사리 우산 아래에서 샤일러가 몸을 말고 있었다. 삐죽 튀어나온 바위 밑에서 속에 털이 든 우묵한 구멍을 찾아낸 잔샤르는 운이 좋았다.

우윳빛 달이 어둠 속에서 은은한 빛을 내뿜었고 온 숲을 백랍빛으로 색칠했다. 켈리는 곤한 잠을 깨운 것이 무엇인지 궁금해하다 번개가 깨끗이 훑고 간 상쾌하고 신선한 공기를 들이마셨다. 어렴풋하게 높은 곳에서 떨어지는 물방울 소리를 들었다. 방금 전에 비로소 큰비가 그친 것 같았다. 비축해 놓은 식량이 없는 동물들은 지금쯤 따스하고 뽀송뽀송한 집을 떠나 축축한 밖으로 나가면 먹이를 구할 수 있을지 머리를 굴리고 있을 것이다. 티 없이 맑은 공기가 뼛속까지 시리게 하는 통에 켈리는 몸을 부르르 떨었다. 따스하고 뽀송뽀송한 집. 켈리도 따스하고 뽀송뽀송한 집에서 살았었다. 쓸쓸한 어둠과 싸늘한 냉기 속에서 그 과거가 까마득히 아득하게 느껴졌다.

나뭇잎이 사락거리는 소리가 들리자 켈리는 비스듬하게 휜 가지 너머를 쳐다보았다. 켈리의 눈이 점점 커졌다. 말로가 높은 나뭇가지에 앉아 켈리를 빤히 내려다보고 있었다. 켈리는 가지를 따라 조심스럽게 내려오는 말로를 줄곧 쳐다봤다. 신중하게 생각한 다음에도 온 몸을 싣기 전에 가지가 부러지지 않을까 조심해서 발을 내딛는 말로의 행동이 마치 공중발레를 하는 듯했다. 켈리는 말로의 모습에 완전히 넋이 나갔다. 어느새 뒤숭숭하던 마음도 차분하게 가라앉았다.

말로는 나무 몸통과의 거리가 한두 걸음으로 좁혀지자 몸을 움츠렸고, 소리 죽여 쉿 소리를 냈다. 켈리는 반쯤 감고 있던 눈을 번쩍 떴다. 그제야 말로가 자기를 줄곧 쳐다보고 있었던 것, 또한 자기가 말로를 쳐다보고 있었다는 것을 깨달았다. 나무 몸통에서 가지가 갈라지는 곳에 거대한 몸집에 희뿌옇고 뻣뻣한 잿빛 털의 주머니여우 한 마리가 쭈그려 앉아 있었다. 여우는 더 높은 가지로 뛰어오르거나 나무 위로 잽싸게 줄달음칠 수도 있었지만 자리를 옮길 기미가 전혀 없었다. 주머니여우는 넉살좋게 제 자리를 지키고 있었고, 덩치로나 무기로나 뒤질 게 없는 적이자 사냥감인 고양이에게 상아빛 눈을 고정시키고 있었다.

말로가 균형을 잡기 위해 꼬리를 홱홱 움직이면서 가지로 비틀비틀 나아가는 동안, 주머니여우는 작고 둥근 입을 벌려 뜻을 알 수 없는 말을 지껄였다. 고양이들 중 어느 누구도 알고 싶어 하지 않는 그 말을 내뱉는 주머니 여우의 목소리는 섬뜩했다. 주머니 여우의 힘차고 유연한 꼬리가 가지를 단단히 휘감았다. 벌어진 입은 더럽고 뾰족한 송곳니 두개를 드러내고 있었다.

말로는 뒤로는 달아날 곳이 없고 아래는 텅 빈 허공인 가지에 서 있었다. 불리한 자리였다. 그에 비해 주머니여우는 유리한 위치에 있었다. 켈리는 말로가 어떻게 빠져나갈지 자못 궁금했다. 어린 동물이 저보다 손위 동물은 실수하지 않

는다고 생각하듯 켈리는 말로를 믿었고, 그래서 말로 편을 들지 않지만, 막상 싸움을 시작한 말로가 밀리는 것을 보고 켈리는 큰 충격을 받았다. 말로의 한쪽 귀가 찢어져 기름처럼 거무죽죽한 피가 흘러나왔고, 줄무늬 털이 헝클어졌다. 주머니여우는 상처 하나 없이 꼼짝 않고 있었다. 그러다가 큰 눈을 굴리더니 냉정한 눈초리로 켈리를 쳐다보았다. 켈리는 여우의 침착함을 느낀 동시에 자기를 몹시 싫어하고 있음을 눈치 챘다. 주머니여우가 발가락 끝마다 쐐기풀처럼 날카롭고, 가시처럼 뾰족한 발톱이 달린 발 한쪽을 불쑥 내밀었다. 주머니여우가 다시 말로를 매섭게 쳐다보자, 말로도 지지 않겠다는 듯 사납게 노려봤다.

빗방울이 차츰 굵어지며 하염없이 떨어졌다. 유칼립투스 가지에, 싸늘한 바람이 연신 불어 닥쳤다. 달빛을 받은 유칼립투스 숲이 중얼거리는 유령들처럼 사락사락 소리를 냈다. 발바닥의 나무껍질 부스러기가 아니었다면, 말로는 허공에 앉아 있다고 믿었을 터였다. 말로는 숨쉬기가 힘들었다. 심장이 뛸 때마다 가슴이 쑤셨다. 이러다가 나무에서 떨어질지도 모르겠구나 싶었다. 남은 선택은 공격을 하거나 아니면 창피를 무릅쓰고 무릎을 꿇는 것이었다. 자존심이 센 동물에게 결정을 내리게 하는 것은 바로 허영심이다. 말로는 몸을 천천히 일으켜 귀를 안전하게 접고 나서 몸집이 실제보다 커 보이게 온 몸의 털을 곤두세워 부풀렸다. 그러고는 자기를 줄곧 뚫어지게 노려보고 있는 주머니여우를 봤다. 말로가 길고 구슬픈 울음소리를 토해내자 주머니여우가 이빨을 맞부딪치며 악마처럼 으르렁거렸다.

그러고 나서도 두 동물은 싸늘한 냉기가 흐를 때까지 서로 노려보고 있었다. 마침내 말로가 폭발했고, 빠르게 튀어올라 주머니여우의 배를 들이받았다. 주머니여우는 말로의 등에 몸을 던져 발톱으로 할퀴었다. 말로는 고통스런 비명을 내지르며 나뭇가지를 거머쥐었지만, 허리를 휘어잡고 있는 주머니여우 때문에 균형을 잃고 미끄러지면서 거꾸로 쑤셔박히고 말았다. 주머니여우는 송곳니로 가지를 허겁지겁 부둥켜안았지만 말로의 옆구리를 박고서 거듭 찔러댔다. 말로가 내지른 비명이 주변에 울려 퍼졌다. 옴짝달싹 못하게 말로의 등을 짓누르는 주머니여우 때문에 털이며, 침이며, 피를 닥치는 대로 삼켜대며 괴로움에 울부짖던 말로가 발톱을 곤두세워 힘껏 휘둘렀다.

그 바람에 말로와 주머니여우는 한꺼번에 곤두박질쳤다. 누가 먼저 일어나느냐가 싸움의 승패를 가를 수도 있었다. 먼저 일어나려는 말로를 주머니여우가 방해했지만, 마침내 말로는 몸뚱이가 뒤집힌 채 버둥거리는 주머니여우를 덮치는 데 성공했다. 폐를 심하게 눌린 주머니여우는 숨을 삼키며 눈을 감았다. 말로는 기회다 싶어 주머니여우의 턱 아래로 머리를 밀어 넣고 이빨로 야들야들한 목을 덥석 물었다. 주머니여우는 고양이의 배를 마구 할퀴면서 격렬하게 으르렁댔다. 두 동물의 끔찍한 비명소리가 귀청을 때리는 동안 앞으로 뛰쳐나가던 켈리는, 때마침 그 싸움의 현장으로 달려가던 잔샤르와 부딪히는 바람에 옆으로 나가떨어졌다.

한바탕 뒤엉켜 드잡이를 하는 무시무시한 소리에 이어 정적이 흘렀다. 온 숲이 쥐죽은 듯 고요했다. 별안간 새 한 마리가 찍, 찍, 찍 울면서 폭발이라도 하듯 힘차게 솟아올랐다. 새가 사라지자 다시 정적이 흘렀다.

말로는 머리를 수그린 채, 숨을 헐떡이며 서 있었다. 그는 눈자위에서 묻은 피를 털어내고는 씨근거리며 말했다.

"내 힘으로 할 수 있었는데. 네 도움 따위 필요 없었어."

잔샤르는 주머니여우를 땅바닥에 찍어 누른 채 그 위에 누워 있었다. 잔샤르는 덩치도 작고 싸움 경험도 없는 말로가 다 자란 주머니여우를 덮친 건 용감한 행동이었다고 생각했지만 대견스러워하진 않았다. 오히려 목숨을 잃을지도 모를 위험을 무릅쓰고 나선 말로의 무모함에 고개를 갸웃거렸다.

잔샤르가 조롱했다.

"네 꼴 좀 봐. 몸이 만신창이야."

핏방울이 말로의 턱에서 떨어졌고 눈은 고통으로 이글거렸다. 그러나 말로는 나약함을 드러내길 꺼렸다. 경쟁자나 힘센 약탈자가 자기의 이런 모습을 보는 것도 싫었던 터라 이를 악물고 꿋꿋이 서 있었다.

"내가 녀석의 목덜미를 물어뜯었어. 내 이빨로 물었다고. 녀석의 숨통을 끊어놓을 수 있었는데."

"이 멍청아, 그래도 여전히 네 머리가 네 목에 붙어 있을 거라고 생각하는 거냐."

말로는 몸을 부들부들 떨면서 샤일러, 잼, 키안을 곁눈질했다. 비명소리에 잠이 깬 그들은 놀란 눈을 하고 짧지만 무시무시했던 드라마 한 편을 보고 있었다. 말로는 약간 휘청거리며 취한 듯 흔들리는 눈길로 잔샤르를 보았다.

"그렇지만 잔샤르, 내가 녀석의 숨통을 끊어놓을 수 있었어. 내가 그렇게 할 수 있었다고 어서 말해."

고양이는 칭찬에 인색하고 맘에 없는 칭찬을 억지로 하지도 않는다. 잔샤르는 말로를 지그시 쳐다볼 따름이었다. 온몸이 갈가리 찢긴 피투성이 고양이 말로는 잔샤르의 침묵에 그냥 만족하기로 했다. 상처가 너무 아파서 입맛마저 잃었던 터라 죽은 여우 고기를 먹을 생각도 없었다. 말로는 상처를 살펴보려고 덤불 속으로 발을 질질 끌며 걸어갔다. 골똘히 생각에 잠겨 상처를 돌보던 말로는 나뭇잎 더미에 누워 몸을 떨면서 희미한 잠에 빠져들었다.

말로가 쓰러져 자는 동안, 고양이들은 말로가 잡은 먹이를 배가 부르도록 먹었다. 잔샤르와 샤일러가 먹이를 끌어안고 서로 갖겠다고 으르렁거리며 실랑이를 벌이는 통에 잼, 켈리, 키안은 저러다 냄새만 피우고 달랑 뼈만 남지 않을까 싶어 발을 동동 굴렀다.

주머니여우 고기는 살이 많고 따뜻했고 무엇보다 그들 모두가 배불리 먹을 만큼 양이 넉넉했다. 동녘이 밝아올 즈음 다들 불룩해진 배를 부여안고 잠을 청했다.

숲을 꿰찌르는 햇살에 키안이 고개를 들었다. 잠이 덜 깼지만 배도 부르고 몸도 뽀송뽀송한데다 대지의 노래까지 나지막이 들려오자, 키안은 집에서 멀리 떨어진 숲에 있는 요 며칠 동안에 처음으로 진정한 만족을 느꼈다. 키안은 얼핏 나무우듬지를 헤치고 날아가는 고양이들의 형체를 본 것 같았다. 이곳을 자기들의 영역으로 삼고 있는 고양이들이었다. 굶주림에 시달리던 그 고양이들은 주머니여우 냄새에 이끌려 이곳에 왔고 밤사이, 자고 있는 키안 일행 사이로 소리 없이 날아다니며 주머니 여우의 살점을 그들의 은신처로 옮겼다. 자기들 땅에서 나는 모든 것은 자기들 것임을 몸소 보여준 것이었다.

다시 잠이 든 키안은 숲의 정령이 나오는 꿈을 꾸었다. 뜨거운 광채를 내뿜으며 정령은 카인의 눈을 보고 있었다. 꿈속의 키안은 민첩한 다리로 쏜살같이 내달려 나뭇가지를 야무지게 거머쥐었다. 나무와 별, 하늘은 키안의 세상이었다. 자신의 말에 숲의 정령이 화답했다. 정령의 소리는 나무들이 뿌리째 뽑히는 소리요, 바위들과 산들이 오랫동안의 침묵에서 깨어나는 소리 같았다.

키안은 뻐꾸기 울음소리에 놀라서 잠이 깼다. 키안의 발아래는 아직도 온기가 채 가시지 않은 주머니여우의 피가 고여 있었다. 그것을 본 키안은 마음속으로 빌었다.

'네 힘과 용기를 나에게 줘. 너에게 더 이상 필요하지 않은 걸 모조리 나한테 줘. 네 목숨이 다하는 순간까지 굽히지 않았던 너의 그 용기를 달란 말이야.'

어느덧 하나 둘 고양이들이 일어났다. 고양이들은 털을 정리하면서 주머니여우가 놓여 있던 자리에 코를 대고 희망에 들떠 킁킁거렸다. 말로는 지친 몸을 회복시켜주는 잠을 자고 났지만 여전히 온몸이 욱신거렸다. 피가 배어 나오는 상처마다 찢어진 가죽에서 뜯겨 나온 털뭉치와 끈적끈적한 피딱지가 엉켜붙어 있었다. 고양이들은 말로에게서 나는 피비린내와 주머니여우의 냄새 때문에 말로와 멀찌감치 떨어져 있었다. 혹시라도 개가 말로의 몸에서 나는 냄새를 맡는다면 말로에게 무슨 일이 닥칠지 불 보듯 훤한 것도 고양이들이 말로 곁에서 떨어져 있는 이유였다.

어쨌거나 잔샤르는 주머니여우를 죽인 일로 기세가 등등했다. 키안은 잔샤르가 근처의 나무에 오줌을 갈기고 발톱으로 나무껍질을 뜯어내는 것을 물끄러미 쳐다보았다. 키안은 잔샤르가 승리를 훔치는 것과 말로가 주머니여우를 잡을 기회를 낚아채 그 고기를 마치 자기 것처럼 게걸스럽게 먹는 것을 보았다. 또 주머니여우를 잡게 한 말로의 역할을 업신여기는 것도 보았다.

고양이들이 풀숲으로 이동하자, 키안은 기세등등한 잔샤르의 자만심을 어떻게 이용할지 곰곰이 생각했다. 마침내 키안이 잔샤르에게 다가가 물었다.

"잔샤르, 너 여태까지 주머니여우를 몇 마리나 잡았니? 꽤 많을 거 같은데."

잔샤르는 거만한 눈초리로 키안을 쳐다보았다.

"그렇게 생각하는 게 당연해. 하지만 이번이 처음이었어."

"정말? 그런데 솜씨가 제법이더라."

"그래. 그건 나도 알아."

"너는 그 무시무시한 이빨과 발톱 앞에서도 전혀 망설이지 않았어."

잔샤르는 짐짓 성가시다는 듯 한숨을 내쉬며 말했다.

"내가 무슨 말을 할 수 있겠니? 우리 가운데는 사냥에 타고난 애들도 있고, 아닌 애들도 있어."

"하긴 그래. 네 몸에는 너한테 썩 잘 어울리는 호랑이의 줄무늬가 새겨져 있어. 숲에서 살기 딱이지."

말로가 비틀비틀 앞으로 나오더니 떠들썩하게 반박했다.

"주머니여우랑 싸운 건 바로 나야. 쟤가 아니라니까! 키안, 너도 봤잖아!"

키안은 잔샤르가 쳐다보는 것을 느끼면서 말로의 말에 동의했다.

"그래. 나도 봤어. 말로, 너는 스스로 위험에 뛰어들었어."

"맞아, 난 용감했어."

"아니, 넌 어리석었어. 넌 그 짐승의 상대가 되지 못해.

잔샤르가 너를 구해준 게 천만다행이지. 말로, 목숨은 하나밖에 없다는 걸 명심해. 눈 깜짝할 새에 목숨이 날아갈 수도 있어."

키안은 질척거리는 진흙을 발에 묻히며 걸음을 옮겼다. 쓸쓸한 눈으로 노려보는 말로의 곁을 지나, 신바람이 난 잔샤르 뒤를 성큼성큼 쫓아갔다. 잔샤르의 속셈은 키안의 영역을 빼앗는 것이다. 이를 알면서도 제 영역을 지켜내지 못한다면 잼과 켈리를 데리고 집으로 가도 아무 소용이 없다고 키안은 생각했다. 그래서 키안은 더 이상 부끄럽지 않으려고 자기의 이익을 가장 우선에 두고 행동하고 있는 것이었다. 키안의 이런 생각을 알기라도 한 듯 샤일러가 한마디 하자, 키안은 내심 뜨끔했다.

"너는 정말로 교활해. 너는 정말이지 교활하고 비열한 고양이야."

손위 고양이들이 숲 속으로 사라져가는 동안, 말로는 풀죽은 시선을 떨군 채 멈칫거리고 있었다. 켈리와 잼이 서서 말로를 기다려주었다.

켈리가 말했다.

"말로, 키안은 네 감정을 상하게 하려고 그런 게 아냐. 키안은 줄곧 우리한테도 화를 내는걸……. 그렇지, 잼 오빠?"

"맞아."

"걱정이 돼서 그러는 거야. 그게 다야."

말로는 아무 대꾸도 하지 않았다. 그는 나뭇잎더미에 주저앉아 몸을 뒤틀어 상처를 요란스레 핥았다. 잼과 켈리가 흥미로운 눈길로 쳐다보았다. 켈리가 말로에게 물었다.

"많이 아파?"

말로는 코를 훌쩍거렸다.

"아니."

말로는 몸을 구부리고, 뒤엉킨 털을 한 뭉치 거머쥐고는 냅다 잡아 뜯어버렸다. 그것을 본 잼이 말했다.

"말로, 네가 주머니여우랑 싸울 때 내가 무슨 생각을 했는지 알아?"

말로는 심드렁하게 잼을 곁눈질했다.

"몰라."

"큰 고양이 휘트와 로크 생각을 했어. 그들이 싸우는 걸 우리가 보았다고 한 거 생각나? 네가 주머니여우랑 싸울 때 너는 휘트와 로크랑 똑같았어."

말로가 귀를 쫑긋 세웠다.

"정말?"

켈리가 풀쩍 뛰어올랐다.

"맞아! 정말로 그랬어!"

"똑같았어. 정말이야!"

"주머니여우를 죽일 때 기분이 어땠어?"

"말로, 어떻게 그렇게 한 거야? 기분이 어땠어?"

"우리한테 말해줘, 말해줘, 말해줘!"

말로는 털에서 흙을 털어내고는 새끼 고양이들과 함께 어슬렁어슬렁 걸어가면서, 그 끔찍했던 싸움의 자초지종을 상냥하고도 자세히 들려주었다. 이제 말로의 분노는 누그러졌다. 그러나 키안이 자신에게 한 말은 절대 잊지 못해 용서할 수가 없었다.

오후가 되자 샤일러는 요염한 암컷 냄새를 맡았다고 소리쳤다. 암컷 냄새가 나는 곳을 향해 샤일러가 덤불을 헤치고 빠른 걸음으로 걸어갔고, 그 모습을 본 잔샤르가 키안에게 말했다.

"키안, 우리가 너를 따라잡을 테니까 그 길로 쭉 가."

말을 끝내기 무섭게 잔샤르는 샤일러를 따라 고사리 숲을 헤치고 갔다. 말로는 어떻게 해야 할지 갈피를 잡지 못한 채 잠시 잔샤르와 샤일러가 간 곳을 쳐다보았다. 곧 결심한 듯 헐레벌떡 뒤따라갔다. 말로가 지나간 자리는 피비린내가 진동했다. 잼이 말로 뒤를 쫓아 고사리 숲으로 내달리다가 키안이 부르자 되돌아왔다. 켈리는 쟌사르와 샤일러가 지나간 자리를 따라 흔들리는 고사리와 잡초를 빤히 내려다보았다.

"키안, 우리끼리 있어도 괜찮겠지?"

"물론이지. 숲 속에는 얼룩 새끼 고양이보다 더 무서운 동물은 없어."

키안은 힘주어 대답하면서 켈리의 더러운 얼굴을 핥아주었다. 하지만 키안은 그 무시무시한 개를 잊지 않았고, 고기에 든 독과 수수께끼의 철거미집에 대한 이야기도 줄곧 기억하고 있었다. 자기가 눈에 확 띄는 반짝이 고양이라는 걸 알고 있던 터라 키안은 연신 초조해져 꼬리를 휘둘렀다. 숲이 싸늘한 눈초리로 자기를 쳐다보는 것만 같아 등골이 오싹했다. 그러나 훨씬 두려운 것은 바로 이 땅의 주인 행세를 하면서 허락 없이 자기 땅에 침입한 걸 위험한 도전으로 받아들이는, 사납기 짝이 없는 들고양이들이었다. 키안은 암컷에게 구애하는 데 시간이 얼마나 걸리는지 궁금했지만, 아무것도 아는 바가 없어 한숨을 푸욱 내쉬었다.

키안이 잠자코 있는 새끼 고양이들을 슬쩍 찌르며 말했다.

"가자."

엘렌 할머니가 그의 목덜미를 쓰다듬어주는 순간,
고양이로 사는 게 그리 나쁘지는 않다고,
그리고 엘렌 할머니도 그리 끔찍하지는 않다고
문득문득 생각했다.

—본문 중에서

떠나온 집을 추억하다

집고양이들은 잔샤르가 일러 준 대로 큰길을 따라갔지만, 눈에 띄지 않도록 탁 트인 벌판은 피했다. 키안은 할미새를 다시는 만나고 싶지 않았다. 키안과 새끼 고양이들을 본 할미새가 길길이 날뛰면 숲에 있는 모든 짐승들에게 존재를 드러내는 꼴이 될 것이기 때문이다.

햇살이 숲을 따뜻이 달구고 있었다. 불안한 마음이 가시지 않았지만 키안은 드넓은 풀밭과 길섶에 돋아난 양파 풀 사이를 거닐면서 나름대로 유쾌하다고 생각했다. 길 가에는 플라스틱 머리빗, 테니스 신바닥, 담배꽁초 부스러기, 쭈그러진 알루미늄 깡통 같은 익히 눈에 익은 물건들이 여기저기 뒹굴거나 흙 속에 박혀 있었다. 그걸 보는 순간, 키안의 심장이 벌렁거렸다.

잼과 켈리는 경계심을 풀고 풀밭에서 뛰놀며 야단법석을 피웠고, 키안을 기쁘게 해주려고 한껏 재롱을 부렸다. 여전히 어리고 아무 생각이 없는 잼과 켈리였지만, 키안은 그들이 숲에 오고부터 변했다고 생각했다. 그들은 주변의 끊임없는 변화와 더불어, 숨 쉬는 생명체처럼 생생하게 살아 있는 숲에 의해 판단력을 키워 가고 있었다. 그래서 이제 모든 움직임이나 소리에 화들짝 놀라긴 해도 함부로 힘을 낭비하지는 않았다. 나뭇가지 하나가 갑자기 우지끈 부러졌을 때, 키안은 몹시 놀라 눈이 휘둥그레졌다. 하지만 잼과 켈리는 거들떠보지도 않는 것을 보고 키안은 새끼 고양이들이 어느새 들짐승이 되었나 싶어 놀랐다. 잼과 켈리는 변덕스런 숲 생활에 적응해 가고 있었고, 혼란스러워하는 키안을 남겨둔 채 저만치 앞서가고 있었다. '하긴, 나 같은 고양이가 뭘 알 수 있겠어' 하고 키안은 생각했다. 그도 그럴 것이 대도시에서 나고 다섯 해 동안 대도시의 고양이로 살아왔기에 제 눈으로 볼 때까지 숲이 어떻게 생겼는지도 몰랐던 것이다.

새끼 고양이들에게 도시 생활의 기억이 차츰 흐릿해지고 있다면, 키안에게 그 과거는 뚝뚝 방울져 떨어지는 햇살처럼 또렷이 남아 있었다. 자신이 통제하던 영역, 수수하다 싶을 만큼 작은 직사각형의 땅은 그의 자부심의 원천이자 목적이자 소중한 보물이었다. 이제 그는 영역에서 쫓겨나 빈털터리가 된 느낌이었고 영역을 되찾고 싶은 열망, 그곳으로 되돌아가고 싶은 열망으로 몸부림치고 있었다. 이 열망은 찰거머리처럼 단단히 들러붙어 좀체 떨어지지 않았다. 앞으로 잼과 켈리는 숲을 자기들의 집으로 받아들인다 해도 아무런 미련이 없을 테지만, 키안은 달랐다. 영영 집에 돌아갈 수 없고 숲에 머물러야 한다면 삽시간에 심장이 펑 터져버릴 것임을 너무도 잘 알고 있었다.

"키안? 키안!"

키안은 멍하니 고개를 들었다.

"왜? 잼, 무슨 일이야?"

"풀은 왜 초록색이야?"

"흠…… 초록색이 고양이의 눈 색깔이라서 그렇지."

켈리가 소리쳤다.

"그것 봐! 내가 그랬잖아. 키안, 바람은? 바람은 왜 불어?"

"그야 간단하지. 꼬맹이, 네 수염에 붙은 먼지를 털어내려고 부는 거지."

잼과 켈리는 담쟁이덩굴과 엉겅퀴를 수선스레 헤치며 내달렸다. 키안은 눈으로는 그들을 쫓고 새하얀 발은 풀밭 사이에 난 샛길을 더듬고 있었지만, 머릿속으로는 아스라이 먼 곳을 떠돌았다. 잼과 켈리를 만나기 전의 생활, 뙤약볕이 내리쬐는 길 위에서 보내던 시절, 그리고 너무도 곤히 잠들어 바닥으로 푹 꺼져버릴 것만 같은 깊은 잠, 용암의 바다에 삼켜진 고양이처럼 졸음과 싸우던 시절을 떠올렸다. 그 시절에는 삐걱거리는 돌쩌귀 소리 또는 끼익거리는 자동차의 브레이크 소리에 화들짝 놀라 잠에서 깨곤 했다. 자기가 누구이며 어디에 있는지 잊고 살던 그 시절이 얼마나 안전했었는지 이제와 돌이켜 생각하던 키안은 절로 한숨을 내쉬었다.

키안은 그 할머니, 엘렌을 떠올렸다. 엘렌 할머니는 이웃 고양이들이나 키안이 만나는 친구들보다 못한 주변 인물이었고 키안이 참고 견딜 수 있을 정도로만 간섭했다. 배가 고플 때에만 키안은 엘렌 할머니에게 들러붙어 좀체 떨어지려 하지 않았고, 할머니의 발목 사이에서 몸을 비비 꼬며 구슬피 울면서, 고통스런 눈초리로 애원을 했다. 살아온 세월만큼 몹시도 움직임이 굼떴던 할머니는 가끔씩 키안을 귀찮게 했고 정전기가 생길 정도로 털을 쓰다듬고 할퀴고 싶을 만큼 토닥였으며, 혼자 있고 싶을 때도 달라붙어서 키안을 짜증나게 하기도 했다. 할머니는 키안이 고요함을 만끽하고 싶을 때 지루한 말을 하염없이 늘어놓거나 새에 눈독을 들이고 있

을 때 일부러 놀라게도 했다. 그럴 때면 키안은 참다못해 아주 표독스럽게 불만을 터트렸다. 그렇지만 대체로 할머니는 키안의 사생활을 존중해 주었고, 자유와 고독이 필요하다는 걸 이해하는 눈치였다. 그녀의 따분하기만 한 세계에 키안이 침입해주는 걸 고마워도 했다. 그래서 키안에게 고기며 생선이며 치즈를 주었고 자기 침대에도 자리를 마련해주었으며, 추운 날에는 따뜻한 난로 앞에 깔개를 놓아주곤 했다.

엘렌 할머니가 키안을 살갑게 부르는 이름은 숱하게 많았다. 이름들 중 키안의 진짜 이름은 하나도 없었다. 하지만 고양이는 단 한 마디나 단 한 가지 색깔로 정의내릴 수 있는 동물이 아니라고 생각한 키안은 할머니가 부르는 숱한 이름들이 모두 자기를 부르는 것임을 알아차렸다. 궂은 밤이면 그는 집안에서 옴짝달싹 하지 않았고, 그러다 따분해지면 할머니의 가슴에 안겨 할머니의 넘쳐나는 애정에 흠씬 취하곤 했다. 더러 한 발을 뻗어 할머니의 뺨을 살며시 어루만지지 않고는 배길 수가 없을 때도 있었다. 그러고 나면 엘렌 할머니가 그의 목덜미를 쓰다듬어 주었다. 키안은 그 순간 고양이로 사는 게 그리 나쁘지는 않다고, 그리고 엘렌 할머니도 그리 끔찍하지는 않다고 문득문득 생각했다.

할머니가 웬 상자 하나를 마룻바닥에 놓던 날, 키안은 큰 충격을 받았다. 상자 속에 흥미로운 게 들어 있을 거라고 지레 짐작하고 상자를 들여다본 키안은 소스라치게 놀랐다. 키안의 영역에 상자 속의 새끼 고양이들을 끌어들인 것이었다. 분명한 할머니의 잘못이라고 생각한 키안은 그에 맞는 벌을 할머니에게 주겠다고 단단히 별렀다. 날이면 날마다 그는 부루퉁한 채 침대 밑에 몸을 틀고 있었고, 호기심에 찬 새끼 고양이들이 그의 은신처를 살펴볼라치면 어김없이 매섭게 후려쳤다. 엘렌 할머니는 힘들게 무릎걸음으로 걸어 그를 찾아내 우유와 작은 간 덩어리로 구슬리곤 했다. 키안은 꼬리를 거만스레 탁탁 휘두르면서 할머니를 쌀쌀맞게 쏘아볼 뿐이었다. 그러나 할머니가 그 방에서 나가면, 살그머니 빠져나와 차려놓은 음식을 게걸스레 먹었다.

"있잖아, 키안?"

"응?"

"웅덩이는 왜 반짝이는지 알아? 어떻게 그렇게 반짝거릴 수 있는 거지?"

"그야 물론, 고양이가 제 얼굴을 들여다볼 수 있도록 그런 거지."

잼은 까만 꼬리를 유쾌하게 휘두르고, 냅다 뛰어갔다.

'나에게 소름끼칠 만큼 인정머리 없이 군 적이 한 번도 없던 할머니였고, 나도 할머니에게 크게 잘못한 일이 없는데, 무엇 때문에 엘렌 할머니는 새끼고양이들을 들여놓았을까?'

내내 그 생각을 하다가 침대 밑에서 나왔을 때, 키안은 박해받은 순교자 같았다. 키안이 자기 영역을 시무룩하게 걸어 다니면서 새로운 흔적을 남겼지만, 새끼 고양이들은 키안에게 호감을 표시했다. 그럴 때마다 키안은 그들을 찰싹찰싹 때리고, 몸을 잔뜩 도사린 채 콘크리트에 금이 갈 만큼 큰소리로 으름장을 놓았다. 그러면 새끼 고양이들은 멀찌감치 떨어져서 마지막 보금자리였던 시끌벅적하고 분주한 시장통을 어떻게 나오게 되었는지 키안에게 들려주었다. 썩은 야채 냄새가 진동하던 시장은 수북한 과일과 야채에다 새끼 고양이와 강아지, 오리 등으로 온통 북새통을 이루었다. 시장상인들은 몰려든 사람들에게 그 동물들을 꼬집고, 찌르고, 껴안으라고 부추겼다. 강렬하게 내리쬐는 뙤약볕 아래서 새끼 고양이 오누이는 애타게 그리워하는 엄마 냄새가 차츰 희미해지는 것을 느끼면서 우리 한 구석에 몸을 웅크리고 있었다. 그러던 어느 날 엘렌 할머니가 걸음을 멈추고, 그들을 빤히 쳐다보았다.

켈리가 소리 죽여 말했다.

"그건 우리 잘못이 아니야."

"입 닥쳐!"

키안이 쏘아붙인 이 말은 잼과 켈리에게 처음 건넨 것이었다. 그 뒤로 키안은 새끼 고양이들은 결코 입을 닫지 않는다는 것을 깨달았다. 키안은 천성이 착했고 게으르기도 했다. 자꾸 화를 내려니 감당하기 버겁게 힘이 들었다. 새끼 고양이들은 그들대로 키안을 하늘처럼 떠받들며 언제나 함께 있고 싶어 했고, 닮고 싶어 했으며, 해답을 구하기 위해 찾곤 했다. 키안의 관심을 얻기 위해 경쟁하는 새끼 고양이들의 모습은 키안을 흐뭇하게 했으며 도무지 싫어할 수 없게 만들었다. 결국 키안은 유쾌하고, 너그럽고, 상냥하게 그들을 대했다.

아주 어렸을 때는 성가시긴 했지만, 그냥저냥 봐줄 만했던 새끼 고양이들이 커가면서 키안의 마음은 알 수 없이 불안했다. 특히 잼을 볼 때 더 그러했다. 그러나 잼이 거세된 채, 졸면서 자동차에 실려 온 그날에야 조금 마음을 놓을 수 있었다. 하지만 현재로서는 잼과 켈리 둘 다 어리고 감수성이 풍부한데다 말도 제법 잘 들었다.

"키안?"

"응, 잼."

"비는? 비는 왜 오는 거야?"

"그건……, 잠자는 고양이를 살살 달래서 깨워주려고."

"음. 키안 그거 알아? 나는 그냥 자게 내버려두는 게 더 좋아."

고양이는 어느 하나 허투루 보는 법이 없다. 아니나 다를 까 새끼 고양이들이 오고 나서 무더위가 길고도 지루하게 이 어지던 무렵, 키안은 엘렌 할머니의 움직임이 부쩍 느려졌음 을 알아챘다. 버터 묻은 한 발을 엘렌 할머니의 턱 아래에 놓 고 그녀의 가슴에 누워 있으면, 키안은 할머니의 심장이 빠 르고 불규칙하게 뛰는 걸 느꼈고 피가 격렬하게 요동치는 소 리를 들었다. 그럴 때면 할머니의 손길을 살그머니 미끄러지 듯 빠져나와 달아났다.

날씨가 서늘해지고 잎이 노랗게 물들고, 밤이 점점 길어 지고, 새벽녘에 잔디밭에 이슬을 내려앉을 즈음까지도 키안 은 엘렌 할머니의 몸이 혈관 속에 피가 꾸준히 흐르도록 하 기 위해 안간힘을 쓰고 있음을 알았다.

키안이 엘렌 할머니를 마지막으로 보았던 때는 자동차 지 붕에서 낮잠을 자던 키안의 귀를 할머니가 살며시 잡아당겨 깨웠을 때였다. 할머니는 키안이 즐겨 쉬던 버들가지로 짠 바구니를 들고 있었다. 바구니 안에서는 풋풋한 오렌지 냄새 며, 햄의 방부제 냄새가 났다. 키안은 자동차에서 풀쩍 뛰어내렸고 할머니는 차를 몰고 떠났다.

그리고 엘렌 할머니는 돌아오지 않았다. 식사시간이 지나자 불안해진 키안은 오락가락하다가 현관 앞 깔개에 앉아 거리를 짜증스럽게 노려보았다. 귀를 기울여 들어도 할머니의 자동차 소리는 들리지 않았다. 처음 집에 왔을 때보다 부쩍 자란 잼과 켈리는 집 안에 갇혀 있었다. 어둑해지자 새끼 고양이들은 배가 고파 가냘프게 울어댔다. 키안은 깔개에서 잠을 잤고, 한밤중에 움찔 놀라며 몇 번이나 잠에서 깼다. 차들의 불빛이 정원을 하얗게 물들이며 쏜살같이 내달렸다. 날이 훤하게 밝았는데도 할머니는 돌아오지 않았다.

키안은 이웃 얼룩 고양이가 없는 사이에 접시에 가득 담긴 먹이를 집어먹고는 자리를 떴다. 잼과 켈리가 집 안에서 법석을 피우고 온 방을 난장판을 만드는 소리가 들리더니 잠잠해졌다. 창틀로 뛰어올라 안을 들여다보니 둘은 부둥켜안고 곤히 자고 있었다. 키안은 창틀 언저리를 밀어보았지만, 창문은 단단히 잠겨 있었다. 현관으로 가서 문고리를 만져보기도 하고 온 힘을 실어 문을 밀어 보기도 했다. 졸지에 그는 잠긴 문을 따고 안으로 들어가야 하는 마술사 신세가 됐다. 해가 질 무렵 깨어난 새끼 고양이들이 울부짖으며 창을 박박 긁어 키안을 찾았다.

그로부터 사흘이 지났지만, 할머니는 여전히 돌아오지 않았다. 바람 한 점 통하지 않는 집안에 갇힌 잼과 켈리는 기세가 한풀 꺾였다. 키안이 이따금씩 창문으로 들여다보면, 배가 푹 꺼진 불쌍한 녀석들이 텅 빈 복도를 하염없이 오락가락하고 있었다. 그 사내가 와서 현관문을 열었을 때 새끼 고양이들은 숨어 있었지만 그들의 냄새가 온 방에서 진동했던 터라, 사내가 길길이 날뛰며 소리를 질렀다.

키안은 이 사내를 전에 본 적이 있었다. 엄청나게 큰 덩치에 털이 많은 사내가 가뭄에 콩 나듯 찾아올 때면 엘렌 할머니는 그 털북숭이 얼굴에 입술을 갖다 대곤 했다. 사내의 목소리는 왕왕 짖는 개소리 같아 그 소리에 질린 키안은 그가 오면 언제나 자리를 떴다. 엘렌 할머니와 사내의 대화는 꼭 사냥개와 금붕어가 논쟁을 벌이는 것 같았다. 키안은 인간의 언어를 조금 알아들었지만 사내는 어느새 키안에게 모르던 말을 가르쳐 주곤 했다.

"꺼져, 썩 나가, 비켜. 이 고양이 새끼야."

사내는 매연을 뿜어대는 자동차를 타고 와서 옷가지가 든 가방을 집 안에 들고 들어갔다. 그가 가는 곳마다 악취 나는 몸에서 물방울이 떨어지고 살에서 벗겨진 허물이 풀풀 날렸다. 사내는 새끼 고양이들을 보자 쫓아냈다. 나가지 않으려고 고집스레 버티던 잼은 급기야 가느다란 목덜미를 와락 잡힌 채 밖으로 내던져졌다.

집과 그 주변은 사내로 인해 숨이 막힐 것처럼 갑갑했고, 그의 냄새가 비오는 날 밤 민달팽이처럼 문 밑으로 주르륵 새어나왔다. 키안은 창문으로 사내가 엘렌 할머니의 침대에서 자는 것을 보았다. 사내는 낮에는 주로 집에 없었고 밤에도 더러 돌아오지 않았다. 사내는 먹이를 휙 집어던지곤 했다. 그러면 고양이들은 사내가 가까이 오지 않도록 연신 경계하면서 후다닥 먹어치웠다.

키안의 갈고리 발톱이 자랄 때까지 오래도록 사내는 집에 머물렀다. 그리고 어느 날, 상자들을 잔뜩 갖고 돌아왔다. 창틀에 앉아 있던 키안은 사내가 엘렌 할머니의 물건들을 상자에 집어넣는 동안 영문을 모른 채 우두커니 쳐다보고 있었다. 꽃밭에서 낮잠을 자던 켈리는 자기 장난감 공 속에 든 종이 딸랑거리는 소리를 듣고 귀를 기울였다. 키안은 그 털북숭이 공이 상자 속에 던져지는 걸 보았다. 다음 날 오후가 되자, 사내는 다진 날고기를 상자 가까이에 놓고 새끼 고양이들과 키안을 꼬드겼다. 새끼 고양이들은 끝까지 먹지 않고 버텼지만, 결국 상자에 갇히는 신세가 되고 말았다.

키안의 연두색 눈은 숲을 쳐다보고 잼과 켈리를 쳐다보

고, 먹잇감이 있나 둘러보았지만, 아무 것도 눈에 띄지 않았다. 그 사이에 잼은 정신을 추스르고 웅덩이에 고인 빗물을 마시고 있었다. 나무로 득달같이 달려 올라가 발톱으로 나무 껍질을 뜯어내고 있는 켈리의 눈망울이 벅찬 흥분으로 초롱초롱 빛났다.

키안은 집에서의 자기 영역을 낱낱이 기억하고 있지만, 엘렌 할머니가 어떻게 되었는지는 알 수가 없었다. 키안은 할머니가 힘겹게 움직이던 모습을 기억했고, 막연하게 그녀가 더 이상 숨을 쉬지 않을지도 모른다고 생각했다. 그러나 처음부터 숨을 쉬지 않았던 할머니의 자동차와 바구니까지 왜 덩달아 사라졌는지는 도무지 알 수가 없었다. 사내가 왜 자기들을 상자에 넣어 숲에 버리려고 했는지에 대해서도 감조차 잡지 못했다.

"키안, 키안, 봐봐. 저 절뚝거리는 새. 내가 녀석을 잡을 거야."

잼이 풀숲을 득달같이 내달렸다. 그러자 그 절름발이 새가 공중으로 날아갔다. 잼은 맥이 빠져 날아가는 새를 우두커니 쳐다보았다.

"새가 날지 못했으면 좋겠어."

"켈리 좀 봐라, 뛰어가고 있어."

잼의 담황색 눈이 불꽃을 튀기더니 전속력으로 내달렸다.

키안의 생각은 다시금 허겁지겁 집으로 옮아갔다. 키안은 사실 엘렌 할머니와 사내의 이상한 행동에 전혀 관심이 없었다. 중요한 건 오로지 제 영역이었다. 자기가 집에 닿았을 때 할머니가 이미 돌아와 있다면 얼마나 좋을까 하는 생각만 했다. 사내가 여전히 그 집에 죽치고 있다 해도, 이제부터 상자가 눈에 띄면 잽싸게 피하면 될 터이니 아무 문제가 되지 않았다. 고양이는 한번 깨달으면 똑같은 속임수에 되풀이해서 당하는 법이 거의 없으니까.

하지만 그 영역으로 돌아가는 게 문제였다. 키안의 영역을 빼앗으려는 의지와 힘을 가진 들고양이들, 특히 악랄한 잔샤르 같은 들고양이의 도움을 받지 않고 명예를 걸고 보호해줘야 할 책임을 느끼는 새끼 고양이들을 데리고 무사히 돌아가는 것 말이다. 짐짓 길벗인 척하지만 딴 맘을 품고 있는 잔샤르를 떨쳐내는 건 이제 키안에게는 말할 수 없이 중요한 문제가 됐었다. 키안은 잔샤르를 떨쳐낼 수만 있다면, 이번 여정에 자기에게 닥칠 모든 장애가 쉽사리 사라질 거라는 근거 없는 믿음을 갖고 있었다. 일단 잔샤르의 족쇄에서 벗어나기만 하면 안전하고도 자유롭게 집에 돌아갈 수 있다고 믿었다.

'이제 다 왔어. 이렇게 계속 걸어가면 곧, 곧 집에 닿을 거야.'

키안은 스스로에게 다짐했다. 그때 잼이 소리쳤다.

"키안! 우리가 그걸 찾았어!"

키안은 잼과 켈리가 무언가를 찾고 있었다는 걸 깜빡 잊고 있었다. 그는 코를 들어 아직 보이지 않는, 불쌍하지만 쓸모 있을 그것의 냄새를 맡았다. 잼과 켈리는 그것에 바짝 다가갔다가 기겁을 하고 달아났다. 키안은 풀숲을 헤치고 나아가 큰길 언저리에서 멈췄다. 거기에 파리가 들끓는 고양이 시체가 있었다. 여우가 먹어치웠다고 말한 불쌍한 고양이, 더 이상 숨을 쉴 수 없는 고양이, 차에 깔려 자신의 영역을 버린 고양이. 키안의 예민한 감각은 그 죽은 동물의 바로 밑 흙에 끈적끈적하게 배어 있는 인간의 냄새를 맡았다.

키안은 골똘히 생각에 잠겨 머리를 쥐어짰다.
전략을 짜는 데 타고난 재주를 늘 자랑스레 여기던 내가,
왜 좀 더 서둘러 계획을 세우지 못했을까
자신을 책망했다.

−본문 중에서

영역을 위한 계략

들고양이들이 도시 고양이들을 만난 건 늦은 밤이었다. 박쥐들이 휘파람을 불며 하늘로 흩어지고 땅속에 집을 지은 큰 거미들이 발끝으로 땅바닥을 쓰다듬으며 나들이를 떠난 한참 뒤였다. 켈리는 초저녁에 들쥐 한 마리를 잡았고 잼이 들쥐 반쪽을 빼앗았다. 키안은 나방과 꼬리 없는 도마뱀으로 끼니를 때웠다. 키안과 새끼 고양이들은 죽은 고양이의 고약한 냄새가 진하게 밴 나무고사리에 잠자리를 마련하고, 한 꾸러미의 털뭉치처럼 뭉쳐 잠을 잤다.

갑자기 잠에서 깬 잼은 얼굴을 바짝 들이대고 있는 샤일러를 보고 소스라치게 놀랐다. 샤일러는 잼의 숨결에서 쥐 냄새를 맡고 수염을 파르르 떨더니 잼의 이마를 쓰다듬어 주고는 자리를 떴다.

달이 안개 장막에 가려서 숲은 몹시 어두웠다. 귀에 거슬리는 외톨이 귀뚜라미의 우는 소리 말고는 아무 소리도 들리지 않았다. 켈리는 잠에서 깨어 잔뜩 긴장한 채 앉아 있었다. 잼에게 한쪽 귀를 기울이고 있었지만, 정작 정신은 딴 데 팔려있었다.

켈리가 잼에게 말했다.

"우리는 여기 있어야 해. 끽 소리도 내지 말고."

그들과 조금 떨어진 곳에서 키안, 잔샤르, 말로가 풀숲 너머 죽은 고양이의 꾸덕꾸덕 엉긴 덩어리를 쳐다보고 있었다. 풀숲에 가려 그 고양이들이 보이지 않자, 잼이 그들을 찾았다. 잼이 맨 먼저 본 건 싸락눈처럼 아른아른 빛나는 키안의 새하얀 털이었다. 샤일러가 키안과 말로, 잔샤르에게 가려고 무성한 나뭇잎을 헤치며 풀숲 깊이 들어갔다.

키안이 말하고 있었다.

"여기 전부가 녀석의 영역이야. 사방에 녀석의 오줌 냄새가 배어 있어."

"아직도 냄새가 가시지 않았어."

말로가 말을 이었다.

"녀석한테 아주 고약한 냄새가 나."

샤일러가 자기에게 하는 소리인 줄 알고 칙칙거리며, 말
로의 머리에 제 머리를 들이박았다. 키안은 그러거나 말거나
아랑곳하지 않았다.

키안이 잔샤르를 부추겼다.

"이건 기회야. 이 영역은 제법 쓸 만해. 그러니까 네가 가
져야 해."

잔샤르가 엉덩이를 들썩이자, 주위의 풀들이 바스락댔
다. 쟌사르가 말했다.

"응. 그럴 거야."

키안이 잠자코 기다렸지만, 잔샤르는 도통 움직일 생각
없이 바닥에 더 눌러 앉았다. 샤일러와 말로는 서로 심술궂
은 눈빛을 교환했다. 키안이 다그쳤다.

"어서 가."

말로가 참견을 했다.

"잔샤르, 이런 기회는 평생……."

"내가 한다고 했지!"

잔샤르는 발을 휘둘러, 말로의 머리를 찰싹 때렸다. 키안
은 나무라듯 쉿 소리를 내며, 쥐죽은 듯 고요한 나무 꼭대기
를 찬찬히 눈으로 훑었다.

"조용! 조용히 좀 하자, 응? 잔샤르, 뭐가 잘못됐어?"

잔샤르는 시무룩한 표정으로, 고개를 돌렸다.

"아니."

"흠, 그럼 됐어. 너는 할 수 있어. 어서 가!"

잔샤르의 꼬리가 풀을 홱 낚아챘다. 화가 난 듯 한동안 귀를 접은 채 잠자코 있던 잔샤르가 마침내 투덜투덜 말했다.

"키안, 저기로 가야 하는 건 네가 아니잖아."

"하! 녀석이 겁먹었네!"

"샤일러, 입 닥쳐! 잔샤르, 네 말이 옳아. 나는 저리로 가야 할 필요가 없어. 이미 내 영역이 있거든. 하지만……."

잔샤르의 반짝이는 눈이 화가 나고 혼란스러운 기색으로, 키안의 눈을 뚫어지게 쳐다보았다.

"넌 그 영역을 어떻게 얻었는데? 너처럼 시시껄렁한 고양이가 어떻게 영역을 차지했냐고? 너는 휘트나 로크 같은 고양이하고 싸우지도 못하잖아. 고추도 없는 고양이가 영역을 어떻게 지켜?"

키안이 냉정을 잃지 않으려고 발톱으로 애꿎은 풀밭을 후벼 팠다. 키안은 잔샤르가 고양이 무리 안에서 보호를 받고, 암컷과 나이든 수컷의 도움을 받으며 자랐다는 걸 떠올렸다. 그런 응석받이 동물이 매사에 겁을 먹고 움츠러드는 건 어찌

보면 당연했다.

"내가 온 곳은 여기랑 달라. 우리가 자란 곳이 우리의 영역이야. 우리는 영역을 얻기 위해 싸울 필요가 없어. 그냥 나이를 먹으면서 영역이 자기 거라는 걸 인정하면 돼. 침입자와 불가피하게 싸우기도 하지만, 싸움은 최후의 수단이야."

"그럼, 싸우지 않고 어떻게 해결하는데?"

"욕도 하고, 으르렁거리기도 하고, 때리기도 하고, 짖기도 하지. 그냥, 시늉만 하는 거야. 으름장을 놓는 거, 뭐 그런 거. 그러다 어느 한 쪽이 달아나면 대개는 싸움이 끝나."

샤일러가 콧방귀를 뀌었다.

"고양이 망신 다 시키네."

잔샤르는 샤일러를 철썩 때렸고, 샤일러는 풀밭으로 잽싸게 내뺐다.

잔샤르가 키안에게 따졌다.

"너는 윽박지르고 욕하고 괴롭히고 으름장을 놓기만 하면서, 왜 나한테는 싸우라고 부추기냐!"

키안은 화를 삭이느라 잠시 뜸을 들였다.

"물론 우리는 으름장만 놓지! 덜 위험한 방법이 있는데, 굳이 싸울 필요 없잖아? 정신 나간 고양이나 쌈질을 못 해 안달이지!"

시끄러운 말다툼 소리에, 쏙독새 한 마리가 앉아 있던 나뭇가지에서 스치듯이 내려와 험상궂은 표정으로 날아갔다. 고양이들은 경계의 눈초리로 나무 위를 뚫어지게 쳐다보았다. 우거진 나뭇가지 틈으로 쓸쓸하게 흘러가는 하늘이 언뜻언뜻 보였다.

키안은 골똘히 생각에 잠겨 머리를 쥐어짰다. '전략을 짜는 데 타고난 재주를 늘 자랑스레 여기던 내가, 왜 좀 더 서둘러 계획을 세우지 못했을까' 하고 자신을 책망했다.

키안은 있는 힘껏 잔샤르를 일깨우기 위해 애썼다.

"잔샤르, 너는 주머니여우를 죽였어. 그것도 해냈는데, 고양이랑 싸우는 건 누워서 떡 먹기일 거야."

말로가 끼어들어 핏대를 올렸다.

"이봐! 주머니여우를 죽인 건 나야. 저 녀석이 아니라!"

"그래, 너희 둘 다 한 일이지."

"아니, 내가 했다니까!"

샤일러가 말로를 찰싹 때렸다.

"말로, 그만 좀 해. 그게 누구건 아무도 상관 안 하거든."

말로는 언짢은 얼굴로 꼬리를 탁 휘둘렀지만, 손위 고양이들은 아랑곳하지 않았다. 자신의 재능을 몹시 자랑스럽게 여기며 살았던 잔샤르는 난생 처음으로 그 재능이 무엇인지 궁금해졌다. 빗방울이 한두 방울 떨어지기 시작하자, 키안은 고개를 들고 고양이 발톱 같은 달 너머로 흘러가는 구름을 쳐다보았다. 말로는 마치 다른 고양이들이 모르는 신비한 걸 알아내기라도 한 듯 어두운 눈초리로 고양이 시체가 있는 쪽을 쳐다보았다. 키안은 말로가 괜히 폼을 잡는 거라고 생각했지만, 불현듯 자기 생각이 틀릴지도 모른다 싶어 불안하기만 했다. 고사리 장막 뒤에서 숨죽이고 있던 잼과 켈리는 서로 꼭 부둥켜안은 채 불안한 듯 연신 눈을 깜박이고, 귀를 쫑긋거렸다.

겁에 질린 잔샤르가 빠르게 지껄였다.

"키안, 저 나무들 속에 사나운 고양이들이 있어. 나보다 더 사나운 고양이들 말이야. 내가 싸워도 절대 이기지 못할 거야."

수다스럽고 잘난 체하는 잔샤르가 순순히 나약함을 인정하는 것은 숨쉬기 어려울 정도로 고통스런 일이었다.

샤일러가 까마귀처럼 까악거리며 대꾸했다.

"그렇게 겁부터 집어먹으면 너는 평생토록 영역을 갖지 못할 거야!"

말로가 조롱했다.

"우리 야옹이! 아가, 무서워?"

잔샤르가 펄쩍 뛰어올라 샤일로와 말로에게 덤벼들었다.

"나는 너희 같은 시시한 녀석들은 언제든지 때려눕힐 수 있어!"

"그럼 어서 저리 나가 싸워 보시지. 이 늙다리야!"

"웃기지 마, 이 개 똥구멍 같은 게!"

키안이 버럭 고함쳤다.

"조용! 조용히!"

그 말에 들고양이들은 풀숲에 납작 엎드려서 으르렁거렸다. 나뭇잎들 사이로 움직이는 그림자 하나 때문에 그들은 허겁지겁 다시 한 패가 됐다. 저 위에서 확실히 무언가가 움직였다. 고양이들은 풀숲 깊숙이 몸을 숨겼다.

키안이 소리 죽여 말했다.

"좋은 수가 있어. 하지만 먼저 조용히 해야 해. 우리가 여기 있다는 것을 저들이 알면 아무 소용없어."

잔샤르가 나무에서 시선을 거두었다.

"그게 뭔데?"

"흠, 그건 속임수를 쓰는 거야. 저 고양이들이 네가 자기들보다 강하다고 생각하면 절대 너랑 싸우고 싶지 않을 거야. 그러니까 넌 저 고양이들이 절대 널 얕잡아볼 상대가 아니라고 믿게 해야 돼. 그렇게 할 수 있다면 저 영역은 네 것

이 되고, 어떤 녀석도 감히 네 영역을 빼앗겠다는 맘을 먹지 못할 거야. 그러려면 우선 저 고양이들이 널 볼 수 있는 곳에서 사나운 고양이와 싸워야 해. 네가 진짜 강하단 걸 믿게 만들어야 한다고. 그리고 무조건 이겨야지."

들고양이들은 키안을 멀뚱멀뚱 쳐다보았다.

샤일러가 빈정거렸다.

"그럴 듯한 계획이야, 키안. 딱 하나 사소한 흠만 빼면 말이지. 만약 잔샤르가 사나운 고양이랑 맞서 싸운다면, 잔샤르는 된통 걷어차일 거라는 거."

"경고한다, 이 머저리!"

키안은 샤일러와 잔샤르 사이를 가로막았다.

"흠은 없어, 샤일러. 이 계획은 성공할 거야. 아무런 흠도 없다고. 네가 잔샤르와 싸워서 지기만 하면……."

샤일러는 광채 없는 어두운 눈으로 가만히 키안을 바라보았다.

"키안, 너 너무 웃긴 거 알아."

"오, 샤일러, 진정해! 너는 강한 동물이야! 저기서 잔샤르가 너처럼 센 고양이를 때려눕히는 걸 본다면, 모두들 깜짝 놀라겠지! 우리는 그게 진짜 싸움이 아니라는 걸 아니까, 너는 창피해할 필요도 없고……."

"진짜 싸움도 아닌데 뭘 그래. 나는 그냥 우연히 너를 때려눕히는 거라고."

"잔샤르, 입 닥쳐!"

샤일러가 깡마른 잔샤르를 노려보았다.

"웃기지마, 잔샤르. 이 오줌통아. 키안, 내 목에 칼이 들어와도 그 짓은 못해. 나한테 무슨 도움이 되는데? 아무것도 없어. 잔샤르가 영역을 갖건 말건 나랑 무슨 상관이야? 나는 상관 안 해. 눈곱만큼도."

"겁쟁이."

"잔샤르!"

"입 닥쳐, 이 머저리야."

"샤일러!"

샤일러가 버럭 소리쳤다.

"싫어! 절대 안 해! 키안. 모든 고양이는 저마다 지켜야 할 품위가 있어. 잔샤르랑 싸워서 져줄 고양이가 정 필요하면, 키안 네가 해."

잔샤르가 어이없다는 듯 이죽거렸다.

"키안? 키안이 뭐가 뛰어난데? 걸핏하면 부들부들 떠는 겁쟁이에다 비쩍 마른 반짝이 집고양이잖아. 차라리 새끼 암컷하고 싸우는 게 낫겠다!"

키안은 머리끝까지 열이 치밀 정도로 화가 났다. 하지만 속으로 분을 삭였다. 지금은 키안이 무슨 말을 해도 들고양이들은 듣지 않을 것이다. 이 들고양이들과 어쩔 수 없이 운명을 함께 한 후로 내색하지 않았지만 미치도록 화가 난 적이 한두 번이 아니었다. '여기서 달아나면 그만이니 달아나'하고 내면의 목소리가 키안을 부추겼지만, 섣불리 달아났다가는 가뜩이나 화가 난 들고양이들을 더욱 자극할 뿐이었다. 잼과 켈리는 아무것도 모른 채 들고양이들의 분풀이 대상이 될 것도 뻔했다. 키안은 주머니여우와 싸울 때 입은 상처로 아직도 고생하고 있는 말로를 쳐다보았다. 말로는 고통으로 몸을 바짝 웅크린 채 앉아 있었다. 아무리 요란스럽게 큰소리를 쳐대도 말로의 모양새는 꼴이 말이 아니었다. 키안은 다시금 간절히 집에 있는 그리운 영역을 떠올렸다. 그리고 잔샤르가 그 영역을 훔치려고 음모를 꾸미고 있다는 섬뜩한 믿음을 되새겼다. 키안을 미치게 만드는 건 바로 이런 상상이었다. 한숨을 내쉰 키안은 풀밭을 지나 죽은 들고양이가 뻗어 있는 큰길을 눈으로 훑으며, 이번 기회를 놓치면 두 번다시 기회는 오지 않을 거라고 생각했다.

키안은 의심과 신중함과 모든 근심을 바람결에 훌훌 날려 버리고 말문을 열었다.

"좋아, 우리 한번 해보자."

잔샤르는 여전히 분이 풀리지 않은 채 미심쩍은 기색으로 머뭇거렸지만, 이제 와서 물러서면 겁쟁이로 몰릴까봐 두려웠다.

잔샤르가 키안에게 똑 부러지게 말했다.

"이건 어리석은 생각이야. 게다가 나는 이 계획이 성공할 거라고 생각지 않아. 그런데도 내가 네 녀석이 시키는 대로 하는 이유는 이 멍청이들 가운데 네 생각이 그래도 낫기 때문이야. 그럼, 어서 네 털 좀 부풀려봐. 어차피 반푼이처럼 보일 바에야 좀 더 폼나게 하는 게 낫잖아."

키안이 쌀쌀맞게 대꾸했다.

"나는 싸울 필요가 없어. 나는 벌써 내 영역을 가지고 있단 말이야. 내가 이러는 건 오로지 널 위해서야."

잔샤르는 툴툴거렸다. 그는 턱을 쳐들고, 꼬리를 한껏 세워 탁 트인 빈터로 걸어갔다. 그는 가장 가까운 나무로 성큼성큼 걸어가 발톱으로 나무껍질을 긁은 다음 옆으로 몸을 비틀어 사향 냄새 나는 오줌을 갈겼다. 키안은 침울한 표정으로 풀밭에서 그 동작을 지켜보고 있었다.

"키안, 미안해."

잔샤르가 개척지에 홀로 선 자처럼 선언했다.

"내 흔적을 남겼다. 이제 여긴 내 영역이야! 이 영역을 빼앗으려는 녀석이 있으면 몸뚱이를 갈가리 찢어놓겠다. 누구 대들 녀석 있어?"

숲이 침묵으로 대답했다. 빗방울 하나가 고사리 끝에 대롱대롱 매달려 있었다. 고양이들은 긴장했다. 벌레 한 마리의 날갯짓 소리에도 잔샤르의 등줄기에 식은땀이 흘렀다. 키안과 샤일러는 서로 곁눈질하면서 귀를 쫑긋 세웠지만, 귀청을 찢는 듯한 날카로운 소리가 나무에서 울려 퍼지자 소스라치게 놀랐다. 잼과 켈리는 그 소리에 몸을 움츠렸고, 말로의 눈은 이글이글 타올랐다. 고양이들은 잔샤르가 달아나라고 명령하는 본능과 맞서 싸우고 있다는 걸 알았다.

나뭇가지들 사이에 잠복하고 있던 힘센 들고양이 한 마리는 당장에라도 숲 바닥으로 내려올 기세였다. 샤일러는 키안의 어깨를 팔꿈치로 툭 쳤다.

"키안, 가봐. 어서!"

키안은 이 괴롭고도 우스꽝스런 상황에서 기적이 일어나 자신을 구해 줄 거라는 헛된 희망을 품고 흙을 거머쥐었다. 그러나 아무 일도 일어나지 않았고, 키안은 삽시간에 풀밭 위로 내달리고 있었다. 쏜살같이 달린 키안의 앞발이 잔샤르 앞의 땅바닥을 걷어찼다. 머리를 아래로 비스듬히 기울이고 으르렁거리던 키안이 뒷발로 일어나 발 하나를 들어 칼날처럼 날카로운 발톱으로 잔샤르의 눈을 후려쳤다.

엉겁결에 눈이 보이지 않게 된 잔샤르는 새된 비명을 내질렀다. 키안은 잔샤르에게 쉴 틈을 주지 않고 연달아 발길질을 하며 맹렬하게 공격했다. 키안은 몹시 성이 난 잔샤르를 연달아 후려치고는 숨을 헐떡이며 말했다.

"진짜처럼 보여야 돼……."

잔샤르가 그 말 뜻을 알아채지 못했거나 너무 잘 알아들은 모양이었다. 갑자기 공중으로 풀쩍 뛰어오르더니 큰 돌덩이처럼 떨어지며 키안을 덮쳐 땅바닥에 곤두박질치게 했다. 잔샤르의 덩치가 키안의 눈앞을 떡 가로막았고, 턱이 땅바닥에 짓눌린 키안의 몸이 버둥거렸다.

키안이 끙끙 앓는 소리를 했다.

"나 좀 놔 줘!"

키안은 잔샤르의 발톱이 살갗을 파고드는 걸 느꼈고, 잔샤르의 가슴 속에서 미친 듯이 치받아 올라오는 꼴록꼴록 소리를 들었다. 키안은 앞을 볼 수도 없었고, 털이 숨통을 막아 숨 쉴 수도 없게 되자 발길질을 하며 비명을 내질렀다. 필사적인 몸부림으로 가까스로 목이 돌려지자 키안은 이빨을 잔샤르의 사타구니에 박았다.

잔샤르는 울부짖으며 발길질을 했고, 키안은 두려움으로 귀를 납작 누인 채 빈터를 가로질러 내달렸다. 그 와중에도 고사리 뒤에서 넋이 나간 채 앉아 있는 잼과 켈리가 보였다. 그 사이에 잔샤르의 날카로운 발톱이 키안의 살갗을 찢었다. 잔샤르가 키안을 우악스레 거머쥐자 키안이 더는 못 참겠다는 듯 울면서 소리쳤다.

"그만! 나 좀 놔줘!"

잔샤르는 키안을 내동댕이치더니 다시 발톱을 휘둘렀다. 키안의 얼굴에 핏자국이 줄줄이 새겨졌다. 키안은 미친 듯이 몸부림을 치며 뒷다리로 배를 막고, 앞발로 잔샤르의 눈을 움켜쥐었다. 그들 사이에 털이며 흙먼지 구름이 날려 공기가 뿌옇게 흐려졌다.

"그만해! 이러다 나 죽겠어! 그만!"

키안이 악다문 이빨 새로 애원했다.

"여긴 내 영역이라고 했지?"

잔샤르의 숨결에서 뜨거운 입김이 뿜어져 나와 키안의 털을 휩쓸고 지나갔다.

"내 영역을 탐내는 녀석은 누구든 죽여 버릴 거야! 이 똥덩어리야, 내 말 알아들었어? 죽일 거라고!"

키안은 잔샤르의 머리에 발톱을 박아 넣고 얼굴을 바짝

들이댔다. 키안이 숨을 헐떡였다.

"내가 그만하라고 했지? 너 때문에 내가 다쳤어! 그걸로 충분해. 잔샤르, 날 놓아줘!"

잔샤르는 키안의 가슴을 갈고리발톱으로 긁어 앙갚음을 했다. 둘은 서로 단단히 거머쥐고 코를 맞댄 채 매섭게 노려보았다. 잔샤르가 키안의 눈에 투영된 자신의 분노를 보았다면, 키안은 잔샤르의 눈에 비친 불꽃처럼 타오르는 두려움을 보았다. 잔샤르는 키안이 알고 있던 고양이가 아니었다. 젠체하는 오렌지색 고양이는 더 이상 없었다. 그 어리석은 동물은 온데간데없이 사라졌다. 키안은 온몸이 갈가리 찢겨 죽을지도 모른다는 두려움에 사로잡혔다. 잔샤르의 뼈대는 먹이 사슬의 맨 꼭대기에 있는 약탈자의 뼈대였다. 사슬 아래에 있는 존재들은 경쟁자가 아니면 먹잇감이었다. 잔샤르의 머릿속에는 오로지 잡아 죽이겠다는 생각뿐인 사냥꾼과 몸뚱이만으로 무자비한 삶을 사는 동물이 있었다. 그 동물은 가장 높은 자리를 차지하는 대신, 피에 흥건히 젖고 온몸이 산산조각 나는 삶을 살아야 하는 동물이었다. 키안은 그제야 자기가 어떤 상대와 맞붙어 싸웠는지를 깨달았다. 두려움이 물밀 듯 밀려왔다. 잔샤르는 겁에 질려 바들바들 떨고 있는 키안을 바짝 끌어안았다.

잔샤르는 키안의 까만 눈을 다정하게 들여다보고 으르렁 거렸다.

"네 눈알을 파버리겠어. 아가, 내 말 들려? 네 눈알을 갖고 싶다고."

잔샤르가 뾰족하고 벌건 얼굴을 들이밀자, 키안은 겁에 질린 제 모습을 잔샤르의 눈동자 속에서 보았다. 키안은 나뭇가지 틈바구니에서 지그시 쳐다보고 있는 숲의 정령의 그림자를 보았다. 그리고 아주 어렴풋이 잔샤르의 어깨 너머에서 꿈틀거리는 발 하나를 보았다. 그 발은 잔샤르의 눈 언저리를 더듬더니 눈 하나를 찾아내기 무섭게, 곤두세운 갈고리 발톱으로 냅다 찔렀다. 잼이었다!

순간 잔샤르는 키안을 놓쳤고, 키안은 이때다 싶어 뒤도 돌아보지 않고 숲으로 내뺐다. 잼이 잔샤르의 발톱에서 빠져나오려고 몸부림치고 있었다. 유연하고 날쌘 잼이 잽싸게 풀쩍 뛰어올라 몸을 홱 돌려 잔샤르에게서 벗어났다. 잼은 잔샤르의 눈꺼풀 찢는 임무를 마치기 무섭게 고사리 숲을 향해 전속력으로 내달렸다. 온 몸의 털이 쭈뼛 곤두섰지만, 잔샤르가 섣불리 따라오지도 않을 뿐더러 따라올 수도 없다고 굳게 믿었다. 그 와중에 잼은 고양이들이 덤불을 헤치고 허둥지둥 달아나느라 법석을 떠는 소리를 들었다.

그런데 자기 일행이라기에는 그 숫자가 너무 많았다. 잼의 머리 위 어스름 속에서 가지들이 부러지고 잎들이 떨어지고 새들은 깜짝 놀라 비명을 질렀다. 옆 수풀 속에서는 돌들이 구르고, 나무껍질이 부러지고, 다람쥐들이 숨을 곳을 찾아 내달렸다. 그의 뒤에는 이제 죽은 고양이 영역의 새주인이 됐음을 알리는 잔샤르의 의기양양한 소리가 들렸다. 잼의 앞에는 울창한 숲 말고는 아무것도 보이지 않았다. 그는 숯처럼 새까만 눈을 빛내며 허겁지겁 달려갔다. 자기가 어디로 가고 있는 건지, 그리고 일행을 만날 수 있는 건지 줄곧 궁금해하면서 달렸다.

키안은 새끼 고양이의 도움을 받았다는
찜찜하고 굴욕적인 사실을 숨기고 싶었다.
중요한 건 겉으로 어떻게 보이느냐 바로 그것이었다.
하지만 양심은 그 무엇으로도 비겁한 진실을
가릴 수 없다는 걸 알고 있었다.

−본문 중에서

뿔뿔이 흩어져

　　잼은 알지 못했지만, 잼만 일행
에서 떨어져 나온 게 아니었다. 키안이 달리기를 멈추었을
때 샤일러만 자기와 함께 달렸다는 걸 알았다. 말로와 새끼
고양이들은 보이지 않았다. 샤일러는 어둠 속에 숨을 헐떡이
며 서서 자기들이 온 방향을 돌아보았다. 달빛을 받은 샤일
러의 털이 은색으로 빛났다. 샤일러는 초롱초롱한 눈빛으로
활기차게 말했다.

　　"정말 그럴 듯했어!"

　　키안은 얼굴을 찌푸린 채 상처를 살펴보려고 쭈그려 앉
았다. 한쪽 눈에서 피가 흘렀고, 온몸의 털은 숭숭 빠져 있었
다. 콧잔등에 길쭉하게 찢어진 상처가 따끔거렸다. 먼발치에
서 어수선한 숲의 소리가 들렸다. 잔뜩 흥분한 새들이 쏴아

소리를 내며 흘러갔고, 심술 난 주머니쥐들이 우왕좌왕했고, 여우 한 마리가 콧소리로 짖고 있었다. 귀에 거슬리는 이 합창소리는 싸움꾼 들고양이 한 마리의 사악한 고함소리로 인해 뚝 그쳤다. 어둠 속에 솟은 거대한 물푸레나무와 유칼립투스 숲이 뼈처럼 삐걱삐걱 소리를 내고 있었다. 잎사귀가 달빛에 반들거렸고, 줄기 꼭대기 우묵한 곳마다 달빛이 우물처럼 고여 있었다.

샤일러는 신바람이 나서 이 나무에서 저 나무로 옮겨 다니며 이끼와 나뭇잎 뭉치를 걷어찼다. 이윽고 그는 네 발로 땅바닥을 움켜쥐더니 몸을 빙그르 돌렸다.

"그 얼토당토않은 계획이 성공할 줄은 꿈에도 몰랐어!"

키안은 거치적거리는 털 한 가닥을 퉤 뱉었다.

"그건 얼토당토않은 계획이 아니었어. 계획이 성공했잖아. 잔샤르가 멍청했던 거지."

"흠, 적어도 너는 네가 원하는 걸 얻었어. 이제 잔샤르는 네 영역에 대해서는 까맣게 잊었을걸!"

자신의 현명함에 대한 냉정한 자부심이자 만족감이 키안의 등줄기를 싸늘하게 훑고 지나갔다.

"흠, 거참 시원하다."

샤일러가 껑충 뛰어올라 숲 속을 빤히 쳐다보면서 꼬리를 격렬하게 흔들며 말했다.

"애들이 안 보여."

"잼은 달아난 거야?"

샤일러는 그늘을 눈으로 천천히 훑었다.

"그런 것 같아. 왜 안 그랬겠어? 우린 그 녀석한테 계획을 미리 말했어야 했어, 너랑 잔샤르가 속임수를 쓰는 거라고……. 잼 그 바보는 네가 도움이 필요하다고 생각했어. 모자란 야옹이 녀석. 그래도 제법 용감한 꼬마 바보야."

키안은 우아하게 침묵하고 있었다. 그는 짜고 시작한 싸움이 얼마나 심각한 지경에 이르렀는지, 자신에게 닥친 불행을 깨닫고 얼마나 극심한 고통에 시달렸는지 샤일러가 알고 있으리라 생각했다. 하지만 샤일러는 그 몸짓 연기가 진짜 싸움이 되었다는 걸 알아채지 못한 게 분명했다. 모르긴 해도 그 싸움이 속임수라는 걸 꿈에도 몰랐던 잼 말고는, 어떤 고양이라도 샤일러와 똑같은 생각을 했을 터였다. 키안은 새끼 고양이의 도움을 받았다는 찜찜하고 굴욕적인 사실을 숨기고 싶었다. 잼은 쓸데없이 괜한 간섭을 했다는 핀잔을 들을 테고, 간섭한 것에 대해 죄책감을 느끼게 될 것이다. 키안의 나달나달해진 자존심 조각들도 겉으로는 멀쩡하게 끼워 맞춰진 것처럼 보일 것이다. 중요한 건 겉으로 어떻게 보이느냐 바로 그것이었다. 하지만 키안의 양심은 그 무엇으로도 비겁한 진실을 가릴 수 없다는 걸 알고 있었다. 그래서 키안은 몹시 풀이 죽었다. 들고양이들의 도움을 받아 사냥개로부터 무사히 벗어난 것만으로도 충분히 당혹스러웠다. 그런데 새끼 고양이의 도움으로 다른 고양이의 손아귀를 벗어났다는 건 도도한 자부심을 가진 고양이로서는 정말 참기 힘든 일이었다. 잔샤르는 제 말처럼 잔인했다. 키안은 억세지도 용감하지도 않은 말라빠진 집고양이에 불과했다. 키안은 몹시 비참한 심정으로 '이럴 바에는 차라리 꽃으로 태어나는 게 나을 뻔했어'라고 생각했다.

키안이 한숨을 쉬며 말했다.

"여기서 좀 쉬자, 그러다 보면 딴 애들이 우리를 볼 거야."

샤일러는 나뭇잎더미에 털썩 쓰러져 행복에 겨워 데굴데굴 굴렀다. 키안은 상처 입은 배가 따끔거려 조심스레 누웠다. 미쳐 날뛰는 고양이 잔샤르에게 붙잡히지 않으려고 이리저리 몸을 날렸기에 몹시 지쳤다. 게다가 샤일러와 함께 숲을 막무가내로 줄달음치면서 가로질렀던, 큰길을 다시 가로질러 돌아가야만 했다. 큰길에 깔린 자갈 때문에 키안의 발바닥이 아직도 욱신거렸다.

키안은 잼과 켈리도 자기와 같은 대지의 소리를 듣고 있는
지 궁금했다. 그들이 집으로 가는 길을 찾거나 키안을 찾으
려고 하고 있는지도 궁금했다. 몰려오는 잠 속에서 키안은
샤일러가 먹이를 찾느니 뭐니 하는 소리를 들으며 눈을 꼭
감았다. 그는 숲과 그 안에 있는 모든 게 넌더리나게 싫었다.
그리고 집의 안락함이며, 바구니며, 의자의 포근함이 너무도
그리웠다.

키안의 턱에 침방울이 매달려 반짝거렸다. 샤일러는 그 침
을 쓰윽 닦아주고 싶은 마음이 굴뚝 같았지만, 키안이 슬픔
에 잠겨 있는 걸 보고는 어린애 같은 장난기가 누그러들었
다. 샤일러가 키안을 처음 만났던 밤, 키안은 암고양이 테이
와 호기심 많은 고양이 무리 앞에 용감하게 서 있던 때보다
훨씬 마르고 볼품없이 망가져 있었다. 샤일러는 나뭇잎 더미
에 버티고 서서 잎 부스러기를 털어냈다.

"네 영역에 닿으려면, 아직 멀었어?"

샤일러가 물었다.

"응, 멀었어."

샤일러는 발을 가슴에 그러모은 채 몸을 바짝 웅크렸다.
고양이는 대체로 상대방의 기분 따위는 아랑곳하지 않지만,
키안의 깊은 슬픔은 샤일러를 안절부절못하게 했다. 야생 동

물이 알고 있는 모든 감정 중에 불행은 가장 낯선 감정이었다. 샤일러는 어떻게 반응해야 할지 전혀 알지 못했지만 키안을 달래주려 애썼다.

"내가 노래해줄까? 몇 곡 부를 줄 아는데."

"고맙지만, 부르지 말아줘."

키안은 턱이 간질간질하자 머리를 흔들어 보석처럼 빛나는 침방울을 털어냈다. 샤일러는 키안이 한쪽 다리를 쭉 뻗었다가 축축한 숲 바닥을 마뜩찮아 하면서 도로 가슴께로 잡아당기는 것을 물끄러미 쳐다보고 있었다.

"키안."

샤일러가 말했다.

키안은 아무 대꾸도 하지 않았다. 꼬리가 쑤시고 아팠다.

"잼과 켈리를 기다리지 마. 그냥 너 혼자 가."

키안의 눈동자에 세로로 금이 쩍 생기면서 음모를 꾸미기라도 하듯 몸을 앞으로 기울인 채 어둠 속의 샤일러를 뚫어지게 쳐다보았다.

"잼과 켈리는 잊어. 너는 그 애들의 엄마가 아니야. 걔들이 없는 게 너한테도 한결 나을 거야. 더 빨리 이동할 수 있고 눈에도 덜 띌 테고. 아무도 너를 비난하지 않을 거야, 키안. 그리고 나서 네 영역에 닿으면 그건 네 영역이 되는 거야……. 온전한 너만의 영역."

키안이 눈을 내리깔았다.

"거긴 내 영역이야."

"그래? 하지만 네 입으로 그랬잖아. 네가 온 곳에서는, 영역은 거기서 자라는 고양이의 것이라고. 잼이 네 영역에서 자라지 않았니? 그렇다면 그곳이 잼의 영역도 된다는 말 아냐?"

키안은 혀로 이빨을 핥으면서 송곳니를 문질렀다. 아주 작은 모기 한 마리가 그의 넓고 하얀 발에서 길을 잃고 발가락 위로 고물고물 기어갔다. 키안은 모기가 갈팡질팡하는 모습을 지켜보고 있었다. 이 어리석은 모기만큼이나 잼이 하찮아 보일 때부터 키안은 잼이 수컷이라는 문제에 대해 생각하기를 꺼려했다.

"내가 온 곳에서는 수컷 고양이들은 영역을 나눠 갖기도 해."

키안이 말했다. 샤일러의 입술이 일그러졌다.

"나눈다고? 나누는 게 뭔데? 내 평생 자기 걸 기꺼이 나눠주는 고양이는 본 적이 없어. 네가 잔샤르랑 싸운 건 너도 그렇다는 걸 알기 때문이야. 잔샤르와 내가 고양이 무리에서 쫓겨난 것도 모두 그렇다는 걸 알고 있기 때문이고. 어느 날

잼이 네 영역을 차지하고 싶어 할 날이 올 테고, 그때 잼은 너랑 맞서 싸우려고 할 거야. 뭐 초반의 시시한 싸움에서야 으레 네가 이길 테고, 너는 잼을 보기 좋게 때려눕혀 분수를 알도록 해주겠지. 하지만 잼은 물이 한참 오르는 반면, 싸늘한 밤의 냉기가 네 뼈 속 깊숙이 파고들 그 날이 오면…… 잼이 너와 맞서는 날은 바로 그 녀석이 널 때려눕히는 날이 될 걸."

키안의 입김에 모기의 날개가 파르르 떨렸고, 모기의 몸이 뱅글뱅글 돌았다. 키안은 새로운 침입자에 의해 강제로 제 영역에서 밀려나는 굴욕을 당하고 도망자처럼 숨어 살아야 하는 서글픈 신세의 고양이들을 실제로 만난 적이 있었다. 잼은 여전히 어린 고양이였고, 아직까지는 손위 고양이의 지배를 받는 새끼지만 잔샤르를 공격할 때 드러났듯이 사나운 기질이 도사리고 있었다. 키안은 잼이 자라서 어떤 고양이가 될지, 그 까만 새끼 고양이의 혈관을 타고 흐르는 미지의 피가 얼마나 뜨거울지, 상상하려고 애썼다. 키안은 샤일러를 곁눈질했다. 까만 세로 줄이 그어진 샤일러의 눈에 희뿌연 달이 그대로 비쳤다.

샤일러가 말했다.

"그 날이 오면 너는 그 녀석을 여기에 남겨두지 않은 걸

후회할 거야."

"새끼들은 숲에서 살아남지 못해."

"아니, 잘 살아남을 거야. 그 애들은 아직 어려서 숲에서 생활하는 법을 쉽사리 배울 테니까. 네가 좋다면, 그 애들을 테이가 발견할 만한 곳에 데려다줄게. 걔들은 테이와 함께 고양이 무리 속에서 안전하게 자랄 거야. 테이는 그 애들이 알아야 하는 걸 가르쳐줄 테고, 그 애들은 아무 탈 없이 잘 지낼 거야."

키안의 눈길이 샤일러에게 머물렀다. 모기는 여전히 바들바들 떨고 있었다. 마침내 숲이 잠잠해졌고, 바람이 숲을 후려치는 소리가 들렸다. 키안은 덤불 속에서 보낸 첫 밤을 되새겨보았다. 터럭만큼의 기회라도 생기면 들고양이들이 잼과 켈리를 쥐도 새도 모르게 죽일 거라고 의심하던 기억이 떠올랐다.

"샤일러, 너 왜 이런 말을 하는 거야? 우리한테 무슨 일이 일어나건 너랑 무슨 상관이라고?"

키안이 묻자, 샤일러가 대답했다.

"상관 안 해. 내가 왜 상관을 하겠어? 나는 그저 가능한 빨리 네가 여기를 떠나게 하려는 것뿐이야. 키안, 너는 바보야. 너는 여기서 혼자 힘으로 살아남을 수 없어. 너를 어떻

게든 떨쳐내지 않으면, 넌 벼룩처럼 나한테 영원히 들러붙을 거야.”

‘고양이는 우스갯소리를 하는 데는 젬병이랬는데…….’

샤일러는 쓸데없는 말을 해서 되레 일을 그르치는 게 아닐까 걱정스러웠다. 그는 벌떡 일어나 바닥을 뚫어지게 쳐다보면서 갈피를 잡지 못한 채 오락가락했다.

“키안, 너는 따뜻하고 음식이 넘쳐나는 집으로 가야 해. 쥐가 장난감이고 집들이 줄지어 늘어서 있고, 네가 종일토록 편안하게 잠잘 수 있는 집으로 말이야. 네 머리를 토닥여 주는 할머니가 있는 집으로 가야 해. 거기가 바로 네가 있어야 할 곳이야. 너 같은 고양이가 이런 데서 얼찡거리는 건 옳지 않아. 여기 생활은 너한테 맞지 않아. 너는…… 목걸이를 빼앗긴 것보다 더 끔찍한 일을 당할 거야.”

키안은 귀를 늘어뜨렸다. 그 문제를 들먹이는 게 언짢았지만, 아닌 게 아니라 여기서 며칠을 보낸 지금까지도 움직일 때 종소리가 들리지 않고 금속 고리의 감촉이 느껴지지 않는 게, 여전히 어색했다. 샤일러는 고사리 숲 아래에 멈춰서서 키안을 바라보고 있었다.

“너는 가야 해. 가능한 한 빨리 집으로 돌아가. 훌훌 털고 홀가분하게 다녀. 혼자서 가라고, 기회를 놓치지 말고. 아무도 너를 비난하지 않을 거야."

올빼미 한 마리가 그들의 머리 위를 스치듯 날아 유칼립투스 숲의 좁은 틈을 누비고 지나갔다. 키안은 올빼미가 날개를 퍼덕이며 날아가는 모습을 물끄러미 바라보았다. 샤일러는 자기가 지나치게 친절한 고양이라는 인상을 키안에게 심어줄지도 모른다는 걱정에 사로잡혔다. 얼굴을 찌푸리고 다시 말문을 열었고 키안은 잠자코 귀를 기울였다.

"그러니까 내 말은 그냥 내 생각이 그렇다고. 뭐든 네가 하고 싶은 대로 해. 나는 상관 안 해."

키안이 대꾸했다.

"내 생각에…… 엘렌, 그 할머니가 더 이상 숨을 쉬지 않는 것 같아."

"그래? 흠, 모든 숨 쉬는 것들은 언젠가는 숨을 멈추게 마련이지."

키안은 자신의 다리를 따라서 힘겹게 나아가고 있는 모기를 보고 말했다.

"확실히는 모르겠지만, 아무튼 그런 것 같아."

"흠, 그렇다면."

"잼과 켈리에게는 아직 말하지 않았어. 그 애들이 실망할까봐."

그때 덤불에서 한바탕 드잡이 하는 소리가 들렸다. 키안과 샤일러는 무슨 일인가 싶어 잽싸게 올려다보았다.

샤일러가 넌지시 말했다.

"올빼미야, 녀석이 뭔가를 찾았나봐."

키안은 한숨을 푸욱 쉬더니 다시 모기를 내려다보았다.

"배가 고파. 이젠 배부른 게 어떤 건지 기억이 잘 안나. 집에서는 먹을 게 차고 넘쳐서 다 먹지도 않고 그냥 자리를 뜨기도 했어. 달팽이가 먹어치우게 남겨둔 채 말이야. 엘렌 할머니는 찬장에 늘 먹이 상자를 두었어. 밤에 배가 고프면 나는 자물쇠를 채운 찬장 문을 열고 한 발로 상자에서 먹이를 퍼낼 수 있었지. 어떤 때는 지루해서 심심풀이 삼아 그러기도 했어. 내가 주머니쥐 뼈며 도마뱀으로 끼니를 때우면서, 누가 음식을 먹여주는 게 어떤 건지 까맣게 잊은 채로 이런 곳에서 헤매리라고는 상상도 하지 못했어. 샤일러, 그게 얼마나 견딜 수 없는 노릇인지 알겠니?"

샤일러는 자물쇠니 찬장이니 하는 말을 들어본 적이 없었다. 하지만 배고픔은 잘 알고 있었다.

"배가 고프다는 건 살아 있다는 거야. 나는 깨어 있을 때도 있고 잠을 잘 때도 있어. 배가 고플 때도 있고 그렇지 않을 때도 있고 뭘 할지는 나 스스로 결정해. 그래서 설령 선택을 잘못해서 피해를 본데도 내 탓이지. 또 기쁨도 전적으로 내 것이야. 내가 나의 주인으로 사는 것, 그게 여기 숲에서 사는 방식이야. 그래서 이곳은 키안, 네가 살아온 방식과는 전혀 달라.”

키안은 샤일러를 쳐다보았다.

“아니. 그건 숲에서 살아가는 법이 아니야. 숲에 사는 고양이의 생활 방식일 뿐이라고. 나 역시 내가 주인이야. 나는 내 자신에 대해 끊임없이 생각하고 있어.”

샤일러가 수염을 부채꼴로 좍 펼쳤다.

“그렇다면 너는 틀림없이 그 새끼 고양이들을 남겨놓는 문제를 생각해 보았을 거야. 너 혼자 집으로 돌아가는 게 네 집을 얻는 제일 좋은 기회야. 키안, 우리 고양이는 자기 자신 말고는 어느 누구한테도 빚을 지지 않잖아.”

“그렇지.”

“잼과 켈리는 가르쳐야 하는 아직 어린 고양이야. 이미 배운 것도 까먹기 딱 좋을 만큼 어리다고.”

“그래, 나도 알아.”

“그건 그렇고, 너 도대체 뭘 믿고 네가 그 애들을 집에 데려갈 수 있다고 생각하는 거니? 네가 무슨 수로 그 애들을 안전하게 지켜줄 수 있다고 생각하지? 모르긴 해도 개들은 여기 그냥 있는 게 훨씬 나을걸. 그리고 네가 그 애들을 무사히 집에 데려간다고 쳐. 엘렌 할머니가 숨을 쉬지 않는다면 앞으로 어쩔 건데? 그때는 누가 그 애들을 돌볼 거냐고? 누가 먹여 살릴 거냔 말이야? 키안, 넌…… 네 입에 풀칠하기도 바쁠걸?"

모기가 키안의 다리 아래로 재주넘기를 했고, 숱이 성글고 까만 고양이 털에 매달린 채 숲 바닥으로 떨어졌다. 키안은 샤일러의 질문을 머릿속에서 곱씹어 보았다. 그는 집에 돌아간 후 닥칠 문제에 대해 생각해 보지 않았다. 일부러 피하기도 했다. 그 사내가 손을 뻗어 켈리를 와락 거머쥐는 장면을 생각만 해도 목털이 쭈뼛 곤두섰다. 샤일러는 키안을 뚫어지게 쳐다보며 대답을 기다리더니 별안간 벌떡 일어나 성난 듯 오락가락했다. 그러고는 주위를 맴돌던 애꿎은 나방 한 마리를 성마르게 후려쳤다.

샤일러가 소리쳤다.

"키안, 너 내가 하는 말을 알아듣기는 한 거니?"

"그야 물론이지."

"키안, 내가 이런 말을 하는 건 다 널 도와주려는 거야."

키안은 냉담하게 칙칙 소리를 내면서 흘깃 올려다보았다. 샤일러가 얼마나 맥이 빠졌는지 알 수 있었다.

키안이 말하자, 샤일러가 걸음을 멈추었다.

"샤일러, 잘난 것도 없는 주제에 이제 그만 깝죽거려. 네가 아무리 이기적인 척해봤자 그 절반도 이기적이지 못해."

"그렇게 심한 말을 할 것까지는 없잖아. 네 기분이 정 언짢으면, 그냥 너한테 말 안하고 속으로만 생각하고 있을게. 키안, 어서 일어나. 올빼미가 뭔가 찍찍거리는 걸 찾아낸 모양이야. 한 마리가 있으면 무더기로 있게 마련이거든."

키안은 지친 발을 일으켰다. 둘이 어스름한 덤불 속으로 들어가는 동안, 키안과 잔샤르의 영역 싸움 때문에 잠에서 깬 큼지막하고 얼룩얼룩한 새가 그 곁을 지나갔다. 새는 고양이들이 사냥을 하는 곳을 벗어나려고 날개를 펼쳐 힘차게 날아올랐다. 꽃을 쫓는 그 새는 이맘때쯤이면 따뜻한 땅으로 날아갔어야 했다. 이제 살을 에는 차디찬 겨울이 숲을 싸늘하게 식힐 텐데 그때는 숲에 사는 새, 특히 태양을 사랑하는 새는 견디기 어려울 것이다. 새들은 자연을 사랑하고 자연도 새들에게 친절하다. 그것을 알고 있는 새도 동이 틀 때까지 기다리지 않고 떠날 참이었다. 그런데 이렇게 뜻하지 않은 방해를 받자 몹시 기분이 언짢았다. 새는 어스름이 내려앉은 숲을 헤치고, 공기를 가르며, 아침이 가장 먼저 내려앉는 땅바닥 가까이로 몸을 기울이면서 빠르게 날아갔다. 새는 길섶

너머에 서 있는 말로와 켈리를 보지 못한 채, 짙은 남빛 하늘로 치솟아 삽시간에 사라졌다. 말로와 켈리도 굳이 그 새를 올려다보려 하지 않았다.

켈리는 잠자코 앉아, 달빛에 물든 들고양이가 하는 말을
이해하려고 안간힘을 썼다.
키안이 영역을 되찾으러 돌아가는 거라니…….
엘렌에게 돌아가는 게 아니고.

−본문 중에서

드러난 속마음, 그러나

　　　　　　　말로는 영역 싸움을 봤을 때 솟
구친 흥분으로, 상처가 터지는 아픔도 잊은 채 숨 가쁘게 숲
속으로 질주했다. 문득 다른 고양이들도 제 뒤를 따라올 거
란 생각에 속도를 늦추었다. 하지만 뒤에는 아무도 없었다.
달랑 자기 혼자라는 걸 깨달은 말로는 다리에 힘이 쭉 빠졌
다. 혹시라도 고양이의 기척이 들릴까 싶어 온 신경을 곤두
세우며 서 있으려니 몸 여기저기에서 고통이 되살아났다. 가
까스로 아문 상처가 벌어져, 부은 상처 밑에 고여 있던 피가
툭 터지기도 했다. 말로는 혼자면서도 아픈 구석 하나 없이
몸이 성하고, 아무 걱정 없는 듯 보이려고 애를 썼다.

　　말로의 귀에 슬픔에 잠긴 흐느낌 소리가 들렸다. 말로는
빠른 걸음으로 소리가 들리는 큰길로 걸어갔다. 잡초가 무성

한 샛길 한복판에 켈리가 쪼그려 앉아 있었다. 안개마저 숲을 에워싸고 있어 켈리는 더욱 작아 보였다. 말로를 보자 켈리가 급하게 다가와 물었다.

"키안은 어디 있어?"

"나도 몰라. 어디로 막 뛰어가던데. 잼하고 샤일러도 어디 갔는지 못 찾겠어."

켈리는 땅바닥에 배를 깔고 불안한 눈초리로 주위를 흘깃거렸다.

"우리 이제 어떡해?"

말로는 주변이 온통 처음 보는 덤불 투성이인데다 무리의 보호마저 받을 수 없게 멀리 떨어져 있다는 것을 알고는 당혹해 어쩔 줄 몰라 했다.

"여기서 기다려야 해. 우리가 너무 빨리 달려온 게 틀림없어. 여기 앉아서 일행이 올 때까지 기다리자."

켈리는 땅바닥에 주저앉는 말로를 물끄러미 쳐다보았다. 나무에서 무언가가 곤두박질치는 소리가 났고, 어릿어릿한 골짜기에서 신음소리가 새어나오자 켈리는 움찔해서 귀를 접었다. 늘어진 담쟁이덩굴이 이리저리 흔들리면서 바닥을 훑었다. 바람이 조잘대는 나뭇잎들을 휘몰더니 나무 한 그루 없이 휑뎅그렁한 찻길을 훑고 지나갔다.

켈리가 소리죽여 말했다.

"나 여기에 있고 싶지 않아. 우리 같이 돌아가서 찾아보자."

말로는 어떻게 해야 할지 확신이 없었지만, 주머니여우를 죽이고 개도 벌벌 떨게 만든 자신이 한낱 새끼 고양이가 시키는 대로 할 수는 없는 노릇이었다.

"안 돼. 우리는 그냥 여기 있을 거야. 너는 나보다 숲을 잘 모르잖아. 숲은 새끼들에게는 안전한 곳이 아니야. 우리는 여기 이 큰길에서 기다려야 돼."

말로가 엄하게 말했다. 켈리는 말로를 빤히 쳐다보았다. 바람결에 켈리의 털이 삐죽삐죽 곤두섰다. 달이 말로의 몸을 비추자, 그의 탄탄한 몸매가 훤히 드러나면서 털끝이 반짝거렸다.

켈리가 말했다.

"키안은 절대로 큰길을 믿지 말라고 했어. 차들이 큰길에 다닌다고."

"음, 그래서?

"자동차들이 고양이들을 깔아뭉개잖아."

말로가 꼬리를 퉁명스레 휘둘렀다.

"차는 나를 따라잡지 못해. 네 눈에는 내가 바보 멍청이

로 보이니? 나도 전에 차를 몇 번 본 적이 있어. 차는 느려
터진 돌대가리야. 만약 차가 나를 깔고 지나가려고 하면, 나
는 달릴 거야. 빨리 달릴 필요도 없어. 차가 아무리 용을 써
도 절대 나를 따라잡지 못할 테니까."

켈리는 잠시 눈을 반짝거리더니 잠자코 샛길을 벗어나 울
창한 고사리 숲으로 걸어갔다. 묵묵히 바라보던 말로는 켈
리가 사라지자 자기 발을 쳐다보다가 숲으로 눈길을 돌렸다.
밤은 몹시 추웠고, 말로는 온 몸의 털을 부풀렸다. 말로는 길
섶에 홀로 도도하게 앉아 있는 자신이 우스꽝스러웠다. 지
나가는 짐승이 있다면 분명 이상하게 볼 것이다. 켈리가 누
비고 지나간 자리를 수풀이 울창하게 뒤덮고 있어 덤불 속을
뚫어지게 쳐다봐도 켈리는 보이지 않았다. 고양이 소리라고
는 들리지 않았다. 바람소리와 사락사락 나뭇잎 떨어지는 소
리 말고는 어떤 소리도 들리지 않았다.

말로가 투덜거리면서 켈리를 찾아 뛰어갔다. 큰소리를 치
긴 했지만 숲 속 깊이 들어가지 못한 켈리는 나무 구멍 속에
숨어 있다가 갑작스런 기척에 화들짝 놀랐다. 그랬다가 말로
인 것을 알아채고는 튀어나와 기뻐했다. 말로는 자신을 본
켈리가 기뻐하는 모습을 뿌듯하게 보았다.

켈리가 물었다.

"자동차가 왔어?"

말로는 죽은 나무 몸통에 발톱을 갈았다.

"아니. 늙다리 테이가 너 혼자 헤맸다는 걸 알면 가만두지 않을 거라는 말이 갑자기 생각났어. 만약 자동차가 왔다면 그 자동차는 아직도 나를 잡으려고 숲을 끙끙 기어오르고 있었을 거야. 그러고서 이를 빠드득 갈면서 오늘밤에는 쫄쫄 굶겠지."

말로는 시든 고사리 덤불을 풀쩍 뛰어넘은 다음 어슬렁어슬렁 걸어갔다. 켈리는 허겁지겁 말로 뒤를 따랐다.

"말로, 자동차를 본 적 있어?"

"응, 많이. 너는 얼마나 봤니?"

"아주 많이. 키안이 사는 곳에는 자동차가 아주 많아."

말로는 화제를 돌렸다.

"너도 거기 살잖아. 너도 알다시피, 거기는 키안 혼자만의 집이 아니야."

"나도 알지. 하지만 그건⋯⋯."

"키안이 대장 노릇을 하는구나. 뭐든 제 맘대로 하고."

"그건 문제가 안 돼. 거기가 내 집도 된다는 걸 나도 알아. 키안이 거길 더 많이 좋아하는 것일 뿐이야."

말로가 켈리를 쳐다보았다.

"너는 얼마나 좋아하는데?"

켈리는 코에 주름을 잡았다.

"처음엔 그 집이 정말 좋았어. 엘렌도 나에게 친절했어."

발밑에 있던 돌 하나가 미끄러지는 바람에 말로의 꼬리가 그 아래 웅덩이에 빠졌다. 켈리는 말로가 꼬리를 털고 깨끗이 핥는 동안 기다렸다. 그 사이에 그들의 머리 위로 새 한마리가 낮게 날면서 지나갔다. 켈리와 말로는 그 새를 보지 못했다. 말로는 꼬리에 묻은 더러운 흙탕물을 마저 털고는 느릿느릿 걸어갔다.

"그 여자가 그렇게 친절하다면서, 왜 너희들을 여기에 버린 거야?"

말로가 따지듯 물었다.

"엘렌이 그런 게 아니야. 그 남자가 그런 거지."

말로는 콧방귀를 뀌었다.

"그게 그거지 뭐."

켈리는 바람이 얼굴을 때리자 눈을 가늘게 떴다.

"그 남자가 우리를 숲에 두고 싶었던 모양이야. 우리가 집에 오기를 바란다면 왜 상자에 넣어 여기로 데려왔겠어?"

말로는 흙탕물이 튀었던 꼬리를 생각하느라 나지막이 으르렁거릴 뿐이었다. 켈리가 말로 곁으로 바짝 다가가 바람소리보다 더 큰소리로 말했다.

"아마 우리가 집에 돌아가면 그 남자가 우리를 상자에 도로 넣어 여기로 다시 데려올 거야. 나는 키안이 왜 그런 생각을 하지 않는지 모르겠어."

말로가 딱 잘라 말했다.

"키안은 자기가 무슨 대장인 줄 안다니까."

원한을 품지 않으면 고양이가 아니었다. 말로는 그동안 키안에게 당했던 무시와 모욕을 잊지 못하고 사무치는 원한을 살살 달래고 있었다. 거만하기 짝이 없는 도시 고양이에게 복수할 기회가 오기만을 호시탐탐 노렸다.

"키안은 자기 생각에만 정신이 팔렸어. 그래서 그런 거야."

"키안은 잼과 내가 그 집에 돌아가고 싶은지 어떤지 묻지도 않았어."

"그럼, 넌 돌아가고 싶지 않아?"

여느 고양이들처럼 켈리는 해가 떠 있을 때뿐 아니라 어스름 속에서도 볼 수 있다. 그러나 칠흑 같은 어둠 속에서는 다른 동물들과 마찬가지로 거의 보이지 않았다. 달이 잔뜩 찌푸린 구름에 가려지자 켈리는 말로가 보이지 않았고, 마치 형체 없는 밤의 장막 속에서 혼자 중얼거리는 느낌이었다.

켈리가 말했다.

"나는 숲이 좋아. 숲은 고양이가 살기에 딱 좋은 곳이라고 생각해. 진정한 삶, 야생의 삶 말이야. 하지만 키안은 우리가 집에 가길 바라니까, 나는 키안이 시키는 대로 해야 해."

"왜 그 녀석이 시키는 대로 해야 되는데? 걘 네 엄마가 아니야!"

"그래, 엄마가 아니야. 하지만 나는 엄마에 대해 아는 것보다 키안을 더 많이 알아. 나는 엄마가 어떻게 생겼는지 기억하지 못하지만, 키안의 얼굴은 훤히 알아. 엄마 냄새는 잘 모르지만, 키안 냄새는 나랑 똑같아. 키안은 나와 같이 몸을 웅크리고 나를 따뜻하게 해주거든. 엄마가 사라지고 잼이랑 나만 남았을 때 키안은 우리가 그 집에 있도록 해주었어. 물론 엘렌도 나눠주었고. 또 편안한 의자도 같이 쓰도록 했어. 이뿐이 아니야. 키안은 고양이가 되는 법도 가르쳐줬어. 만약 키안이 나더러 집에 가야 한다고 말하면 나는 가야 해. 키안은 나보다 많이 알고 절대 틀리는 법이 없거든. 그래서 키안이 원하면 잠자코 따라가야 한다는 거야. 그러나 집에 돌아가 봐야 말짱 헛수고라는 생각도 해. 키안도 집에 가면 몹시 실망할 거야. 왜냐고? 나는 더 이상 엘렌이 숨을 쉬고 있다고 생각하지 않거든."

말로는 이토록 단호한 충성을 지금까지 본 적이 없었다. 그러나 켈리가 소름끼치도록 불쾌한 감정을 이렇게 표현하는 것은 제 나름대로 키안을 강하게 밀어내는 거라고 생각했다.

켈리가 서둘러 말을 이었다.

"그 까만 고양이 있잖아. 고양이 무리 속에 있던 비쩍 마른 고양이를 알아?"

"기벤치? 그가 왜?"

"흠…… 그에게서 냄새가 났어. 지친 냄새. 몸뚱이 일부가 벌써 숨을 멈춘 것 같은 냄새 말이야. 키안의 할머니한테서 그런 냄새가 났어."

구름이 달 뒤로 미끄러졌고 말로는 켈리의 눈자위에 서린 빛을 보았다.

"그래? 그렇다면 키안도 그걸 알았을 텐데."

"그런데 키안은 모르는 거 같아……. 아무튼, 키안은 그 점에 대해 아무 말도 하지 않았어. 하지만 만약 내가 옳다면 우리가 집으로 가더라도 엘렌은 거기에 없을 거야. 우리를 싫어하고 사사건건 짜증만 낸 그 남자만 있겠지. 키안이 엘렌을 찾기 위해 오래도록 먼 길을 여행하고 나서 할머니가 없다는 것을 알면, 그때 가서 무슨 말을 할지 모르겠어. 어떻게 할지도 모르겠고. 지금 짐작할 수 있는 건 키안의 심장이 갈가리 찢어질 거라는 거야."

말로가 켈리를 빤히 쳐다보는 동안 거센 바람이 그의 털을 휘몰고 지나갔다. 말로는 잠시 고민했지만, 키안의 흠을 잡기에는 더없이 좋은 기회라는 생각이 들자 이 기회를 그냥 흘려버릴 수가 없었다. 그 생각으로 신바람이 난 말로가 말했다.

"키안은 그 할머니에게 돌아가려고 집에 가는 게 아냐! 제 영역을 찾으려는 거지! 너 그거 몰랐어?"

켈리는 얼룩무늬 머리를 쫑긋 세웠다.

"하지만 엘렌에게도 돌아가려는 거야. 할머니는 그의 것이야. 잼과 내가 그 집에 갔을 때 처음에는 우리가 할머니를 빼앗을지도 모른다고 생각해서 키안이 화를 냈어."

"그러니까 네 말은 결국 너희들이 자기 영역을 빼앗을 줄 알고 그랬다는 거잖아! 키안 그 녀석은 인간에게는 쥐뿔도 관심이 없어! 그 할머니가 지금 달나라에 있건, 상관도 안 할 걸! 키안은 자기 영역을 찾아 집으로 갈 테고, 생각하는 건 오로지 그것뿐이야. 내 말을 믿어. 만약 네가 나처럼 수고양이라면…… 아니 키안처럼 고추 없는 수놈이라도 되었다면,

너는 내 말을 알아들을 거야."

말로를 빤히 쳐다보는 켈리는 바람에 날려가지 않으려고 땅바닥을 잔뜩 거머쥐었다.

"아냐…… 아냐. 그 말은 옳지 않아."

"그래? 그럼 너는 키안이 엘렌에게 가기 위해 집에 돌아가는 거라는 말을 들었니?"

"아니.……"

"나도 못 들었어. 키안은 그 할머니에 대한 말도 잘하지 않아. 하지만 너랑 잼이 주머니여우를 먹고 있을 때 나는 키안이 자기 영역에 대해 나불대는 걸 들었고, 잔샤르랑 싸우는 척 속임수를 쓰는 걸 똑똑히 보았어. 그것만 봐도 그 녀석은 영역이 고양이에게 얼마나 중요한지 알고 있다는 거야."

"잔샤르와 싸웠던 것이 속임수였다고?"

"그렇다니까! 그래서 잼이 도우려고 달려들었을 때 그렇게 재미있어 한 거야. 나는 하도 역겨워서 토할 뻔했다니까!"

켈리는 잠자코 앉아 달빛에 물든 들고양이가 하는 말을 이해하려고 안간힘을 썼다. 그리고 재차 확인하듯 조심스레 말했다.

"키안이 영역을 되찾으러 돌아가는 거라니……. 엘렌에게 돌아가는 게 아니고."

말로는 천성이 피도 눈물도 없는 매정한 고양이는 못 됐다. 전혀 생각지 않았던 뜻밖의 사실을 알고 난 뒤 풀 죽은 켈리를 보자, 괜한 말을 했다 싶어 마음이 혼란스러웠다.

말로가 조바심치며 말했다.

"키안은 고양이야. 고양이답게 행동하는 게 당연하지. 그게 뭐가 잘못이니?"

올려다보는 켈리의 얼굴로 별빛이 가로지르며 지나갔다.

"잘못 없지."

켈리는 몹시 실망스럽고 속은 느낌이 들긴 했지만, 또 딱히 그런 느낌에 대한 정확한 이유를 찾을 수가 없었다.

밤이 이슥해지자 바람이 더욱 거세게 휘몰아쳤다. 앙상한 나뭇가지들이 폭풍에 시달리는 돛처럼 바람결에 나부꼈다. 가지에 매달린 마지막 단풍잎들이 난폭한 바람에 떨어져 팔랑팔랑 날아갔다. 썩어가는 낙엽 더미가 마구 파헤쳐졌고, 뭉텅뭉텅 덩어리진 채 나무 몸통이며 돌에 부딪쳤다. 나뭇잎들이 떨어지지 않으려고 기를 쓰고 매달렸지만, 지나가는 돌풍은 이제 그만 목숨을 내려놓으라고 꼬드기고 있었다. 돌풍은 싸늘하게 얼어붙은 숲으로 쏜살같이 내달리면서 잔가지들이며 풀포기며 시커먼 잎들을 휘몰았고, 겁에 질린 동물들을 덮쳐 닥치는 대로 밟아 뭉갰다. 얕게 고인 흙탕물을 휙 낚

아채 땅바닥에 척척 패대기치기도 했다.

켈리와 말로는 거센 바람이 몰아치는 동안 겁이 나서 몸을 잔뜩 움츠리고 있었다. 돌풍은 그들의 고운 털을 몰아서 나뭇가지 틈새로 집어던졌고, 별이 빛나는 하늘을 향해 흩뿌렸다.

바람이 물속으로 몸을 푹 담그는 고래처럼 급강하했다. 고양이의 털이 굽이치듯 아래로 곤두박질쳐서는 혼란스레 뱅글뱅글 소용돌이치다가 돌풍의 힘이 잦아들자 빗방울처럼 사뿐히 떨어져 내렸다. 털은 가지들 사이로 미끄러져갔고 나무에 뛰어올라 파도타기를 하고 나서야 땅으로 구불구불 떨어져 내렸다.

말로의 털 하나가 날아와서 잼의 귀 끝에 내려앉더니 간지럼을 태웠다. 잼이 머리를 흔들어 털을 날려 보냈다. 그런 잼을 바늘두더지가 쳐다보고 있다가 잼이 움직이자 따라서 억센 털을 움직이며 소리 냈다. 초목을 태우는 산불 소리 같은 그 소리에 기분이 좋아진 잼은 바늘두더지 머리를 찰싹 후려쳤다. 성이 난 바늘두더지가 코를 킁킁거렸다. 잼이 바짝 달라붙어도 바늘두더지는 전혀 두려워하지 않았다. 바늘처럼 뾰족한 갑옷으로 단단히 무장을 한데다 발에는 무시무시한 발톱이 달려 있었기 때문이다. 바늘두더지는 뾰족한 발톱이 잼의 노리개가 되는 것을 원하지 않았다. 그리고 험악한 날씨를 끔찍이도 싫어했던 터라 돌풍을 피하고 싶어 몸부림을 쳤다. 잼은 바늘두더지 앞에 장애물처럼 떡 버티고 서서 굴에 들어가지 못하게 막고 있었고, 바늘두더지는 마냥 이렇게 시간을 끄는 게 달갑지 않았다. 바늘두더지는 날카로운 틈처럼 생긴 입을 벌려 잔뜩 약이 오른 속내를 장황하게 토해냈다. 잼은 쭈그려 앉아 열심히 들었지만 한마디도 알아듣지 못했다.

그때 잼은 자기가 혼자일 뿐 아니라 어디에 있는 건지, 도대체 어디로 가야 하는 건지 전혀 아는 바가 없다는 걸 퍼뜩 깨달았다. 그러나 잼은 별로 곤혹스러워하지 않았다. 그는 숲이 두렵지 않았고 오히려 좋았다. 잔샤르를 공격했다는 흥분으로 잔뜩 들떠 있었기 때문이다. 덩치로 보나 싸움 실력으로 보나 누가 봐도 잼은 잔샤르의 상대가 되지 않았지만, 잼은 잔샤르와 맞서기 전에도 그가 전혀 무섭지 않았다.

명령을 내리고 또 고분고분 따라야 하는 손위 고양이가 없어서인지, 잼은 새끼 고양이 특유의 장난기까지 발동했다. 까만 눈의 야생마로 돌변한 잼은 겅중겅중 뜀박질을 하고, 빙글빙글 맴을 돌고, 귀뚜라미처럼 공중으로 풀쩍 뛰어올랐다. 발을 휘둘러 나방들을 잡아 게걸스레 먹기도 했다. 바람이 숲을 휩쓸고 지나갈 때도 잼은 바람에 굴복하기는커녕 속도의 화신이 돼 바람 앞으로 줄달음질쳤다. 하지만 돌풍은 잼보다 훨씬 속도가 빨랐고, 돌풍이 덮치는 동안 잼은 걸음을 멈췄다. 어찌나 털이 격렬하게 휘날리던지 온 몸은 따끔거렸고 이러다가 몸뚱이가 홀라당 뒤집어지는 게 아닌가 싶을 정도였다. 그래도 잼은 이런 야생의 세계가 무척이나 사랑스러웠다. 이곳에 자신을 내던지고 싶었다. 그러나 이곳에 영원토록 머물 기회가 아주 가까이 왔었는데, 그 기회가 너무도 허무하게 날아가 버렸음을 떠올리고는 슬픔에 잠겼다.

잼은 키안이 잔샤르와 맞서 싸우기 위해 풀숲을 뛰쳐나가는 것을 보고 자기 눈을 믿을 수가 없었다. 바로 전까지도 잼은 키안이 도시의 안락한 생활로 돌아가기로 굳게 마음먹은 줄 알았다. 하지만 영역을 차지하기 위해 키안이 잔샤르와 진지하고 맹렬하게 싸우는 걸 보고는 키안이 분명 마음을 바꾸었거나, 그게 아니라면 줄곧 집에 돌아가고 싶은 척하면서 모두를 속이고 있다고 생각했다. 고사리 덤불 뒤에서 잼은 온 몸에 짜릿한 전율이 흐르는 걸 느꼈다. 그 이유는 키안이 영역을 차지하고 숲에 머물면 자기와 켈리도 덩달아 숲에 머물 수 있기 때문이었다. 키안이 그 싸움에서 밀리고 있을 때에도 잼은 그 꿈이 이뤄지길 간절히 바란 나머지 싸움판에

서슴없이 뛰어든 것이었다. 하지만 그때 아니나 다를까 키안은 달아났고, 잼의 꿈도 물거품이 되고 말았다.

그렇다 해도 잼은 키안에게 분노하지 않았다. 키안이 잔샤르의 사악한 발톱에 운명을 맡겼기 때문이다. 고양이들이란 원래 싸울 때는 도움을 구하지 않으며 설령 도움을 줬다 해도 고마워하길 기대하지 않는다. 그럼에도 키안이 달아났을 때 잼은 무척이나 실망스러웠고 상처를 입은 것처럼 온몸이 아팠다. 숲에서 영원히 살 기회가 가까이 다가왔었는데, 이제 그런 기회는 결코 오지 않을 것이기 때문이었다.

잼은 싸움에 진 키안이 창피해서 도시로 돌아가자고 우길 것이라고 생각했다. 그러나 잼은 집에 돌아가면 곧 따분한 도시 생활에 진저리를 낼 것이 뻔했다. 잼은 여기 숲에서 야생 생활을 경험했다. 도시로 돌아가면 답답한 생활에 만족하는 키안 같은 고양이가 될 뿐이었다. 잼은 꼬리를 거칠게 휘두르면서 나무우듬지를 올려다봤다. 그 너머 나지막이 달이 걸려 있었다. 잼은 자신의 가냘픈 몸 안에서 빠르게 두방망이질치는 심장의 박동과 눈에 깃든 초롱초롱함과 발의 민첩함을 느낄 수 있었다. 침착하고 영리한 고양이라면 그 순간에 스스로 자신의 운명을 결정할 터였지만, 어린 잼으로서는 한낱 물거품이 된 소망이 아쉬워도 키안을 따라가지 않기로 스스로 결단을 내리는 건 상상조차 할 수 없는 일이었다. 도시로 돌아가는 것은 정말이지 내키지 않았지만 잼은 마음을 비웠다. 그리고 잃어버린 친구들을 찾아 가냘프게 울며 어둠 속으로 휘청휘청 걸어갔다. 겨우 몇 발짝 떼고 바로 바늘두더지를 발견했을 때 잼은 좀 전까지 언짢았던 기분을 말끔히 떨쳐내고 명랑해졌다.

바늘두더지는 잼을 보고 꽥 소리쳤다. 그 바람에 잼은 그것이 살아 있는 무엇이라는 걸 알았다. 아주 작은 소리였지만, 잼은 그 동물이 얼마나 화가 났는지 느낄 수 있었다. 잼은 그 짐승이 자기를 쫓아버리려고 소리친다는 걸 알았지만, 고양이란 원체 호기심으로 똘똘 뭉친 동물이었다. 잼은 그 짐승의 거무스레한 몸뚱이를 샅샅이 훑으며 코를 킁킁거렸고, 씨처럼 생긴 눈을 빤히 들여다보고, 가냘픈 귀 밑에 코를 들이댔다. 바늘두더지는 주름잡은 코를 살짝 기울이더니 기회가 생기면 한방 후려칠 기세로 잼을 쳐다보았다. 바늘두더지가 머리를 움직일 때마다 등줄기에서 모래처럼 서걱서걱 소리가 났다. 무성한 털과 가시들의 틈새로 물갈퀴처럼 생긴 다리가 엿보였다. 이처럼 든든한 가시로 무장한 바늘두더지는 웬만큼 강한 적이 아니고서는 감히 상대하지 못할 것 같았다. 바늘두더지는 딸깍딸깍, 똑딱똑딱하는 말로 잼을 괴롭혔다. 그런데 그 소리는 마치 폭포수 위로 와르르 떨어져 내리는 조약돌처럼 귀에 거슬렸다. 잼은 그 소리를 이해할 수가 없었고, 이해하려는 노력조차 기울이지 않았다. 잼은 잔뜩 허세를 부리며 뒤로 살짝 물러서서 바늘두더지에게 똑 부러지게 알려주었다.

"내가 마음만 먹으면 너를 한입에 집어삼킬 수도 있어."

바늘두더지가 머리를 흔들자 눈이 어둠 속에서 반짝반짝 빛났다. 바늘두더지가 다시금 토막토막 끊기는 말로 매섭게 쏘아붙이자, 잼이 바늘두더지의 이마를 토닥였다.

"넌 운이 좋은 녀석이야. 난 지금 그러고 싶지 않거든."

바늘두더지의 등줄기가 굽이치자 잼은 뻗고 있던 발을 부리나케 거두었다. 그러나 바늘두더지는 잼을 무시한 듯 아무런 행동도 하지 않고 흙 속으로 천천히 가라앉았다. 잼은 그 모습을 넋 나간 듯 빤히 쳐다보았다. 바늘두더지는 물에 빠진 한 떨기 꽃처럼 느릿느릿 가라앉았다. 그러더니 이윽고 땅에 푹 잠겨버렸다. 어리둥절해서 쳐다보던 잼의 눈에 땅바닥에 남겨진 구멍이 들어왔다. 그 구멍은 딱히 뭐라 표현할 수 없었지만, 방금 들어간 바늘두더지와는 닮지 않았다. 이빨 새로 쉿 소리를 내던 바늘두더지가 허기지지 않은 고양이와 맞닥뜨린 게 얼마나 운이 좋았는지를 알려줘야겠다고 생각했다. 바늘두더지가 고양이를 만만하게 여기고, 제 등줄기의 교활한 털로 고양이를 무릎 꿇게 할 수도 있다는 섣부른 생각을 하는 게 달갑지 않았다. 하지만 구멍에 대고 말을 하는 건 왠지 이상할 것 같았다. 잼은 몸을 부르르 흔들고는 키안과 켈리와 들고양이들을 찾아 덤불 속을 빠르게 걸어가면서 다시 한 번 숲은 참 멋진 곳이라고 생각했다.

바람이 휩쓸고 간 숲에서 한참 벗어난 곳에서 잔샤르가 제 영역의 가장 높은 나뭇가지에 올라서서 발 밑에 펼쳐진 땅을 바라보고 있었다. 지킬 힘이 있는 한 그 땅에 속한 건 삭정이 하나까지 모조리 그의 것이었다.

잔샤르에게서 멀리 떨어진 숲, 돌풍에 심하게 맞아 아직도 떨고 있는 그곳에 켈리와 말로가 있었다. 둘은 빗물 웅덩이에 나란히 몸을 웅크린 채 추위를 핥으며 서로를 곁눈질로 흘깃거리고 있었다. 둘을 둘러싼 있는 숲을 가로질러 큰길이 쭉 뻗어 있었고, 그 길은 자동차 바퀴가 나란히 파놓은 두 줄 사이로 땅이 이랑처럼 불룩 솟아 있었다.

길 건너편의 숲은 돌풍이 그리 심하게 휘몰아치지 않았던 터라 한결 잠잠했다. 그 숲의 도랑 깊숙이 인동덩굴이 뒤엉킨 고사리 숲 뒤로 샤일러와 키안이 먹이를 찾아 주변을 샅샅이 뒤졌다. 주머니여우 고기를 여럿이 나눠 먹고 난 후로 꼬박 하루 동안 먹은 것이 거의 없었다. 겨우 커다란 거미 한 마리를 둘이 나눠 먹었을 뿐이다. 샤일러는 갈수록 신경이 날카로워졌다. 이제 곧 동이 틀 테고, 사냥을 하기 가장 좋은 때가 올 것이다. 샤일러는 이때도 배불리 먹지 못하면 또다시 쫄쫄 굶을지도 모른다는 생각에 조바심을 치고 있었다. 키안은 바람이 부는 쪽으로 코를 대고 서 있었지만 갈피를 잡지 못했다. 그것을 본 샤일러는 키안의 관심을 끌려고 으르렁거리며 장난스레 물었다.

"키안, 무슨 냄새가 나냐?"

싸늘한 바람이 키안의 매끈한 털을 쓰다듬어 가지런하게 해주었다. 키안은 미안한 표정으로 샤일러를 쳐다보았다.

"미안해, 샤일러. 아무래도 잼과 켈리가 걱정돼서 안 되겠어. 너도 알다시피 개들은 나를 못 찾으면 틀림없이 겁먹을 거야."

샤일러는 앞에서 아른거리다가 막상 먹으려 하면 달아나버리는 먹이를 쳐다보듯 그를 빤히 쳐다보았다.

마침내 샤일러가 말문을 열었다.

"너, 고양이치고 꽤나 구질구질한 변명을 하는구나."

키안은 반박하지 않았다. 그는 서서히 물러가는 어둠 속에서 잃어버린 잼과 켈리가 눈에 띌까봐 귀를 쫑긋 세우고 주변을 찬찬히 훑었다. 그러다 샤일러의 말처럼 자기가 고양 이치고 꽤나 구질구질한 변명을 했다는 생각이 들었다.

빈터 한복판에 샤일러가 커다란 상자 모양의
철망 우리에 처참한 모습으로 갇혀 있었다.
우리의 벽이 이슬에 젖어 은빛으로 반짝거리자
비로소 '철거미집'이 무엇인지 알게 됐다.

–본문 중에서

드러난 철거미집의 정체

들쥐가 쓰러진 나무 몸통을 따라 줄달음쳤다. 썩은 자리와 당장에라도 부러질 듯 간당간당 매달린 가지를 요리조리 잘도 피해서 나무 끝에 도착한 들쥐는 꼬리와 엉덩이를 나무에 단단히 고정시킨 다음 가냘픈 발로 땅바닥을 단단히 거머쥐었다. 들쥐는 천성이 밤과 낮 사이의 나른한 틈새를 싫어했다. 그 틈은 아주 짧았지만, 들쥐는 그 틈이 가장 위험한 때이기도 하다는 걸 잘 알고 있었다. 들쥐는 숲에 초대받지 않은 이민자였다. 몇 세대 전에 숲을 넘어 들어왔던 들쥐들은 무성한 덤불 언저리에 나뒹굴고 있는, 인간이 버린 쓰레기에 빠져들었다. 숲에는 멍청한 토박이들의 알이며 어린 새끼를 훔치기가 무척 수월했고, 아무도 지키지 않는 이랑에서는 살덩이며 뼈 따위 같은 먹을거리를 찾기가 쉽다는 걸 알고는 신바람이 났다. 하지만 숲에는 들쥐를 공격하는 적들도 있었다. 밤과 낮이 교차할 때, 사물이 가장 정확하게 보이는 때가 들쥐에게는 가장 끔직한 때였다.

나무에서 내려온 들쥐는 진흙을 가로질러 쏜살같이 내달리다가 별안간 멈춰 서서 공기의 맛을 음미했다. 쥐는 설핏 눈을 깜빡였다가 중요한 순간을 놓칠까봐 두려운 듯 칠흑처럼 까만 눈을 줄곧 부릅뜨고 있었다. 곧 들쥐는 발로 뾰족한 얼굴을 문지르고 힘차게 내달렸다. 한창 물이 오른 커다란 쥐였다. 자기가 위험에 노출됐음을 알고 있으면서도 거침없이 달리면서 요리조리 샛길로 잘도 빠져나갔다. 이 길은 들쥐가 거의 매일 밤마다 오가던 익숙한 길이었다. 쥐는 그 샛길을 워낙 샅샅이 꿰고 있어 길에 밴 쥐들의 냄새가 길잡이가 되어 주지 않더라도 스스럼없이 달릴 수 있을 것이다. 들쥐는 혹시나 하는 마음에 주변을 멈칫거리기도 하면서 줄곧 집을 향해 달렸다. 윤기 없는 잿빛을 덧칠한 듯한 회색 들쥐는 길에 어떤 흔적도 남기지 않았다. 나무고사리 덤불 가까이 이르자 들쥐는 우뚝 멈춰 서 경계의 눈초리로 덤불을 훑었다. 겨울이 코앞이라 숲의 공기는 묵직했고, 싸늘한 냉기는 쥐의 허파를 마비시킬 만큼 추웠다.

나무고사리 덤불 속에는 고양이가 나뭇가지를 가면처럼

쓰고 있었다. 샤일러였다. 무채색이던 샤일러의 눈은 빛의 흔적을 모조리 그러모아 쥐를 옴짝달싹 못하게 하는 동안 깊이를 헤아릴 수 없는 검정색으로 변해 갔다. 덤불을 헤치고 샤일러가 나타나자, 샤일러를 발견한 들쥐는 몸이 얼어붙었다. 막강한 힘을 지닌 고양이와 약삭빠른 쥐가 만난 것이다. 해묵은 앙숙들은 곧 서로를 노려보았다.

들쥐가 핑그르 몸을 돌려 샛길을 벗어나 덤불 속으로 득달같이 내달렸다. 들쥐의 목구멍에서는 공포에 질린 신음소리가 새어나왔다. 샤일러는 들쥐를 따라 그림자처럼 소리 없이 몸을 날렸다. 샤일러는 그 쥐가 안전한 피난처를 찾기 전에 그 쥐를 눈 깜짝할 새에 잡아 죽여야 한다는 걸 잘 알고 있었다.

들쥐는 들쥐대로, 숨이 턱에 닿은 이 순간에 마땅한 피신처를 찾지 못하면 죽음을 맞을 게 불 보듯 훤하다는 걸 잘 알고 있었다. 들쥐는 샤일러의 무시무시한 발톱을 피하기 위해 꼬리를 쳐든 채 줄달음쳤다. 그 바람에 서리를 맞아 빳빳해진 고사리의 머리가 댕강댕강 잘려 나갔다. 샤일러가 갈가마귀처럼 와락 들쥐에게 덤벼들었다. 쥐의 귀 뒤에다가 확실하게 이빨을 박아 넣는 순간, 놀랍게도 쥐가 공중으로 풀쩍 몸을 날렸다. 쥐가 추격자를 피해 토끼처럼 날렵하게 튀어오르자, 워낙 빠른 속도로 내달려 온 샤일러는 멈추지도 못하고 속수무책으로 곤두박질쳤다.

샤일러는 걷잡을 수 없는 불안에 사로잡혔다. 눈은 여전히 쥐에 고정되어 있었지만, 발바닥에는 철망의 싸늘한 감촉이 느껴졌다. 샤일러는 격자 모양의 철망 너머로 쥐가 유유히 사라지는 걸 보았다. 샤일러는 이내 무슨 일이 벌어졌는지 알았다. 고양이는 대체로 영리하지만 늘 영리한 건 아니다. 샤일러가 분노와 당혹스러움으로 몸을 트는 바로 그 순간, 덫문의 제동장치가 풀리면서 떨어졌다. 그 바람에 꼬리가 문에 끼겼고, 열려 있던 문이 닫혀 삽시간에 사방이 꽉 막힌 우리로 돌변했다. 갇혀버린 샤일러는 비명을 내지르며 창살에 몸을 부딪쳤다. 샤일러가 덫에 부딪히는 동안 이동식 접시에 붙어 있던 얄팍한 고기 조각이 들썩거리며 짓뭉개졌다. 샤일러가 철망 벽으로 돌진하자 문에 낀 꼬리가 그의 몸을 홱 끌어당겼다. 털이 흩날리면서 공기가 뿌옇게 흐려졌고, 그물망에 피가 튀었다. 샤일러가 분노와 두려움으로 온몸을 마구 창살에 부딪치자 덫이 철컥거리고 쿵쿵 울렸다. 샤일러는 으르렁거리는 고함소리를 내며 몸부림을 쳤다. 그 소리는 절규였다.

그 고함소리는 작은 사냥감들의 심장을 멎게 했고, 수심에 잠겨 길섶을 따라 걷고 있던 켈리와 말로에게는 물론이고 잼에게도 들렸다. 잼은 이슬을 먹다가 그 소리에 퍼뜩 고개를 들더니, 입술을 핥고는 득달같이 달리기 시작했다.

키안도 달렸다. 키안이 근처 덤불숲으로 와서 소리를 따라가자, 덜컥거리는 덫에 갇힌 샤일러가 울부짖고 있었다. 고양이는 누구를 돕는 본능이 없었다. 키안이 샤일러를 찾은 건 단순한 호기심이었다. 샤일러를 그토록 두려움에 떨게 한 게 무엇인지 알아내 자신은 당하지 않으려는 것이었다. 키안은 샤일러를 고통스럽게 하는 그 무엇이 자기를 덮칠지 모른다는 두려움에 마음을 졸이면서 경계를 늦추지 않고 축축한 덤불을 헤치고 나아갔다. 탕탕 부딪치는 소리가 귀청을 때리자, 땅바닥에 배를 깔고 살금살금 기어갔다. 목을 길게 빼고 그 광경을 본 키안은 전기 충격을 받은 듯 온몸의 털이 쭈뼛 곤두섰다. 고사리 너머의 빈터 한복판에 샤일러가 커다란 상자 모양의 철망 우리에 처참한 모습으로 갇혀 있었다. 우리의 벽이 이슬에 젖어 은빛으로 반짝거리자 키안은 들고양이들이 철거미집이라고 했던 것이 무엇인지 비로소 알게 됐다.

도시 고양이 키안은 이제껏 덫을 본 적이 없었지만 상자에 갇힌 경험이 있어 눈앞에 보이는 것에 대해 조금은 알 것 같았다. 덫 뒤에 도사린 위험에 대해서도 잘 알고 있었다. 키

안은 위험을 피해 당장 여기를 떠나야 한다는 걸 알았지만, 막상 어디로 가야 할지 몰랐다. 분노로 길길이 날뛰는 샤일러 가까이에서는 제대로 된 결정을 내리기 어려웠다.

샤일러는 미친 듯이 몸부림을 쳤다. 욕설을 퍼붓고 몸을 뒤틀고 철사를 마구 때리며 맹렬히 공격했다. 그러느라 날카로운 발톱이 제 살갗을 할퀴었고, 몸에서 나온 피와 털이 함께 갇힌 동지처럼 덫을 메웠다. 뒷 문에 낀 꼬리 끝은 마치 잘린 것처럼 놓여 있었다. 키안은 혼란과 괴로움에 몸부림치는 샤일러의 표정에 할 말을 잃은 채 몸을 웅크리고 있었다. 그러는 동안 긴 시간이 무기력하게 흘러갔다. 어스름한 숲의 파수꾼이 마가목 사이로 빠르게 미끄러지면서 가까이 다가왔다가 멀어져 가고 있었다.

낯선 기척에 돌아보니 울퉁불퉁한 가지 뒤에서 켈리와 말로의 얼굴이 보였다. 키안은 놀라거나 반가워하는 것도 잊은 채 맛없는 딱정벌레를 쳐다보듯 그들을 물끄러미 바라보았다. 켈리는 마치 마지막 결정을 기다리기라도 하듯 키안을 뚫어지게 쳐다보고 있었다. 키안이 아무 말도 할 생각이 없음을 알아 챈 켈리가 쉿 소리를 내며 말했다.

"키안? 어떻게 할 거야?"

말로의 눈길이 철망을 때리는 샤일러에게 꽂혔다. 샤일러는 몸부림이 수그러든 것으로 봐 기세가 한 풀 꺾여 있었다.

키안은 넋 나간 듯 말했다.

"우리는 떠나야 해. 샤일러는 운이 나빴어. 자, 가자."

그 말과 달리 세 마리 고양이는 날이 희뿌옇게 밝기까지 덫을 사이에 두고 띄엄띄엄 떨어져 있었다. 덫은 샤일러가 머리로 지붕을 박는 통에 기울어졌지만 넘어가지는 않았다.

키안은 샤일러의 꼬리, 덫의 잠금 장치를 계속 쳐다보고 있었다. 그러자 잠금 장치에 대한 어렴풋한 기억이 떠올랐다. 전에 그것과 닮은 고리나 막대, 스프링들을 본 적이 있었다. 엘렌 할머니와 같이 살던 집의 찬장과 문에도 이것과 비슷하게 생긴 것이 달려 있었다. 키안은 그 잠금장치 뒤에 숨어 있는 속임수를 알아내느라 며칠 밤을 꼴딱 새웠고, 그 덕분에 만족스러운 답을 얻었다. 키안은 창문 빗장을 잡아당기는 법을 익힌 다음에 자유롭게 그리로 드나들곤 했다. 문을 잠그고 있는 문설주 여는 방법을 알아내지 못했다면 음식 상자를 앞에 두고도 멀뚱하게 쳐다만 보고 있었을 것이다. 키안의 희미한 기억 속에서 불꽃이 튀기듯 어떤 기억이 떠올랐다. 서서히 동이 트는 동안, 키안은 자기가 집고양이이자 타고난 재주꾼이었던 걸 기억해냈다.

고양이는 대개는 반사작용에 따라 반응하지만, 반사작용

으로 해결되지 않는 문제는 생각을 거듭한 끝에 행동에 옮겼다. 이러한 논리적 생각이 고양이들에게 이익을 안겨주자, 세대를 거치면서 고양이들은 생각하는 습관을 길러 왔다. 그 결과 추론할 수 있는 능력뿐만 아니라 자신이 알고 있는 지식을 기억하는 능력도 지니게 됐다. 그러나 머리를 써서 인간이 만든 잠금 장치를 풀어내는 사고력을 지닌 건 집에서 자란 고양이뿐이었다.

키안은 벌떡 일어나 고사리 숲을 스쳐지나 빈터로 걸음을 옮겼다. 신중하게 덫에 다가가자 먼저 퀴퀴한 미끼 냄새가 코를 찔렀고, 샤일러의 지저분한 털에 미끼 조각들이 엉겨붙은 것이 눈에 들어왔다. 샤일러는 지쳤는지 가만히 누워 있었다. 그저 씨근덕거리며 피가 흐르는 코로 공기를 마시고 울부짖듯 숨을 내뱉고 있었다. 키안을 본 샤일러는 달리고 싶은 마음에 비틀거리며 일어났다. 그 바람에 문에 끼인 꼬리가 당겨져 다시 맥없이 쓰러졌고 옆으로 기댄 채 숨을 헐떡거렸다. 샤일러는 잔뜩 겁에 질려 있는데다 의심까지 더해져서 키안을 향해 으르렁거렸다. 바늘처럼 가늘게 뜬 샤일러의 눈은 무시무시했다. 키안은 그 시선을 보지 않은 채 덫에 대고 코를 킁킁거리면서 잠금 장치의 버팀줄이 되는 쇠막대를 눈으로 죽 훑었다. 그 덫에 해를 끼칠 만한 것이 없다는 것을 확인했다. 키안은 한 발을 들어 끝이 뭉툭한 쇠막대를 건드렸다. 발바닥으로 싸늘한 냉기가 전해져 왔다. 철사가 네모난 구멍을 그물처럼 엮고 있었는데, 구멍 하나에 키안이 발 하나를 살짝 밀어 넣고는 조사하듯 이리저리 흔들었다. 샤일러의 눈에서 불꽃이 번쩍 튀더니 키안의 발을 후려치며 소리쳤다.

"꺼져! 어서…… 꺼지라고!"

키안은 분별 있게 발을 뺐다.

"샤일러, 어떻게 된 거야?"

샤일러는 입술을 깨물어 시뻘겋게 물든 이빨을 드러냈다. 한쪽 귀가 두려움과 고통으로 일그러졌다.

"그 놈의 쥐 때문이야. 녀석은 사악한 악당이야. 내가 너한테 그랬지?"

키안의 꼬리가 파르르 떨렸다.

"쥐였구나. 네가 여기서 나오면 녀석을 죽여 버려."

샤일러는 아무 대꾸도 하지 않았다. 그는 풀 죽은 눈을 감고 머리를 철망에 기댄 채 잠자코 있었다.

말로가 말했다.

"키안. 우리는 떠나야 해. 그 거미집은 고양이란 고양이는 몽땅 노리고 있어."

그 말에 키안이 돌아보니 말로가 빈터 가장자리에 잔뜩 긴장한 채 서 있었다. 샤일러의 고통스런 비명소리에 따라온 잼도 보였다. 키안은 잼을 한눈에 못 알아보았다가 황금빛 눈을 보고서야 알아봤다.

이제 잃어버린 새끼 고양이들도 다 찾았다. 말로의 말처럼 떠나는 것이 옳다는 걸 키안도 알고 있었다. 덫이 아니더라도 덫 주변의 빈터, 나무들, 땅 등 모든 것들이 고양이들에겐 위협적이었다. 켈리가 수풀 뒤에서 부리나케 달려 나와 말로 옆에 섰다.

켈리가 속삭였다.

"제발, 키안. 어서 떠나자."

키안은 돌아서서 덫을 보고, 쇠막대도 뚫어지게 쳐다보았다. 엘렌 할머니와 살던 집에서 키안은 숙달된 마법사이자 손잡이 돌리기와 문 열기 선수였다. 찬장의 음식을 슬쩍하는 것쯤이야 식은 죽 먹기였다. 정원 문을 흔들어 문고리가 쏙 빠져나가게 하고, 문이 열리면 그 틈으로 지나가는 법도 익혔다. 냉장고의 두툼한 문을 열고 음식을 꺼내는 동안, 뒷다리로 단단히 받쳐 그 문을 계속 열려 있게 할 수도 있었다. 미닫이 방충망에 기대 옆구리를 문지르면 그 망이 옆으로 밀리고, 벌레는 물론이고 자기까지도 그 속에 들어갈 수 있다는 것도 알았다. 제 무게를 이용해 문고리를 아래로 돌리는 방법도 물론 알았다. 나중에는 여러 번의 시도 끝에 엘렌 할머니의 침실 문고리를 돌려 빗장을 벗겨 침실로 들어갈 수 있는 제법 까다로운 기술도 익혔다. 마법사 키안에게 비스듬한 손잡이며, 매달린 문고리며, 흔들거리는 사슬, 묵직한 빗장 등 온갖 크기와 모양의 조임 장치는 장난감처럼 시시하기 짝이 없는 것들이었다.

키안은 덫에 좀 더 가까이 다가가 잠금 장치를 뚫어지게 쳐다보고, 예민한 수염으로 살짝 건드려 보았다. 그리고 얼마 지나지 않아서 얇은 막대가 쇠고리를 어떻게 통과했고, 막대 끝이 어떻게 작은 홈 위로 올라앉았는지를 알아냈다.

원래 얇은 막대가 홈 속으로 들어가야 완전히 잠기는데, 지금은 막대가 홈 속으로 마저 들어가려고 안간힘을 쓰고 있었다. 샤일러의 꼬리가 문에 끼는 바람에 막대는 홈 속으로 들어가지 못하고 있는 것이다. 지금 잠금 장치는 불완전하게 닫혀 있었다.

키안은 마치 큰 소리를 내면 모든 일을 그르치기라도 할 것처럼 소리죽여 말했다.

"샤일러, 가만히 있어. 꼼짝도 하지 말고 가만히 있어, 알았지?"

샤일러는 아무 대꾸도 없이 코로 숨만 쉬었다. 동이 터오 자 온 숲이 남청색으로 물들었고, 나뭇가지에는 햇살이 옷처 럼 걸렸다. 살을 에는 바람은 여전히 불어 닥쳤다. 키안은 수 염으로 잠금 장치를 샅샅이 조사했고 수수께끼를 풀기 위해 머리를 쥐어짰다. 뒷의 문은 쇠막대와 쇠고리 사이의 연결 고리 단 하나로 어설프게 잠겨 있는 듯 싶었다. 키안은 이 쇠 로된 연결 고리를 시험해 보려고 살짝 깨물고 한 발로 눌러 보았다. 그 바람에 문에 끼인 꼬리가 눌려 샤일러가 비명을 내질렀다.

"키안?"

키안은 대답하지 않고 막대며 스프링들을 찬찬히 훑었다. 숱한 잠금 장치를 정복한 이력이 있는데 이걸 정복하지 못할 이유는 없었다.

"키안……."

키안은 생각하려고 안간힘을 썼다. 지금은 오로지 생각으 로 명확한 해답을 찾아야 성공할 수 있다.

"키안……."

"입 좀 다물어!"

키안은 말로에게 매섭게 쏘아붙였고, 말로는 기분이 상해 씩 씩댔다. 말로는 예전과는 달리 좀체 물러설 기미가 아니었다.

말로가 핏대를 올렸다.

"잘난 척 좀 그만해! 너도 갇히고 싶어 안달이 났구나? 너나 우리들 모두 다 잡히길 바라는 거야?"

"입 다물랬지, 응!"

"키안, 너나 다물어! 여기는 안전하지 않아. 모르겠어? 샤일러는 그냥 내버려둬. 네가 할 수 있는 건 아무것도 없어!"

화가 머리끝까지 난 키안이 달려들자, 말로는 숲으로 내빼면서 노려보았다.

"니 맘대로 해! 그렇게 못 잡혀서 안달이면 어디 잡혀 보라지. 죽든 말든, 내 알 바 아니야! 나는 떠날 거야. 잼, 켈리, 너희들도 떠나야 해!"

말로는 눈 깜짝할 새에 사라졌다. 숲 속에 숨어 있던 잼과 켈리는 애타는 눈으로 키안을 쳐다봤다.

"너희들 꼼짝 말고 거기 그냥 있어!"

키안이 못을 박자, 잼은 못마땅해서 투덜거리면서 켈리와 함께 그 말을 따랐다.

키안이 샤일러를 돌아보자, 샤일러가 느릿느릿 말했다.

"말로의 말이 옳아. 너는 가야 해."

키안이 무뚝뚝하게 대꾸했다.

"내 말 잘 들어, 샤일러. 너, 이 철거미집을 탈출한 고양이 얘기 들었니?"

숨쉬기가 어려운 샤일러는 꼴록꼴록 소리를 내면서도 키안의 말을 재미있어 했다.

"그런 고양이가 있다는 소리를 몇 번 듣기는 했지만 직접 만난 적은 없어."

"만약 네가 거기서 빠져나오지 못하면 무슨 일이 벌어질까?"

샤일러는 탄탄한 쇠창살에 몸을 기댔다.

"덫은 사라질 거야. 해가 질 때까지 여기 있지는 않겠지. 덫이 갈 때 나도 같이 갈 테고. 거기가 어딘지 모르지만 다시는 돌아오지 못할 거고……. 괜찮아, 키안. 사는 게 다 그렇지 뭐."

그러면서 샤일러는 천천히 눈을 깜빡였다.

키안이 꼬리를 흔들었다.

"너희들 세계에서는 그럴지 몰라도 우리 세계에서는 아냐."

키안은 온 신경을 덫과 철망 몸체에 쏟았다. 고리들이며 갈고리들이며 사슬들을 하나하나 눈여겨보았고, 그 덫이 땅바닥에 느슨하게 고정되어 있다는 걸 알았다. 그리고 덫 문이 어떻게 잠금 장치를 아래로 닫히고 위로 열리게 하는지를 알아냈다. 키안이 마지막 비밀을 찾기 위해 엄청난 집중력으로 그 기묘한 장치에 초점을 맞췄다.

'말해줘, 나에게 알려 달라고.'

키안이 간절하게 부탁했다.

온 힘을 다해 집중하는 동안, 키안에게 잼과 켈리는 존재하지 않았고 새끼 고양이들이 존재함으로 느꼈던 부담도 잦아들었다. 딱히 서둘러 해결해야 할 이유는 없었다. 키안은 퍼즐을 즐기듯 느긋하게 생각하기로 했다.

'평화롭고 안전한 집에서라면 이 잠금 장치를 어떻게 풀었을까?'

급박한 상황도 없고 배부르고 만족스런 생활을 누리고 있는 집이라면, 키안은 끈기와 인내심을 갖고 쇠막대와 쇠고리 푸는 방법을 알아냈을 것이다. 키안은 머릿속에 문고리며 빗장을 떠올렸다. 지금 눈앞에 보이는 것은 집에서 보던 것과 다르지 않고, 까다롭지도 않았다. 키안이 발로 슬쩍 건드리자 막대가 움직였다. 위로 올라간 것이다. 다시 발을 떼자 막대는 스르르 미끄러지듯 내려갔다. 키안이 짐작한 대로 막대는 홈 속에 들어가려고 몸부림을 쳤다. 그런데 샤일러의 꼬리가 못 들어가게 막고 있었던 것이다.

"키안."

키안이 철망 속을 보니 샤일러가 일어나 앉는 중이었다. 샤일러의 털은 흙먼지를 뒤집어쓴채 축축하게 젖어 있었다.

"움직이지 마!"

키안이 무뚝뚝하게 샤일러가 어떻게 해야 하는지 일러주었다. 집에서 자물쇠의 수수께끼를 풀 때 키안은 성공하리라는 생각만 했다. 성공이란 키안이 현관문을 따고 집안으로 들어가는 것이고, 마음껏 찬장의 음식을 먹거나 엘렌 할머니 침대에서 몸을 따스하게 웅크리는 것이었다. 키안은 너무나 집이 그리웠다. 그래서 자기가 이 잠금 장치를 열기만 하면 집으로 들어가는 문을 밀어젖힌 것처럼 집 안으로 들어갈 수 있을 것만 같았다.

"키안……."

키안은 이제 잠금 장치의 원리를 모두 파악했다. 그 장치는 알고 보면 정말 간단한 것이었다. 키안이 발톱으로 쇠막대를 건드리자, 쇠막대는 발이 미는 대로 서서히 움직였다. 그렇게 해서 막대를 고리 사이로 밀어 올릴 수 있었다. 막대를 홈 뒤로 밀기만 하면 덫의 문은 수월하게 열 수 있을 것이다.

키안은 온 신경을 집중해서 막대를 평평한 곳으로 들어올렸다. 막대는 정확하게 고리 사이로 미끄러졌다. 드디어 덫이 열렸다. 키안은 기쁨에 겨워 발을 내려놓았다. 그런데 고리 사이로 내려가던 막대가 샤일러의 꼬리 때문에 홈에 살짝 못미쳐 딱 멈추었다. 기대가 와르르 무너진 키안의 입에서 낮게 욕설이 튀어나왔다. 그러나 감정을 내색하지 않은 채 다시 생각하던 키안이 덫의 지붕으로 뛰어올랐다. 그 바람에 샤일러가 소스라치게 놀랐다. 잔뜩 긴장한 채 달아날 준비를 하고 있던 새끼 고양이들도 당혹스러워 했다. 키안은 격자망에 발을 좍 벌린 채 망 사이로 샤일러를 엿보며 말했다.

"샤일러, 내 말 잘 들어. 쇠막대를 들어 올릴 테니, 문에 기대고 있다가 쇠막대가 올라가면 뛰어나가. 알았지?"

샤일러는 그저 입을 벌린 채 키안을 쳐다보고만 있었다.

'아차, 들고양이들은 쇠막대라는 말을 한 번도 들어본 적이 없지.'

키안은 샤일러가 자신이 한 말을 못 알아들었다고 생각했다.

'거만한 들고양이들의 콧대를 납작하게 만들 절호의 기회인데 지지리도 운이 없군.'

속으로 중얼거리던 키안은 덫의 가장자리 아래로 한 발을 내리고 쇠막대를 거머쥐었다. 이슬에 젖은 금속은 잘 잡히지 않았다. 막대가 발톱 사이로 주르르 미끄러지는 동안 키안은 쉿 소리를 냈다.

"키안!"

덤불에서 갑자기 튀어나온 건 말로였다. 말로는 까치발로 서서 자기가 온 방향을 돌아보고 있었다.

"무슨 소리가 났어. 큰일이야."

그 바람에 키안의 발이 쇠막대를 놓쳐버렸다. 키안의 발 아래서 덫이 흔들렸고, 샤일러는 벽에 기대 비틀거렸다. 말로는 다가오는 위험을 알려주려고 벗들에게 돌아온 것이 아니었다. 되돌아오는 것이 위험으로부터 가장 안전했기 때문이었다. 빈터에서 머뭇거리는 동안 말로의 심장이 고통스럽게 벌렁거렸다. 그는 까만 눈으로 키안과 덫 쪽을 돌아보았다.

"너, 이 소리가 안 들려?"

키안도 나무들이 바스락거리는 소리와 묵직한 무게에 눌린 땅의 울림을 들었다. 그러나 키안은 다시 덫에 매달렸고, 온 신경을 집중해서 잠금 장치를 뜯어보았다. 새 한 마리가 화들짝 놀라 소리를 내지르며 날아가자, 샤일러가 키안을 올려다보며 말했다.

"키안, 어서 꺼져."

"거의 다 됐어……."

잼이 빽빽 고함쳤다.

"키안, 점점 다가오고 있어! 피해야 해!"

켈리가 고사리 숲에서 헐레벌떡 뛰어왔다.

"키안. 웬 남자가 와."

말로는 고사리 숲으로 뛰어들어가 감쪽같이 사라졌다. 잼과 켈리는 개척지의 가장자리로 피한 다음, 숲을 향해 으르렁거렸다. 덫에 갇힌 샤일러는 두려움에 떨었다.

숲의 그림자가 나무줄기 속으로 잽싸게 날아갔다. 키안은 발로 쇠망을 치면서 급하게 쇠막대를 찾았다. 키안의 귀에 잔가지들이 부러지는 소리와 나무껍질이 휙휙 날리는 소리에 이어 철벅철벅 걸어오는 인간의 발소리가 들렸다. 새끼 고양이들은 저 멀리 달아났다. 키안의 발이 쇠막대를 거머쥐고는 힘껏 밀어 올렸다. 그러느라 찌르듯 아픈 고통이 몰려왔지만 서둘러 샤일러에게 외쳤다.

"자, 샤일러! 달아나…… 달아나!"

샤일러는 시키는 대로 문을 향해 몸을 던졌다. 돌진하는 그 힘이 어찌나 세던지 키안은 쇠막대를 거머쥔 발을 놓쳤고, 하마터면 땅바닥으로 곤두박질칠 뻔했다. 그러나 샤일러는 격자망에 머리를 부딪치고는 털썩 쓰러졌다. 덫의 문은 열리지 않았고 그대로 잠겨 있었다. 샤일러는 어리둥절한 표정이었고, 키안은 눈앞에 보이는 것을 믿을 수가 없었다. 키안은 울부짖으며 잠금 장치를 샅샅이 훑었다. 그리고 한 남자가 숲을 지나 빈터에 막 접어들 때에야 덫의 문이 쇠막대가 아니라 두 개로 고정돼 있음을 알아챘다. 쇠막대 또 하나는 문의 맞은편에 있었다. 첫 번째 쇠막대와 똑같이 생긴 그것은 금속 껍데기 속에 감쪽같이 숨어 있었던 것이다!

키안이 두 번째 쇠막대에서 시선을 거두고 남자를 쳐다보기까지 영겁의 시간이 흐른 것 같았다. 유칼립투스와 같은 황갈색 옷을 입은 남자는 호리호리한 몸에 숲의 냄새인, 나뭇잎 썩은 내를 거침없이 풍기고 있었다. 냇가의 돌처럼 말끔한 얼굴의 남자는 바로 삼림감시원이었다. 남자는 눈앞에 벌어진 광경을 보더니 걸음을 멈추고 못 박힌 듯 섰다. 덫 지붕에 있던 키안이 남자의 눈과 마주쳤다. 덫에 갇힌 샤일러는 겁에 질려 미친 듯 날뛰면서 남자에게 욕설을 퍼붓고 있었다. 그러나 키안은 두렵지 않았다. 태어난 순간부터 인간과 아주 가까이 지냈던 키안은 그렇기 때문에 인간이 얼마나 약한 존재인지도 알고 있었던 것이다. 키안은 발톱으로 인간의 몸에서 피를 흐르게 할 수 있었고, 인간보다 빨리 달릴 수 있으며 감쪽같이 인간의 품에서 빠져나갈 수도 있었다.

남자는 자신을 보고는 달아나기 바빴던 여느 들고양이들처럼 키안도 달아날 것으로 생각했다. 그러나 인간을 피해 달아나는 들고양이가 아니라 집고양이로 자란 키안은 남자를 빤히 쳐다보았다. 남자도 키안을 쳐다보았다. 키안은 털을 곤두세우고 귀를 접더니 이빨을 드러내 무섭게 으르렁거렸다. 만약 남자가 조금만 더 가까이 오면 가차없이 공격하여 갈가리 찢어놓겠다는 행동이었다. 남자가 키안의 의도를 알아들은 듯 그 자리에 선 채 더는 움직이지 않았다.

키안은 남자에게 눈을 고정한 채 느리게 발을 움직여 쇠막대를 잡았다. 그러나 쇠막대를 들어올려 봤자 샤일러가 달아날 수 없다는 것은 명확한 일이었다. 따라서 키안의 행동은 더 이상 의미가 없는 것이었다. 그렇지만 키안은 남자에게 자신이 어떤 존재인가를 보여주고 싶었다.

키안의 머릿속에 집과 정원과 이제 더 이상 숨을 쉬지 않는 엘렌 할머니가 떠올랐다. 키안이 새끼 비둘기를 입에 물고 있을 때 엘렌 할머니는 "안 돼, 안 돼, 안 돼" 타이르며 비둘기를 놓아주라고 했다. 까불거리던 고양이 키안은 고분고분 말을 듣는 대신 제멋대로 새끼 비둘기를 입에 물고 신바람이 나서 내달렸다. 키안은 제멋대로, 그리고 도도하게 방울 소리를 내지 않고 참새에게 몰래 다가가는 법을 익혔다. 제멋대로이고 도도한, 무법자 고양이는 자기가 사는 세계에 단지 잠금 장치라는 것이 존재한다는 사실에 화가 나서 잠금 장치를 풀곤 했다. 차로 먼 곳에 가도 영리하게 뒤돌아 곧장 집으로 걸어오곤 하던 고양이가 키안이었다. 자기가 하고 싶은 건 해내고야 마는 대담하고 독립적인 고양이 또한 키안이었다. 그런 고양이였기에 키안은 지금 남자에게 자신은 두렵지 않다는 것과 호락호락하지 않다는 것, 남자가 기대하는 대로 하지 않으리라는 것을 보여주고 싶었다.

남자는 키안의 도발적인 눈초리에 옴짝달싹하지 못했다. 이때다 싶은 키안은 쇠막대를 잡고 고리 너머로 힘껏 끌어올렸다. 남자의 얼굴에 놀라움이 번지는 걸 보고 키안은 색다른 기쁨을 맛보았다. 아주 짧은 순간이지만 남자에게 대한 분노와 반감이 누그러졌고 모든 걸 용서할 수 있을 것 같았다. 그러자 키안은 다시금 길들여진 고양이가 되어 남자에게 몸을 맡겨 남자의 쓰다듬을 받고 싶었다.

들어올린 막대를 거머쥔 채, 산산조각 나 버린 제 삶을 돌이켜보던 키안의 상념을 샤일러가 깨버렸다. 키안의 발밑에 갇힌 샤일러가 젖 먹던 힘을 다해 덫 문을 들이받는 바람에 두 번째 쇠막대가 갈대처럼 구부러졌다. 문이 밖으로 휘어졌고, 그 틈새로 샤일러는 산들바람처럼 튀어나갔다. 화들짝 놀란 키안은 비명을 지르며 공중으로 풀쩍 뛰어올랐다. 키안은 삽시간에 바닥을 치고 샤일러를 따라 줄달음쳤다. 달리면서 키안은 당혹함에 하얗게 질린 듯도 하고, 흥분해서 상기된 듯도 한 남자의 얼굴을 보았다. 그리고 여명으로 파랗게 물든 빈터의 모습 또한 흘깃 보았다.

키안은 덤불을 헤치고 바람처럼 빠르게 내달렸다. 샤일러가 바로 앞에서 달리고 있었고, 새끼 고양이들과 말로도 어딘가에서 나란히 달리고 있다는 걸 알았다. 키안의 발 밑에서 들리는 대지의 목소리는 어느 때보다 또렷했고, 키안이 속도를 낼수록 점점 크고 기운차게 들렸다. 키안이 조약돌과 울창한 고사리 숲을 훌쩍 뛰어넘자 오렌지빛 아침 햇살이 눈부시게 쏟아졌다.

달아났던 고양이들이 다시 뭉친 뒤 잡초가 우거진 안전한 곳에 닿았다. 키안은 땅바닥에 벌렁 드러누웠다. 그리고 잼과 켈리는 곤두박질치는 바닷새처럼 키안에게 덤벼들어, 그의 가슴을 마구 때리면서 다시 함께 있게 된 것을 기뻐했다.

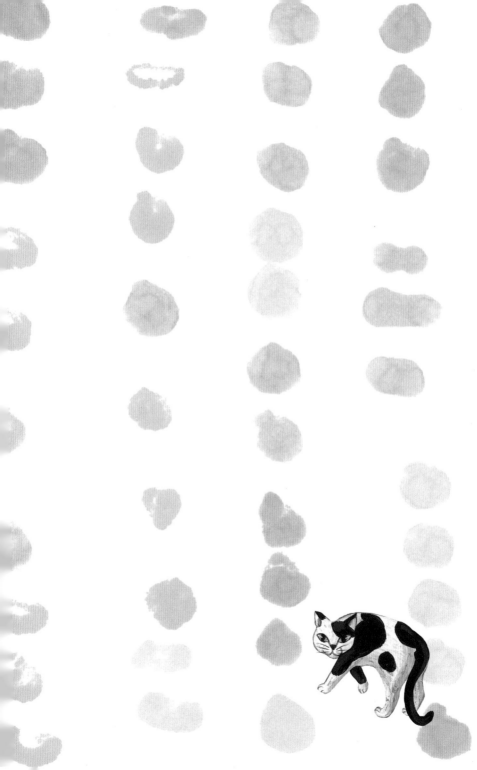

고양이는 때로는 져주는 게 낫다는 걸 알고 있다.
키안은 눈을 지그시 감고 몸이 무너지도록 내버려두었다.
이윽고 키안은 자기를 둘러싼 모든 것이
포근하고 아늑한 집과 같다고 느꼈다.

―본문 중에서

숲의 끝에서

　　　　　　　　다섯 고양이는 숲 기슭에 다다
랐다. 서로 뿔뿔이 흩어져 잠자코 누워 있었지만, 고요함과
평온함이 다섯 고양이들을 하나로 묶어 주었다. 박하나무와
유칼립투스에 새겨진 불에 탄 시커먼 상처는 전에 이곳에서
불이 났음을 알려주고 있었다. 플라스틱 맥주 캔 고리, 몸뚱
이 없는 인형머리, 라이터, 구부러진 숟가락 같은 인간이 버
린 온갖 쓰레기가 덤불 여기저기에 마구잡이로 나뒹굴고 있
었다. 쓰레기로 인해 숲은 차츰 사라지고 있었다. 불탄 자리
에 새로이 뿌리를 내린 나무들은 아직 어렸고, 그마저도 듬
성듬성한 간격으로 자라고 있었다. 좀 자란 나무들도 나무줄
기가 성글었고 볼품없게 구멍이 숭숭 뚫린 모습이었다.
　　지금 고양이들은 숲이 끝나가는 곳에 있었다. 앞에는 탁

트인 벌판이 펼쳐졌고 풀이 바람에 휘날리고 있었다. 키안은 이 숲이 끝나고서 얼마나 더 가야 발바닥에 콘크리트의 감촉을 느낄 수 있을지 궁금했다. 메마른 초록 풀밭에 엎드린 키안의 배를 따스한 흙이 감싸주었고, 햇살이 머리를 어루만져주었다. 키안은 편안했고, 배고프지도 않았다. 뼛속에서는 듣기 좋은 대지의 노래가 천천히 고동쳤다. 두 발을 턱에 올려놓은 채 키안은 숲에서의 생활이 여러모로 끔찍했음에도 불구하고 지금처럼 평온함을 느끼는 순간도 더러 있었다고 생각했다.

고양이들이 철거민집을 떠난 지 꼬박 하루 낮과 밤이 지났다. 방랑자가 된 고양이들은 하염없는 길이지만 힘찬 발걸음을 내디디며 걸어왔다. 이슬비 내리는 오후에 잠깐 눈을 붙이고, 방울져 떨어지는 어스름 속에서 사냥을 할 때만 걸음을 멈췄다. 밤이 하늘에 서서히 스며드는 동안, 켈리가 오리처럼 꽥꽥거리는 개구리 울음소리에 이끌려 딱 한입 크기의 개구리들이 우글우글한 연못을 발견했다. 고양이들은 밤이 이슥해지자 달빛을 받아 반짝이는 개구리들을 사냥했다.

샤일러는 덫을 탈출한 이후로 한 번도 덫에 대해 말하지 않았다. 연못가에서 개구리 먹이로 배가 부르자, 샤일러는 그제야 덫에 대해 말을 꺼낼 만큼 충분히 안정을 되찾은 것 같았다. 샤일러가 키안에게 물었다.

"너 어떻게 덫 문을 연 거야?"

키안은 솜씨 좋은 한 발을 까딱거렸다. 딱 하나 아쉬운 점이라면 불쾌한 수고양이, 잔샤르에게 자신이 샤일러를 구해주는 장면을 보여주지 못한 것이었다. 머잖아 샤일러의 탈출 이야기는 온 숲에 전해질 테고, 정교하게 다듬어져 전설이 될 것이다. 그러나 키안은 이야기가 전해지면서 당사자인 자신이 그 자리에 없다는 이유로 자기 역할이 축소되고 왜곡될 것이라는 것도 알고 있었다. 고양이는 진실을 대수롭지 않게 여긴다. 따라서 키안은 그저 샤일러와 말로가 자기의 영웅적인 행동을 가로채 너무 떠벌리지 않기를 바랄 따름이었다. 자신은 숲에서 들고양이들과 함께 보낸 숱한 낮과 밤을 기억하고 있어도 숲은 삽시간에 그를 잊을 테고, 그 들고양이들에게 자기는 괴짜 뜨내기에 지나지 않을 터였다. 머지않아 자신이 이 숲에 있었던 흔적도 감쪽같이 사라질 것이다. 그러나 키안은 앞으로도 영원히 숲이 자신의 머릿속에 남을 것임을 알고 있었다.

잼과 켈리가 잠을 자고 박쥐들이 머리 위에서 휙휙 날아다니는 동안에 키안은 말로와 샤일러에게 덫의 막대들이며 고리들이 무엇인지 설명하고, 그 장치를 알아내기 위해 사용했던 기술에 대해 자세히 말해 주었다. 그는 샤일러의 꼬리가 우연히 덫 문에 끼었고, 그게 빗장이 걸리지 않도록 막아준 덕분에 탈출할 수 있었다고 했다. 그 말과 함께 키안은 앞으로도 비슷한 덫에 갇히는 날이 반드시 올 것이니 지레 겁먹고 우왕좌왕하지 말 것을 조언했다. 샤일러를 자유의 몸이 되게 해준 건 키안의 사려 깊은 분석과 끈기였다. 이야기를 하면서 키안은 샤일러와 말로가 자신의 용감한 행동을 기억해주었으면 싶었고, 선물로 여겨주기를 바랐다. 샤일러와 말로는 키안의 이야기에 집중하려고 무진 애를 썼다. 말로는 제 발 위를 정신없이 기어가는 거머리 한 마리를 거들떠보지도 않을 정도로 집중해서 들었다. 그러나 새 한 마리가 땅에 내려앉아 펄럭거리는 날갯짓 소리가 들리자, 말로와 샤일러는 눈 깜짝할 새에 사라졌다. 키안은 사라진 그들을 보고 맥이 빠져 한숨을 쉬었지만, 들고양이들의 행동이 옳다고 생각했다. 야생의 생활은 짧고 빠르다. 죽이고 짝짓고 싸우고 달리는 것이 야생의 생활이었다. 결국 덫은 들고양이를 사라지게 할 수 있는 숱한 위험 가운데 하나에 불과했던 것이다. 그렇게 생각하니 키안의 마음도 한결 가벼워졌다.

연못가에서 선잠을 자고 난 고양이들은 어둠 속으로 정처 없이 걸어갔고, 가까이 모였다가 뿔뿔이 흩어지기를 되풀이

했다. 귓가에 종종걸음 치고 윙윙거리고 삐걱거리고 신음하는 소리가 들렸지만 이제는 낯설지 않았다. 영역 다툼을 하는 끔찍한 비명 소리가 흘러나오면 고양이들은 걸음을 멈추고 흥미롭게 귀를 기울이기도 했다. 이제는 흥분하거나 겁을 먹지 않았다. 그들은 여정의 초반에는 몰랐던 것을 이젠 알았다. 숲에서 일어나는 모든 일들이 반드시 되풀이되는 게 아니라는 것도 그들이 배운 것 중 하나였다. 그들이 영역을 두고 떠들썩하게 자기 것이라고 우기지만 않는다면 그들은 눈에 띄지 않을 테고, 설령 예기치 못한 일이 일어날지라도 상처 하나 입지 않고 무사히 헤쳐 나갈 수 있을 것 같았다.

깊은 밤이 되자 숲이 눈부시게 변했다. 구멍이 숭숭 뚫린 나뭇가지가 달빛에 길을 내주고, 별들이 초롱초롱 박힌 하늘길이 우거진 나무들 사이로 펼쳐졌다. 고양이들은 그 모습을 바라보았다. 걸음을 멈추고 하늘을 빤히 올려다보던 샤일러가 키안에게 말했다.

"이 길이 정말 맞아?"

키안이 다시는 볼 수 없을까봐 조바심치던 별을 올려다보는 동안, 그의 눈 속에는 아주 작은 빛들이 고스란히 비쳤다.

"응, 확실해."

"숲이 끝나가고 있어."

"응, 그런 거 같아."

숲이 끝나간다는 사실에 샤일러는 부쩍 안절부절못했고, 못미더운 눈초리로 연신 하늘을 흘깃거렸다. 키안은 들고양이들이 자기를 따라 도시의 집으로 갈지도 모른다는 생각에 사로잡혀 몹시 언짢아했던 일을 떠올렸다. 그리고 이제야 그 의심이 얼마나 어리석었는지 깨달았다. 키안이 자신의 영역을 노리는 커다란 위협으로 여겼던 잔샤르는 아무 위협도 되지 않았다. 키안은 이제야 비로소 들고양이들이 결코 이 숲을 떠나지 않으리라는 걸 알았다. 깔끔한 도시의 거리들이 키안의 것인 것처럼, 여기는 그들의 집이다. 키안은 말로가 현관 깔개에서 낮잠을 자는 모습을 그려보려 했으나 도무지 그려지지 않았다.

그리고 동틀 무렵, 고양이들은 숲을 거의 벗어나 숲 가장자리에 도착했다. 키안은 태양이 솟아오를 즈음이면 숲을 벗어나 흰 구름이 떠다니는 하늘 아래 풀밭이 흩날리는 소리만 들을 수 있을 것임을 알고 있었다. 좋아할 만한 것이라곤 없었던 숲의 어둠이 가뿐히 걷혔다. 키안은 울창한 숲이나 나무들의 방해를 받지 않고 거침없이 자유롭게 흘러가는 공기를 들이마셨다. 아직 갈 길이 멀지만, 여기까지 온 것만으로도 이루 말할 수 없는 성취감을 느꼈다.

잼과 켈리가 지친 기색을 보이자 키안은 고양이들을 쉬게 했다. 한데 엉킨 고양이들은 서로의 온기를 나누며 곯아떨어 졌다. 키안은 많은 들판을 지나, 숱한 길을 따라 며칠씩 방황하고 나서, 집으로 가는 기나긴 여행이 끝났을 때 과연 무엇이 기다리고 있을지 궁금했다. 모르긴 해도 엘렌 할머니가 아닌 그 사내가 있을 것이다. 사내가 있는 집의 생활이 쉽지만은 않을 게 뻔했다. 그러나 키안은 그 어떤 생활도 숲에서 보낸 짧고 미개한 생활보다는 나을 게 확실하다고 생각했다. 그렇게 생각하자 잼과 켈리를 돌보는 한편, 자기가 알고 있는 모든 재주를 빨리 가르쳐야겠다는 생각도 함께 들었다.

말로와 샤일러는 나뭇잎더미에서 기지개를 켰고, 키안은 휘몰아치는 바람을 피해 이끼와 고사리밭 사이에 자리를 잡았다. 들고양이들과 친구가 되어 잠자코 누워 있으니까 기분이 제법 좋았다. 키안은 햇살을 보리라는 기대로 온 몸이 파르르 떨리는 걸 느꼈다. 울창한 나무 아래에서 며칠을 보내고 나니 시원하게 내리쬐는 햇빛을 본 게 까마득하게 느껴졌던 것이다.

키안은 줄곧 자신과 함께 해왔고, 숲이 끝나는 곳까지 배웅하는 숲의 정령을 보기 위해 나무들을 올려다보았다. 숲이 외부의 모든 생명체를 두려워하고, 고양이들 역시 경멸하고 두려워한다는 걸 키안은 알고 있었다. 그러나 숲은 고양이에게 해를 끼치는 식으로 앙갚음을 하지는 않을 것이다. 숲은 생명체를 만들고 보호막이 돼 지켜줬다는 것을 알기 때문이다. 숲은 자신이 지켜준 생명체가 오히려 자신을 공격해 산산이 부서뜨릴지라도 어김없이 보호해 줄 것이다.

키안은 인간이 버린 쓰레기에 둘러싸인 채 적어도 자기는 이 숲을 망치지 않고 떠나며, 다시는 돌아오지 않을 거라고 어둠의 정령에게 말했다.

'나는 더 이상 당신을 괴롭히지 않을 거예요.'

키안은 약속했다.

"환할 때는 돌아다니면 안 돼."

들판에 눈을 고정시킨 채 샤일러가 계속 말을 이었다.

"숲 밖에서는 안 돼. 다시 밤이 올 때까지 기다려야 해."

샤일러는 죽었다 깨어나도 그 탁 트인 들판이 무섭다는 걸 절대로 인정하지 않을 것이다.

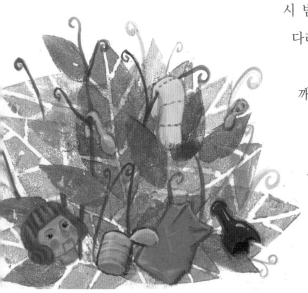

키안은 그의 서투른 배려에 가슴이 찡했다.

"우리는 괜찮을 거야. 나는 여기 죽치고 앉아 귀한 시간을 낭비하고 싶지 않아."

말로는 은빛 눈으로 키안을 돌아보았다.

"그건 그렇고, 네 영역은 어디야? 여기에서 보이니?"

"아냐. 아직 한참 더 가야 해. 숲을 지나온 건 시작일 뿐이야. 우리 집이 가깝게 느껴지지만, 한편으로는 무척 먼 것처럼 아득하게 느껴지기도 해. 거리며 찻길이 눈에 띄면 그때는 한결 가까워진 걸 거야. 사방에 거리와 차, 집, 잔디, 지붕, 찻길, 목줄을 한 개들, 새들이 새장 속에 있으면…… 거의 집에 다왔다는 거지. 나무들하고 고사리숲하고 시냇물 따위…… 숲에 있는 이런 것들이 집에는 하나도 없어."

"그래도 나는 숲이 그리울 거야. 나는 여기가 좋아."

느닷없는 켈리의 목소리에 다들 깜짝 놀랐다. 켈리가 잠에서 깬 걸 알아채지 못했기 때문이다. 잼과 켈리가 나란히 누워 있었고, 바람결에 털이 한껏 부풀어 올랐다.

"나도, 나도 숲이 좋아."

잼이 덧붙였다. 키안은 새끼 고양이들의 말에 동의한다는 듯 바라보았다. 켈리는 키안 곁을 떠나지 않을 테고, 그를 따르는 걸 한순간도 억울해하지 않을 테지만 목숨이 다하는 그날까지 숲의 꿈을 꿀 것이다.

태양이 마침내 지평선 위로 올라왔다. 키안은 마치 누가 부르기라도 한 듯 벌떡 일어나더니 다시 풀밭에 풀썩 쓰러졌다. 말로는 주머니여우와 싸웠던 흔적이 온 몸뚱이에 새겨져 있었다. 움직임이 몹시 힘겨워 보였고, 한쪽 귀에 나무껍질처럼 딱딱한 딱지가 앉아 있었다. 키안의 한쪽 귀는 개와 맞닥뜨렸을 때 찢어졌고, 귀 끝 흉터는 영원히 없어지지 않을 것이다. 또 코는 처음엔 휘트, 그 다음은 잔샤르가 찢어놓았고 잔샤르와의 싸움으로 그의 몸 곳곳에 상처가 남았다. 샤일러는 덫에서 미친 듯이 날뛰는 바람에 가뜩이나 더러운 털이 말도 못하게 더러워졌다. 게다가 탈출을 하느라 털이 벗겨졌고, 꼬리 끝은 눈에 띄게 휘었다. 숲에서 상처를 입지 않고 그럭저럭 잘 버틴 건 아직 어린 새끼 고양이인 잼과 켈리뿐이었다.

키안은 이번에는 보다 확신에 차서 다시 일어섰다. 지금 당장 길을 떠나, 그게 무엇이건 자기 앞에 기다리고 있을 운명을 한시바삐 만나기 위해 성큼성큼 걸어가고 싶은 충동에 사로잡혔다. 그는 달리고 싶었다. 이제는 걷거나 느긋하게 쉬는 것 없이 집으로 가는 내내 줄달음치고 싶었다. 고양이는 감상에 휘둘리는 법이 없으므로 들고양이들과 작별의 시간이 와도 장황하게 인사하느라 시간을 낭비하지 않을 것이다. 키안에게는 다행한 일이었다. 잼과 켈리가 일어나 키안을 쳐다보았다. 말로와 샤일러도 일어나 앉았지만 숲의 마지막 그늘을 떠나고 싶지 않아 꾸물거리고 있었다.

키안이 그들의 속을 뻔히 알면서 물었다.

"좀 더 나가보지 않을래? 들판에서 먹이를 찾을지도 모르는데."

말로가 대꾸했다.

"저 밖에 토끼들이 있어. 냄새가 나."

샤일러가 꼬리를 탁 쳤다.

"맞아. 키안, 작은 걸로 한 놈 잡아라."

키안은 눈으로 들고양이들의 꾀죄죄한 얼굴을 찬찬히 훑었다. 그들 뒤로 숲이 우뚝 솟아 있었다. 휘어서 넘어질 것 같은 물푸레나무와 유칼립투스나무들이 기름진 땅과 가시금 작화와 질척한 풀숲과 울창한 덤불을 하늘과 이어주고 있었다. 저 숲 깊숙이 고양이 무리와 암고양이 테이가 있다. 그리고 속임수로 거머쥔 영예를 안고 우쭐대며 걸어가는 잔샤르가 있고 상냥한 여우 파이페가 있다. 거기에는 할미새며 지렁이며 여우며 들쥐며 주머니쥐가 있고, 미지근한 돌에 기지개를 켜는 검정 뱀이 있다. 거기에는 건물이나 울타리나 목줄이나 큰길이 아무 소용없는, 완전히 독립된 세계가 있다. 키안은 당장에라도 숲을 떠나고 싶은 마음이 굴뚝 같았지만 머뭇거렸다.

키안이 샤일러에게 물었다.

"너 이제 뭐 할 거야? 어디로 갈 거야?"

샤일러가 수염을 실룩거렸다.

"키안, 내가 말했잖아. 나는 마음 내키는 대로 갈 거라고."

"아, 맞다, 생각나. 쏙독새 어쩌고 했던 거. 바람이 불 때마다 너를 생각할 거야."

키안이 얼른 말로를 돌아보았다.

"말로, 너는?"

그 어린 들고양이는 턱을 들었다.

"나는 영역을 원해. 고양이 무리로 돌아가지 않을 거야, 절대. 나는 주머니여우를 죽였어. 그 삼림감시원이 왔다고 알려주려고 너한테 돌아간 거였어. 나는 잔샤르와 싸워서 그 영역을 빼앗을 거야. 그 영역은 잔샤르처럼 시시한 녀석 말고 나한테 더 잘 어울려."

키안이 입술을 끌어올렸다.

"그래, 너는 할 수 있을 거야."

"나는 그 녀석보다 더 멋진 싸움꾼이 될 거야."

"그래. 그렇고말고."

키안이 맞장구를 쳤다. 샤일러와 말로는 키안 일행이 뒤돌아 풀밭으로 떠나는 걸 쳐다보았고, 켈리는 귓가에 풀잎이 스치는 바람에 이슬을 흠씬 뒤집어썼다. 말로가 흘깃 쳐다보았지만 샤일러는 졸린 듯 좀체 떠날 생각을 하지 않았다. 말로는 자리에 다시 앉았다. 들고양이들은 도시 고양이들이 들판을 미끄러지듯 가로질러 마침내 어깨만 간당간당 보일 때까지 쳐다보았다. 그제야 샤일러가 말했다.

"가자."

그 들판은 걷기에 여간 불편한 게 아니었다. 흠씬 젖은 풀 때문에 새끼 고양이들의 털도 삽시간에 물기를 먹었다. 배에서 물이 뚝뚝 떨어졌고 다리는 묵직하며 젖은 코가 따끔거렸다. 풀은 덥수룩한 덤불을 이루었고 고양이들은 그 위로 주르르 미끄러져갔다. 풀더미가 질퍽질퍽한 웅덩이를 덮고 있었는데, 거기는 독한 냄새가 나는 썩은 수렁이었다. 숲에서 찬바람이 거침없이 불어와 땅을 꽁꽁 얼렸고, 고양이들은 바람을 막으려고 귀를 접고, 얼어붙은 발톱이 떨어져나가지 않도록 필사적으로 애쓰고 있었다.

키안은 갈수록 뒤처지는 켈리를 보고 걸음을 멈추었다. 켈리는 휘몰아치는 바람에 맞서 한껏 머리를 낮추느라 웅덩이를 못 보고 걷더니 그만 빠져버렸다. 잼은 키안 옆에 풀 죽은 기색으로 멈춰 섰고, 다리를 연신 번갈아가며 털었다. 물방울이 옆구리에 꽃 줄처럼 매달려 있었고 귀에 흐늘흐늘한 작은 잎 하나가 얹혀 있었다.

바람결에는 풀밭이 끊임없이 혼잣말 하는 소리가 실려 왔다. 악마의 중얼거림 같은 소리였다. 키안은 뒤돌아 숲을 보았다. 땅이 경사져 아래 덤불은 보이지 않았지만 호리호리한 나뭇가지들은 볼 수 있었다. 키안은 별안간 등골에 식은땀이 흐르면서, 털썩 주저앉고 말았다. 키안의 눈앞에 펼쳐진 것은 한도 끝도 없이 펼쳐진 풀밭이었다. 초록색은 지평선까지 굽이쳐 빛바랜 하늘을 만나고 있었다.

'내심 습지가 어딘가에서 끝날 줄 알았는데…… . 이렇게 하염없이 힘겨운 걸음을 내디뎌야 한다면, 머잖아 지칠 것은 뻔했고 오후가 되기 전에 흙탕물에 빠져 죽을지도 모른다. 하지만 이 들판을 반드시 건너야 한다.'

키안은 비록 덤불이 바윗덩어리처럼 단단하고 다리는 납덩이처럼 무거웠지만, 귓가에 또렷이 들려오는 대지의 노랫소리를 위안삼아 다짐했다.

바로 그때, 키안은 샛길을 보았다! 샛길이 들판을 가로지르고 있었다. 꾸불꾸불한 흙길에는 드문드문 풀이 자라고 있었는데 발굽이나 바퀴에 자주 짓눌린 흔적이 보였다. 키안은 토끼처럼 깡충깡충 뛰었고, 몇 번 뜀박질을 한 후에 그 샛길의 질척한 고랑에 내려섰다. 키안은 땅 표면에 배어 있는 석유 냄새를 또렷이 맡을 수 있었다. 담배꽁초도 하나 보았다.

"여기가 한결 낫다."

앞 다투어 키안을 따라간 잼과 켈리가 선 채로 추위에 맞서고 있었다.

"여기가 낫지, 그치?"

한결 낫긴 했다. 바람이 되살아나서 을씨년스럽고 거세게 불어 닥쳤지만, 샛길은 지나기가 한결 수월했다. 고양이들은 발자국을 남기며 돌풍에 맞서 씩씩하게 걸어갔다. 덤불에서 찌르레기와 검은새가 튀어나왔고, 벨벳처럼 까만 갈가마

귀 두 마리가 목쉰 소리로 깍깍 울며 풀밭을 가로질러 날아 갔다. 키안은 그 새들이 자기를 보고 지레 겁을 먹고 날아간 거라 믿고 잠시 행복했다. 그러나 와글와글 떠드는 인간의 목소리를 듣고 이 들판의 소동이 자기 때문이 아님을 깨달았 다.

잼과 켈리는 인간의 소리에 잔뜩 겁을 먹었는지 털이 곤 두섰다. 소리 나는 곳을 돌아보더니 사람들을 보고는 다리에 힘이 빠져 비틀대며 뒷걸음쳤다. 눈동자가 검어졌고, 두 귀 가 납작 엎드렸고, 입을 삐죽거리며 연신 쉿쉿 소리를 냈다.

하지만 키안은 움직이지 않았다. 인간은 남자 둘이었고, 그들에게서 유황 탄내가 났다. 두 남자가 고양이들 쪽으로 걸어오기는 했지만 아직은 좀 거리가 있었다. 키안에게는 달 아날 이유가 전혀 없었다. 달아나는 건 인간의 존경을 받을 필요가 없는, 겁에 질린 들고양이들이나 하는 짓이었다. 키 안은 자신뿐 아니라 잼과 켈리가 들짐승처럼 굴게 내버려두 지도 않을 터였다. 머잖아 키안은 잼과 켈리를 집으로 데려 갈 텐데, 이 오누이가 들고양이들이 인간에게 갖는 두려움을 배운다면 비참할 생활이 될 건 불 보듯 훤했다. 키안은 샛길 한복판에 당당하게 서서 어슬렁어슬렁 다가오는 두 남자를 쳐다보았다. 그들이 너무 가까이 오면 달아날 마음의 준비를 하면서도, 내심 그 사람들이 자기를 보고 들고양이가 아니라는 걸 알아채고, 인간들의 세계에서 죽 함께 살아왔음을 알아주기를 간절히 바랐다. 또한 자기는 도도한 고양이, 용감하고 두려움을 모르는 고양이라는 것도 알아주었으면 싶었다.

불현듯 저 남자들 가운데 하나가 사냥개처럼 자기 뒤를 쫓는, 그 삼림감시원일지도 모른다는 걱정이 뇌리를 스쳤다. 그러나 삼림감시원이 흙냄새를 풍기며 주변 환경과 잘 어울렸다면 이 남자들은 바람을 타고 기름 냄새를 풍기고 있었다. 주변 환경과 어울리지 않는 사람들이었다.

새끼 고양이들은 키안의 뒤에서 몸을 웅크리고 있었고, 키안은 두 남자가 걸음을 멈추는 걸 보았다. 그 중 하나가 날아가는 새들 쪽으로 한 팔을 들어 올리자, 다른 하나가 시커먼 지팡이를 쳐들었다. 지팡이처럼 생긴 것이 탕 하는 소리를 냈다. 키안은 그걸 보더니 지팡이일 리가 없다고 생각했다. 그 소리가 갈가마귀 한 마리를 맞혔고 새가 풀밭으로 곤두박질치며 떨어졌다. 하지만 바람이 새를 휩쓸어 날려보내자, 남자가 바람에 대고 악을 쓰며 욕을 했다. 그보다 키가 작고 얼굴빛이 창백한 다른 남자가 고개를 돌리더니 키안을 보았다. 그는 그 지팡이를 거머쥐더니 턱에 갖다 댔다. 키안은 검정 새 한 마리가 바람을 가르며 내지르는 울음소리를 들었다. 그때야 비로소 키안은 자기가 돌이킬 수 없는 실수를 저질렀음을 또렷이 깨달았다.

키안이 새끼 고양이들에게 허겁지겁 말했다.

"뛰어! 뛰어…….""

공기가 폭발하듯 무시무시한 소리가 울려 퍼졌다. 총알이 풀밭을 가로질러 키안의 옆구리를 할퀴고 지나갔다. 키안은 발톱을 축으로 빙그르르 몸을 돌려 달아나기 시작했다. 잼과 켈리는 샛길을 벗어나 내달렸다. 그들이 풀숲으로 줄달음치는 것을 본 키안은 자신의 몸 색깔은 어디서나 눈에 띄지만, 풀빛처럼 얼룩덜룩한 켈리와 칠흑처럼 까만 잼은 숲 속에서도 들키지 않고 곧잘 몸을 피했던 것이 떠올랐다.

"달려! 멈추지 말고 계속 달려!"

키안은 소리치면서도 지금 이 상황에서 이보다 어리석고 불필요한 말이 있을까 싶어 당혹스러웠다.

다시 산사태같이 귀청을 때리는 소리에 공기가 쩌렁쩌렁 울렸다. 키안은 달리다가 풀밭에 쓰러졌지만 넘어지기 무섭게 일어섰다. 사방이 온통 뜨겁고 차가운 것 투성이였다. 들판에 오도카니 서 있는 후추나무 한 그루가 눈에 띄자 키안은 그쪽으로 몸을 돌리려 했다. 그러나 흠씬 젖은 발이 휘청하더니 더러운 물이 튀어 눈과 입으로 마구 들어왔다. 그래도 키안은 흙탕물을 튀기며 풀밭을 가로질러 온 힘을 다해 후추나무를 향해 달렸다. 살을 에는 공기에 목구멍마저 얼얼했다. 죽을 둥 살 둥 발버둥 치며 달려도 후추나무는 여전히 아득하게 느껴졌다. 그러더니 어느 순간, 후추나무 가지들이 키안의 몸뚱이 위로 그늘을 드리우고 잎들이 흙탕물 범벅인 얼굴을 훑어주었다. 잡초가 무성한 나무밑동에 몸을 파묻자 거미집이 그의 주둥이며 다리에 뒤엉켰다. 키안은 바닥에 납작 엎드린 다음, 자기가 온 길을 살그머니 엿보았다. 엉킨 덤불 사이로 보니 그 두 남자가 자기들이 서 있던 샛길에 멈춰 서 있고, 키 작은 사내가 그 지팡이를 어깨에 걸친 채 쪼그려 앉아 땅바닥을 살펴보고 있었다. 그들은 그 들판을 찬찬히 눈으로 훑었다. 키안은 그 남자들이 자기와 새끼 고양이들을 찾고 있다는 걸 알고는 더 깊숙이 몸을 숨겼다. 잼과 켈리는 보이지 않았다. 그 남자들도 자기처럼 새끼 고양이들을 볼 수 없을 거라고 굳게 믿었다. 상처를 보니 이제 막 피가 쏟아지기 시작한 터라 핏빛 흔적을 풀잎에 남기지 않은 상태였다. 은신처가 발각되지 않겠구나 싶어 안도의 한숨을 내쉬었다. 키안은 너무나도 지쳐 더 이상은 달릴 수가 없을 것 같았다. 키안은 풀을 베개 삼아 머리를 뉘고 따끔거리는 눈을 감았다. 심장이 몹시 심하게 뛰었지만 마음을 편히 다져먹는 순간, 심장 뛰는 속도가 서서히 느려졌다. 마치 난롯가에 앉아 있는 듯 따뜻했기 때문에 혹시 태양이 풀밭을 헤치고 자기를 찾아내 따스한 빛을 흠씬 내리비추는 게 아닐까 궁금했다. 몽롱한 채로 앞발을 움직여 몸을 일으키자, 어느새 그는 집을 향해 두둥실 떠내려가고 있었다. 옆구리를 흠씬 적신 피가 풀 바닥을 헤치고 피의 도랑이 되어 흐르고 있었던 것이다.

고양이는 때로는 져주는 게 낫다는 걸 알고 있다. 키안은 눈을 지그시 감고 몸이 무너지도록 내버려두었다. 이곳은 눈에 띄지 않는 은신처였고, 그는 느낌으로 자기가 안전하다는 걸 알았다. 향긋한 풀 냄새와 등에 닿은 단단한 나무의 향기로운 냄새가 코끝에 물씬 풍겼다. 들판을 내달리는 바람의 우울한 속삭임이 들렸지만 울창한 풀이 살을 에는 추위로부터 키안을 보호해 주었고, 후추나무의 가지가 장막을 드리워 눈부신 아침 햇살을 가려 주었다. 키안은 어렴풋이 잼과 켈리를 떠올렸고, 한때 자기가 어린 새끼였던 시절을 되새겨 보았다. 숲에서의 강렬한 기억이 주마등처럼 뇌리를 스쳤고, 그 어딘가에 있고 싶다는 설명할 수 없는 느낌에 사로잡혔다. 그는 햇살이며, 물이며, 땅과 공기를 생각했고 모과나무의 단단한 껍질에 발톱을 가는 느낌을 또렷이 기억했다. 그의 몸을 쓰다듬는 손길처럼 따스한 피가 흘러내렸다. 무언가 해야 할 중요한 일이 있었는데 그게 무엇인지 생각나지 않았고 딱히 그 일을 하고 싶은 이유가 뭔지도 몰랐다. 그러고 나서 새 한 마리의 노랫소리가 들렸고, 그 노래에 다른 새가 화답하는 소리도 들렸다. 새들은 키안에게 남자들이 갔다고 알려주었지만 키안은 눈을 뜨지 않았다. 바람이 잦아들자 풀숲에 고요함이 깃들었고 흐느낌과 속삭임이 잠잠해졌다. 어렴풋한 떨림이 느껴졌다. 근처에서 얼쩡대다가 비척비척 멀어지는 것으로 보아 벌레 한 마리가 틀림없다. 키안은 춥지 않았지만 몸을 한결 바짝 웅크렸다.

그러나 갈수록 숨을 쉬기가 힘들었다. 마지막인 듯 내뱉은 숨결에 풀잎이 파르르 떨리자 키안은 다시 폐에 힙겹게 공기를 불어넣지 않아도 되어 한결 홀가분했다. 이윽고 대지가 부르는 노래가 전해지자 키안은 기쁘고 놀라운 마음으로 자기를 둘러싼 모든 것이 포근하고 아늑한 집과 같다고 느꼈다.

그 때 잠자리 한 마리가 키안을 내리 덮쳤다. 돌풍이 잦아들기 무섭게 가늘고 긴 몸통의 잠자리가 번쩍이는 무지갯빛의 뭉툭한 날개로 날아올랐다. 잠자리는 온갖 자잘한 임무를 다 마친 듯 한가로운 날갯짓으로 잼을 지나 유유히 날아갔다. 잼은 그때 막 질척한 덤불에서 기어 나와 풀밭을 훑고 있던 참이었다. 바람의 난폭한 손아귀에서 풀려난 햇살이 잼의 머리를 따스하게 감싸주었다. 잼의 새까만 코가 키안의 냄새를 찾아냈지만 잼은 왠지 모를 거리낌으로 몸을 부르르 떨었다. 물결치는 너른 들판에 홀로 남은 까만 새끼 고양이는 애처롭게 야옹거리며 비틀비틀 원을 맴돌았다. 잼은 키안을 부르고 싶기도 했고 부르고 싶지 않기도 했다. 잼은 하늘과 나무들을 보면서 자신이 얼마나 보잘것없는지, 이 세계의 순환 속에서 자신이 얼마나 작고 대수롭지 않은 존재인지 깨달았다. 잼은 이쪽저쪽으로 쏜살같이 내달리다가 별안간 자신이 어디 있는지, 무엇을 찾는지도 모르는 채 갈피를 잡지 못하고 우왕좌왕했다.

잼이 풀밭에 쓰러지자, 눈앞에는 눈부시게 빛나는 초록 바다가 거품을 일으키며 부서졌다. 거기에 풀과 하늘, 그리고 숲에서 쫓겨난 것들이 있었다. 잼은 무서워서 더 이상 견딜 수가 없었다.

잼은 가느다란 목소리로 힘껏 외쳤다.

"키안! 키안? 어디 있어?"

바스락바스락하는 소리가 들렸다. 잼이 주변의 풀을 쑤석

거려 보니 켈리가 풀밭을 헤치고 나와 뺨을 잼의 이마에 비볐다. 삽시간에 불안이 누그러진 잼은 이제 자기가 어디 있는지를 깨달았고, 다시금 나무들이며 샛길이며 땅의 생김새를 알아보았다. 켈리가 후추나무 쪽으로 걸어가자, 잼은 서둘러 켈리를 따라갔다. 둘은 옥수수수염처럼 늘어진 가지의 장막 앞에 멈춰 서서 풀숲 사이를 뒤졌다. 그들은 빛을 받은 채 잠자코 누워 있는 몸뚱이를 보았다. 그리고 키안이 발을 뻗으면 쉽사리 잡을 수 있는 잠자리를 왜 때려잡지 않았는지 알게 됐다.

잼과 켈리는 고개를 들고 그 남자들이 아직도 있는지 들판을 찬찬히 살펴보았다. 화약 냄새와 가죽 냄새가 코를 찔렀다. 제비들이 짹짹거리면서 풀밭 사이로 가라앉았고, 살아남은 갈가마귀는 잎이 무성한 은신처로 돌아왔다. 켈리는 몸을 흔들어 더러운 물을 털어낸 다음 잼을 따라 그늘 속으로 미끄러져갔다.

둘은 들판을 가로질러 숲의 들머리에 다다랐다. 그 계절의 마지막 태양도 구름을 벗어나 빛나고 있었다. 얼음장 같은 겨울이 지나면 하늘은 다시 거울처럼 맑고 투명하게 빛날 것이다. 잼과 켈리는 조금도 주저하지 않고 성큼성큼 걸어갔다. 그들은 잠깐 누워 미지근한 볕을 쬐지도 않았고, 방금 막

지나온 길을 흘깃 돌아보지도 않았다. 오직 숲의 소리에 귀 기울이며 걸었다. 드디어 어른거리는 줄무늬 고양이와 잿빛 고양이의 형체가 보이자, 오누이는 그들을 따라 싸늘한 풍경 속으로 들어갔다. 그 들판에는 그저 잠자리만 덩그라니 남아 쉴 새 없이 햇살을 타고 미끄러지고 있었다.

머릿속에서 얼룩고양이는 들고양이가 되어
숲속 영역을 순찰하고 있었다.
번갯불처럼 튀어나가 짐승을 덮쳤지만,
흐물흐물한 비닐 맛이 났다.
발밑에는 감자칩 봉지가 짓뭉개지고 있었다.

—본문 중에서

도시의 집에서는

　　타는 듯 뜨거운 땡볕이 내리쬐는 아침나절이었다. 중년에 접어든 큼지막한 고양이 한 마리가 울타리의 말뚝을 풀쩍 뛰어오르더니 우스꽝스런 걸음으로 천천히 나아갔다. 고양이는 흰색 바탕에 까만 얼룩무늬를 하고 있어 어디서나 눈에 확 띄었다. 이 고양이의 주인은 흔치 않은 얼룩무늬가 마음에 들어 이 고양이를 선택했었다. 그러나 이 고양이는 자신의 특이한 생김새를 대수롭지 않게 여겼다. 얼룩무늬를 때가 탄 것으로 착각하고 질겅질겅 씹다가, 결국 그게 자기 몸뚱이라는 걸 알아채기 일쑤였기 때문에 오히려 얼룩을 짜증스러워 했다. 그는 천성이 막무가내로 핏대를 올리는 성질머리가 고약한 짐승이었고, 때 묻은 것 같은 몸 색깔은 가뜩이나 고약한 성미를 자극하는 데 한 몫을 했다.

　얼룩 고양이는 마지막 말뚝에 다다르자, 앞발을 말뚝에 기댄 채 당당하게 주변을 둘러보았다. 울타리 안쪽은 그의 집과 정원이 있었다. 이곳은 그가 정당한 권리를 갖는 깔끔하고 반듯한 제 영역이었다. 울타리 건너편은 그가 최근에 자기 땅으로 차지한 영역이었다. 그 전까지 그곳은 도도하기 짝이 없는 키안의 땅이었다. 얼룩 고양이는 줄곧 울타리 너머로 영역을 넓히는 꿈을 꾸어왔던 터라 이웃 땅을 자기 소유로 만들고는 이루 말할 수 없이 뿌듯해했다. 키안이 이 땅을 되찾는 건 이제 어림도 없는 일이었다.

　자동차 한 대가 달려가며 뿌린 매연이 얼룩 고양이 몸뚱이를 덮쳤고, 그 바람에 한껏 멋을 낸 짧은 수염이 헝클어졌다. 화가 난 고양이는 울타리에서 멀찌감치 떨어진 찻길에 털썩 뛰어내렸다. 이 찻길은 키안이 따스한 햇살을 받으며 누워 쉬곤 하던 장소였지만, 지금은 얼룩 고양이가 즐겨 햇볕을 쬐는 곳이 되었다. 키안이 누워 있을 때 졸린 척 어슬렁거리며 훔쳐보는 것을 얼마나 싫어했는지 얼룩 고양이는 기억하고 있었다.

　얼룩 고양이는 키안이 없는 그 찻길을 왕자처럼 으스대고 걸어갔다. 어쩔 도리가 없어 가깝게 살아야 했지만 얼룩 고양이와 키안은 서로를 증오했다. 얼룩 고양이의 발톱이 부러졌을 때 키안은 한껏 조롱하는 눈빛으로 얼룩 고양이를 쳐다보았다. 잼과 켈리가 오던 날에는 얼룩 고양이가 세상 어느 고양이보다 고소해했다. 키안과 얼룩 고양이는 치열하게 경쟁을 했고, 서로 상대편을 괴롭힐 기회를 호시탐탐 노리다가 이때다 싶으면 어김없이 덥석 낚아챘다. 그들은 서로의 먹이를 훔쳤고, 맞고 때리기를 수도 없이 되풀이했다. 그러다가 한 패가 된 적도 있긴 했다. 두 고양이가 같이 어느 집 담장 아래 웅크리고 있다가 그 집의 잡종 개 한 마리가 둘 사이에서 씩씩거리며 코를 킁킁대자 겁에 질린 나머지 서로 잠시 휴전을 선언했던 날처럼.

돌이켜보면 키안과 함께 한 추억이 많았다. 고양이가 조금이라도 감상적인 동물이었다면 얼룩 고양이는 서로 치고받던 짝이 없어진 걸 몹시 서운해했을지도 모른다. 그러나 고양이는 감성적인 구석이라곤 없다. 따라서 얼룩 고양이가 상념에 젖은 기색으로 가만히 앉아 있었던 건 키안이 그리워서가 전혀 아니었다. 그것은 찻길이 끝난 데다 그 길로 쭉 가면 부서진 콘크리트 덩어리며, 위험스레 쪼개진 들보 조각이며, 아슬아슬하게 쌓여있는 깨진 타일 쓰레기 위를 걸어야 했기 때문이다. 얼룩 고양이는 자기 앞에 수북이 쌓인 쓰레기 더미를 눈으로 죽 훑으면서 키안이 사라진 건 전혀 애석하지 않지만, 그가 느닷없이 사라진 데는 확실히 석연치 않은 무언가가 있는 터라 찜찜함을 떨쳐낼 수가 없었다.

엘렌이라고 부르던 할머니가 보이지 않자, 얼룩 고양이는 단박에 그 사실을 알아챘다. 할머니와 더불어 그가 햇볕을 즐겨 쬐는 자리인 할머니의 자동차 보닛까지 사라진 걸 알고는 울화가 치밀어 견딜 수가 없었다. 그리고 나타난 덩치 큰 남자도 눈여겨보았다. 얼룩 고양이는 키안과 새끼 고양이들이 집에서 막무가내로 쫓겨난 거며, 켈리가 싸늘한 현관 깔개에 웅크리고 있고, 잼이 문을 긁어대고, 키안은 이에 아랑곳 않고 찻길 아랫녘으로 침울하게 걸어가는 걸 보고 기뻐 날뛰었다.

얼룩 고양이가 기억하는 한 그때가 키안과 새끼 고양이들을 본 마지막이었다. 정말이지 이상한 일이었다. 그는 세 마리의 고양이가 그토록 감쪽같이 사라졌다는 얘기를 이제껏 들어본 적이 없었다. 그 다음에 일어난 일도 이해할 수 없기는 마찬가지였지만, 뭐니 뭐니 해도 그 고양이 세 마리가 사라진 게 가장 이해할 수 없는 수수께끼였다.

'만약 어떤 일이 그 고양이들에게 일어났다면, 다른 고양이에게도 일어날 수 있지 않을까.'

얼룩 고양이는 더럭 걱정이 되었다. 그럴 때는 '나에게도? 아니, 그럴 리가 없어'라고 단정 짓고 안심했다.

　키안이 사라지고 나서 그 사내는 집에 혼자 머물렀다. 하루는 개 한 마리가 야트막한 울타리를 넘어와 정원을 줄달음쳤다. 얼룩 고양이는 큰 가지에 올라 그 개가 키안의 냄새를 찾아 잔디며 덤불을 헤집고 다니는 걸 알았다. 사내가 화가 머리끝까지 나서 벼락같이 소리를 내지르는 바람에 고양이와 개 모두 화들짝 놀라 달아났다.

　그리고 한겨울이 되자 사람들이 거대한 트럭을 몰고 와 집안의 소지품이며 가구며 온갖 것들을 차례로 끄집어냈다. 얼룩 고양이는 이를 흥미로운 듯 잠자코 쳐다보고 있었다. 집 안에서 나온 담요에서 키안의 냄새가 났다. 집 안의 모든 것이 트럭에 실리자, 그 남자도 트럭과 함께 떠났다. 그 후 다시는 눈에 띄지 않았다.

　텅 빈 집이 너무도 매혹적이던 얼룩 고양이는 하릴없이 지붕이며, 문지방이며, 퀴퀴한 마룻바닥 밑을 떠돌아다녔다. 얼룩 고양이는 나무 몸통들을 긁어댔고 키안이 새겨놓은 발톱자국을 지웠다. 큰길 건너에 사는 담황색 고양이가 어느 저녁나절 키안의 집 베란다에서 잠을 자는 걸 발견했을 때, 얼룩 고양이는 마치 제 것을 빼앗긴 양 화가 나서 길길이 날뛰었다. 이토록 삽시간에 키안의 땅을 자기 땅이라고 여기다니, 얼룩 고양이 자신도 놀랄 지경이었다. 자기가 그 땅의 주인임을 선언하던 순간은 살아오는 동안 가장 기분 좋은 순간이었다. 춥고 을씨년스러워도 새 영역을 순찰하며 구석구석 샅샅이 점검하고, 아무도 넘보지 못하게 곳곳에 똥을 싸지르며 그는 지배자를 살해하고 그의 궁지를 앗아간 새끼 사자의 피 끓는 자만을 느꼈다.

여전히 싸늘하긴 했지만 낮이 차츰 길어지고 있었다. 간밤에 잔디밭을 허옇게 장식하는 서리도 더 이상 남지 않던 어느 아침나절, 자동차 패거리가 느닷없이 그 거리로 시끌벅적하게 몰려왔다. 그 차에는 돌을 깎아 만든 거대한 기계가 달려 있었다. 얼룩 고양이는 그 광경을 보고 소스라치게 놀라 침대 밑에 들어가 쑤셔 박혔다.

옆집에서는 귀청이 떨어져나갈 듯한 끔찍한 소리가 들렸다. 그 소리는 갈수록 점점 더 요란스러워지더니 그가 숨어 있던 발 밑의 깔개까지 파르르 떨게 했다. 얼룩 고양이는 땅거미가 지고 거리가 조용해지자 조심스레 기어 나왔다. 그러나 어찌나 겁을 먹었던지 먹이에는 눈길도 주지 않았다. 그는 울타리 꼭대기에 올라 새로 차지한 영역을 쳐다보고 놀랐다.

집이 감쪽같이 사라진 것이다. 울타리도 온 데 간 데 없었다. 헛간도, 주차장도 사라졌고 빨랫줄도 없다. 잔디도 없고 나무도 모조리 사라져 버렸다. 남아 있는 거라고는 산더미처럼 쌓여 있는 널빤지와 쪼개진 벽돌, 그리고 깨진 유리 조각 따위 쓰레기뿐이었다. 찻길은 한때 주차장이었던 자리에서 딱 끊겨버렸다. 아침까지만 해도 초록빛이었던 땅이 온통 파헤쳐진 진흙범벅이 됐다. 그 뜰 언저리에는 이토록 어이없는 풍경의 변화를 몰고 온 금속 괴물들이 늘어서 있었다. 커다란 바퀴에 진흙이 꾸덕꾸덕 덩이져 있었고, 거대한 바구니들은 먹을 걸 더 달라고 보채듯 입을 쩍 벌리고 있었다.

얼룩 고양이는 울타리에서 뛰어내려 쓰레기 더미를 헤치고 걸어갔다. 그러나 코를 킁킁거리며 아무리 머리를 쥐어짜도 왜 이렇게 변했는지 도무지 알 수가 없었다. 고양이는 대체로 변화를 싫어한다. 하지만 달이 뜰 무렵이 되자, 그는 돌멩이와 쓰레기 더미에 올라앉아 이런 변화가 그런 대로 괜찮다고 생각했다. 말끔하게 뒤집어엎은 땅이 오히려 청소를 한 것처럼 깨끗해 보였다. 낯선 곳에서 새롭게 시작하는 느낌마저 들어 얼룩 고양이의 마음에 쏙 들었다. 그것은 키안이 정말로 가버렸다는 확실한 증거이기도 했다.

파리 한 마리가 주변을 빙글빙글 맴돌자 얼룩 고양이는 파리를 마구 때렸다. 파리 때문에 짜증이 나서라기보다 가만히 있으면 도저히 견딜 수가 없었기 때문이다. 그가 쓰레기 더미에 올라앉아 있던 그때는 아주 오래전이었다. 그날 밤 이후로 날씨가 차츰 좋아졌고, 나무마다 새싹이 파릇파릇 돋고 새들은 알을 깠다.

그의 새로운 영역은 건물 터가 되어 사람들이 날마다 뜨거운 열기 속에서 땀을 뻘뻘 흘렸다. 그 터에 건물이 들어서기까지는 시간이 좀 걸렸다. 장맛비가 한바탕 쏟아져 공사가 이따금 중단되기 일쑤였고, 걸핏하면 목소리를 높여 떠드는 걸로 봐서 골치 아픈 문제가 자주 생긴 모양이었지만, 두툼한 콘크리트 석판이 놓여지고 목재 골조가 그 둘레에 세워졌다. 그리고 바로 그 골조 맨 꼭대기에 석판을 박았다.

찻길이 기분 나쁘리만치 달궈지자 얼룩 고양이는 벌떡 일어났다. 그는 흙먼지를 가로질러 커다란 석판으로 다가가 그 위로 뛰어 올라갔다. 그는 뒷다리로 서서 건물의 골격에 세워놓은 판자때기 하나를 부러뜨렸다. 그러고서 도로 주저앉아 입술을 핥았다. 실눈을 뜨고 심하게 훼손된 풍경 너머, 판판하게 고른 메마른 땅과 귀퉁이를 죽 훑었다. 그러더니 별안간 키안 생각을 했다. '그 녀석에게 무슨 일이 생겼건, 어디로 갔건, 틀림없이 별 볼일 없는 데서 엉뚱한 짓을 하고 있을 거야'라며.

바람이 갑자기 그의 몸속에 흐르는 고양이의 피를 들끓게 했다. 얼룩 고양이는 마치 악마에 홀린 것처럼 바닥으로 몸을 날려 연거푸 구르기를 되풀이했다. 빙글빙글 맴을 돌다가 안짱다리를 한 채 공중으로 붕 튀어올랐다. 한동안 그는 목재 기둥 사이를 줄달음치고, 꼬리를 마구 흔들면서 미친 듯이 뛰어다녔다. 발작은 시작할 때만큼이나 갑작스레 멈추었다. 그는 다시 조용한 고양이가 됐다. 그는 석판을 헤매면서 건축물을 지탱하는 뼈대를 찾았다.

머릿속에서 그는 들고양이가 되어 숲 속 영역을 순찰하고 있었다. 뼈대의 우뚝 솟은 기둥들이 가지를 틔워 그를 몰래 숨겨 주었다. 저 위에 높이. 못으로 고정시킨 양철 지붕은 파르르 떨리는 숲의 나무 꼭대기가 되어 허둥지둥 달아나는 먹잇감과 더불어 생생하게 살아 있었다. 어렴풋이 바스락거리는 소리가 들리기 무섭게 그는 숲 바닥으로 살금살금 걸어갔다. 그러다가 용기를 내어 미끄러지듯 나아가서는 딱 멈추었다. 바스락 소리가 들렸다. 그의 노란 눈이 까매졌고, 등줄기를 따라 털이 쭈뼛 곤두섰다. 온 촉각을 곤두세우고 턱을 바닥에 내려놓는 동안 수염이 파르르 떨렸다. 무더기 진 잎 속

어딘가에 따스한 피가 온 몸을 타고 흐르는 짐승이 숨어 있다. 얼룩 고양이는 숨을 죽인 채, 당장에라도 튀어나갈 준비를 한 채 몸을 잔뜩 도사렸다. 다시 한 번 바스락 소리가 들렸다. 그는 번갯불처럼 튀어나가 그 짐승을 덮치고, 목에다 이빨을 들이밀었다. 그러나 흐물흐물한 비닐의 시금털털한 맛이 났다. 그는 발밑에서 짓뭉개고 있던 꾸겨진 감자칩 봉지를 놓아 주었다.

바로 그때 문 여는 소리가 들리더니 빠르게 움직이는 주인의 발자국 소리가 이어졌다. 얼룩 고양이는 콘크리트에 쭈그려 앉아 절대 움직이지 않겠다고 다짐했다. 딱히 이유도 없이 주인 여자가 미웠다. 그 여자는 얼룩 고양이를 토닥이고 쓰다듬고, 귀에 대고 바보 같은 말을 살갑게 속삭이는 걸 좋아했다. 그 여자가 지금 얼룩 고양이를 부르고 있다. 그 소리에 목털이 곤두섰다.

"도티! 도티!"

그 여자는 우스꽝스레 떨리는 목소리로 지루하게 되풀이하고 있었다.

"도티! 도티!"

얼룩 고양이는 송곳니를 드러내며 입술을 실룩거렸다. '가지 않을 거야, 절대 가지 않을 거야.' 얼룩 고양이는 이 숲

에서 떠나지 않고, 탐험을 계속할 터였다. 그러나 그때 밥그릇에 제 밥이 와르르 쏟아지는 소리가 들리자 굳은 결심은 사라졌다. 그는 콘크리트 석판을 가로질러 쏜살같이 내달렸다. 배가 고프지 않다는 걸 뻔히 알고 있었지만 더 이상 뻗댈 수가 없었다. 울타리를 버둥거리며 기어 올라가 꼭대기에 멈춰선 채 한동안 자신을 추스르느라 안간힘을 썼다. 주인이 미소를 지으며 음식을 내밀고 있었다.

얼룩 고양이는 숲을 돌아보았다. 그러자 거친 숲 속 세계의 은밀한 약속이 전해져 왔다. 비록 저항할 수 없는 힘에 이끌려 서둘러서 주인 여자에게 다가갔지만, 얼룩 고양이는 울타리를 미끄러지듯 내려갈 때조차 저 여자가 몹시 싫다고 뇌까렸다.

폭신한 여름 잔디밭을 가로질러 느릿느릿 걸어가는 동안 자신이 누릴 눈부시게 멋진 숲 속 생활을 머릿속에 그려보았다. 밥그릇 옆에 자리를 잡고 밥을 먹으면서도 언젠가, 아마도 아주 빠른 시일 내에 이 쓰레기 더미를 떠나 숲으로 달려가겠다고 굳게 마음먹었다.